SAÍDA ESTRATÉGICA

UM THRILLER SOBRE CORRUPÇÃO COM KATERINA CARTER

COLLEEN CROSS

Traduzido por
VANIA CANTO BUCHALA

SLICE THRILLERS

OUTRAS OBRAS DE COLLEEN CROSS

Boletim informativo de novos lançamentos
http://eepurl.com/c0jHW1

Série de Aventuras de Suspense e Mistério com a Investigadora Katerina Carter
Saída Estratégica
Teoria dos Jogos
Fórmula Mortal
Greenwashing : A Farsa Verde
A Farsa Vermelha : uma curta história

Série Mistérios das Bruxas de Westwick
Que Bruxaria é Essa?
Bruxas aos Farrapos
Bruxas e Famosas
Bruxarias de Natal

Não ficção
Anatomy of a Ponzi Scheme

CAPÍTULO 1

BUENOS AIRES, ARGENTINA

A luz do quarto se acendeu, e o mundo de Clara explodiu. Três homens com *masques luchadores*, máscaras de luta livre, invadiram o cômodo e cercaram a cama tal qual um grupo de extermínio em um ringue. Ela virou a cabeça para olhar Vicente, mas viu apenas as costas do marido.

Blocos de carnaval desfilavam na rua, lá embaixo. Buenos Aires inteira encontrava-se alheia ao espetáculo que se desenrolava em seu quarto. O toque das caixas e o ressoar dos címbalos lhe chegaram aos ouvidos ao mesmo tempo que os *murga porteños*[2] tocaram as notas finais da *Despedida*.

O mais encorpado dos homens atacou Vicente com um taco de beisebol, desferindo o golpe em suas pernas com um baque surdo. Clara estremeceu quando o colchão cedeu sob o impacto. Vicente grunhiu, porém permaneceu imóvel.

Um milhão de imagens passou pela cabeça dela - a mãe, os comparsas do pai, seus rivais... Todos aqueles sumiços deviam ter começado daquela forma.

Concentre-se.

Vicente se retesou a seu lado. Deslizou a mão por debaixo do lençol em sua direção e agarrou a dela sem fitá-la. Clara a apertou de volta enquanto lutava para acalmar os pensamentos. Ser apanhados não estava em seus planos.

Foi então que o brutamontes se voltou para ela. Usava uma máscara de um verde berrante, com bordas vermelhas e grossas ao redor dos olhos e da boca. Seus olhos a fulminaram, desafiando-a. Ela agarrou a colcha de seda cor de amora com a mão exposta e a puxou para cima, sentindo o tecido reverberar a cada batida de seu coração acelerado.

Os diamantes. O pai dela sabia sobre o plano.

— Diga seu preço... Posso *te* pagar. - As palavras saíram em um sussurro.

Eles haviam atrasado a fuga em dois dias, aguardando pelo pagamento da última remessa de diamantes. Vicente se opusera a isso, insistindo que um ano de preparo não podia ser posto a perder em um dia.

Mas ela precisava arrancar cada *peso* do pai. Arruiná-lo. Fazê-lo pagar. Iria provar que podia ser mais esperta do que ele, como tinha feito nos últimos dois anos.

Agora a fuga deles estava em perigo. Como ele havia descoberto?

— Não pode me comprar, Clara. - Rodriguez não se incomodou em disfarçar a voz. Era estúpido ou pretensioso demais para se preocupar com isso.

— Por que não? Meu pai *te* comprou... Quanto quer? - Ela manteve o tom de voz, embora sentisse bílis subindo pela garganta. Seu pai mandara Rodriguez de propósito, pois sabia que ela o desprezava.

Vicente apertou a mão dela, agora úmida de suor. Os outros dois homens permaneceram ao pé da cama, com as AK47 em punho.

— Não é dinheiro que eu quero. — Rodriguez tirou a máscara, e a luz do teto cintilou em seu dente de ouro. — Ainda pode me escolher... Pelo menos eu tenho futuro.

O homem alto e esguio, com máscara de lobisomem, riu e mudou a arma de mão.

Desgraçado. Ela não era nenhum prêmio a ser disputado, pensou

Clara. Rodriguez podia imaginar que fazia parte do círculo mais íntimo do pai dela, mas não sabia de nada. Ele mesmo podia estar sob sua mira. Como em um tanque de lagostas, mais cedo ou mais tarde teria a sua vez.

Vicente se ergueu na cama.

— Deixe-a fora disso.

Clara o puxou pelo antebraço. Até ela sabia que não se devia irritar Rodriguez. Não era à toa que o homem era conhecido como 'o carrasco'.

— Cale a boca! — Rodriguez empurrou Vicente de volta com a coronha do rifle.

— Telefone para o meu pai... É tudo um mal-entendido!

Ela poderia explicar sobre os diamantes e convencê-lo de que ele poderia obter lucros ainda mais interessantes, refletiu Clara. Sua ideia de trocar armas e munições por diamantes de sangue tinha sido uma tremenda jogada para a organização, e o pai dela nem sequer se preocupara em dizer 'obrigado'.

Por isso ela e Vicente haviam pegado uma parte... Eles mereciam.

— Tarde demais - rosnou Rodriguez. — Ele está fora do país. Fora de área.

— Mentira. Ligue para ele, Rodriguez! Estou mandando. *Agora!*

Rodriguez não passava de um bandido de estimação, tendo galgado alguns degraus dentro da organização de seu pai por se dispor a fazer qualquer coisa, matar qualquer um. Como ele poderia imaginar que o pai dela planejava transferir o gerenciamento do cartel para Vicente?

Ao menos fora isso o que seu pai havia dito. Eles haviam jantado juntos no *Resto*, o restaurante favorito dele, apenas algumas horas antes. Seu pai teria dado ordens àqueles capangas enquanto eles comiam?, ela se perguntou, inconformada.

Não. Provavelmente tinha orquestrado aquele jantar e o castigo deles dias antes, esperando por aquele momento final de vingança. Devia ter adorado a ironia da coisa.

— Não recebo ordens de crianças mimadas.

— Ligue para ele agora mesmo! - Clara quase se sentou, esquecendo-se da própria nudez sob os lençóis.

— Não. Já é hora de eu ter um pouco do que eu quero... - Rodriguez contornou a cama, aproximando-se dela. O lobisomem e el Diablo permaneceram junto à parede, as armas apontadas para as cabeças do casal.

Vicente se moveu no colchão e apertou a mão de Clara sob os lençóis.

— Por favor... - ela tentou em um tom mais suave. - Eu preciso falar com meu pai!

— Fale com ele no enterro de Vicente.

De repente, Rodriguez se virou na direção dos outros homens. Fez um gesto e, em seguida, desapareceu no banheiro.

Os bandidos abaixaram um pouco as espingardas. Primeiro um, depois o outro, passaram a tatear as cobertas, começando aos pés dela, depois subindo lentamente até encontrar seu olhar.

Clara não precisou ver seus rostos para saber o que eles estavam pensando. Podia sentir.

Ela estremeceu e puxou a colcha.

O lobisomem riu e se aproximou mais. Era um dos capangas do pai dela, sem dúvida, porém ela não o reconheceu. Ele enfiou o cano da arma sob a beirada do edredom e o puxou sem, nem por um segundo, desviar os olhos dos dela.

Clara estremeceu, contudo não ousou se mover. Vicente enrijeceu a seu lado.

As cortinas transparentes se agitaram quando uma brisa leve soprou no quarto. Os foliões tinham ido embora, e estava quase amanhecendo. Ela já podia ouvir o barulho do trânsito ali perto, na Avenida Libertador, à medida que os portenhos respeitadores das leis davam início à sua previsível rotina de trabalho.

O que ela não daria por aquele tédio agora!...

— Fique na porta - o lobisomem ordenou para el Diablo, apontando para o corredor enquanto mantinha o olhar fixo no dela.

Ainda com a arma mirando sua cabeça, ele se aproximou. Cheirava a charuto barato. Sentou-se na lateral da cama, bloqueando a luz da janela aberta.

O quarto pareceu ainda mais sufocante e claustrofóbico para Clara.

Rodriguez saiu do banheiro nesse instante, e o capanga levantou-se rapidamente.

— Agora não! - vociferou o chefe enquanto empurrava o lobisomem de volta para a parede. Virou-se para Vicente, então. — Levante-se, imbecil.

Vicente soltou a mão de Clara, e ela sentiu que ele a deslizava para o travesseiro onde mantinha a arma.

— Não tente fazer merda! Vire-se com as mãos para cima, ou eu as corto fora! - esbravejou Rodriguez, regozijando-se com o comando.

Vicente obedeceu.

— Levante-se! Devagar!

Vicente continuava de costas para ela, pensou Clara, sem conseguir ver os olhos do marido.

— Só um minuto...

— Não vou dar minuto nenhum, idiota. *Obedeça!*

Nu, Vicente se pôs em pé aos tropeços e ergueu os braços em sinal de rendição.

— Para o banheiro. Agora. - Sem dó, Rodriguez o empurrou pelas costas com o cano da arma.

— *Não!* - Clara pegou o copo de água da mesa de cabeceira e o atirou contra o capanga, mas errou, e o copo se espatifou contra a parede.

Vicente voltou-se para fitá-la por um instante, por fim.

— *Mi amor, nuestro sueño... Nunca olvides!*

Ele tropeçou quando Rodriguez tornou a golpeá-lo nas costas com a coronha da espingarda.

Sua expressão ainda estava gravada na mente de Clara quando começaram os tiros.

Nosso sonho... Nunca se esqueça!

Nunca, ela jurou.

Seu último pensamento foi suplantado pelo *staccato* das armas de fogo.

Então tudo escureceu.

NT - Murga Porteños são grupos fantasiados que, no carnaval de Buenos Aires, incorporam os ritmos africanos do candomblé, cantando canções cômicas ou irônicas.

CAPÍTULO 2

VANCOUVER, CANADÁ

Existiam dois tipos de ladrões. O primeiro assaltava com uma arma e, às vezes, matava. Contadores forenses como ela, Katerina Carter, lidavam com o segundo tipo. Esses não carregavam arma alguma, não proferiam ameaças e exigiam apenas a sua confiança. Também eram bons em ganhá-la.

O diretor financeiro Paul Bryant se encaixava perfeitamente nessa segunda categoria... e roubava à plena luz do dia.

— Que merda! Eu sempre tive um mau pressentimento sobre Bryant. Mas, cinco bilhões de dólares?... Não é possível!

Susan Sullivan, CEO das Minas de Diamante Liberty, sentou-se na beirada da mesa de Paul Bryant e, de sua posição de vantagem, encarou Kat. Usava um *tailleur* Prada na cor chocolate e uma expressão hostil no rosto.

Kat puxou a própria saia, tentando camuflar o desfiado de mais de vinte centímetros na meia de náilon. Com os dedos dos pés, procurou debaixo da escrivaninha os sapatos Jimmy Choo - alguns milímetros menores do que o necessário -, desejando estar de sapatilhas.

— Está tudo aqui. - Tirou os papéis do financiamento da pasta. Por que Susan contratara uma simples investigadora como ela em vez de uma empresa mais conceituada? Seu maior caso até o momento - uma fraude de meio milhão de dólares em um bingo - não era nada se comparada ao da Liberty. Na maioria das vezes, ela lidava com ativos ocultos em divórcios litigiosos ou ajudava companhias de seguro a evitar o pagamento de sinistros nas ocorrências de fraude. Mas até mesmo esse tipo de trabalho havia desaparecido com a recessão. Nem tinha certeza de que sua calculadora possuía zeros suficientes para fazer as contas naquele caso!

Kat recostou-se na poltrona de Paul Bryant e passou as pontas dos dedos pelo couro macio do braço. Precisava manter a calma e uma distância segura de Susan. Tinha vindo até a Liberty logo cedo, após o telefonema nervoso da mulher. Agora, passava das cinco da tarde de uma sexta-feira chuvosa, elas estavam tendo a tal 'conversa de cinco minutos' havia mais de uma hora, e a CEO da Liberty continuava em negação.

— A Liberty nem mesmo trabalha com essas somas. Como ele pôde roubar uma quantia dessas?! - Susan apunhalou o mata-borrão da mesa com a Mont Blanc, arrebentando a ponta da caneta.

Kat se encolheu quando a caneta, que tinha uma pedra incrustada, rasgou o feltro, espalhando tinta pela escrivaninha. Por pouco os respingos não mancharam a documentação que provava as transferências eletrônicas e o financiamento - únicas evidências da fraude de Bryant.

Preocupada, ela os tirou da linha de fogo.

— Com isto aqui - afirmou, exibindo os papéis. Lançou um olhar para a própria caneta PaperMate, então, e sentiu-se grata por seus gostos simples. — Dinheiro do financiamento.

Como podiam ter levado dois dias inteiros para descobrir uma fraude tão gigantesca? Era como negligenciar o roubo de uma obra de arte no Louvre ao meio-dia!

Mas ela não iria obter uma resposta direta de Susan. CEOs narcisistas sempre culpavam terceiros.

Ninguém havia pensado, nem por um momento, que aquilo tudo era para valer. Afinal de contas, o rendimento líquido chegava a zero, e a Liberty não era grande o bastante para negociar bilhões em uma única transação. O contador que havia descoberto a fraude ficara esperando para informar Paul Bryant... que se encontrava ausente em uma viagem de negócios. Quando o CFO não retornara, o motivo tinha ficado dolorosamente óbvio.

— Que financiamento? - indagou Susan. — Só pode haver um engano!

Paul Bryant havia levado a Liberty até o limite com créditos *subprime*, o equivalente corporativo para empréstimos de risco em curto prazo. Então tinha sumido junto com o dinheiro. Ela, Kat, encontrara cópias amarrotadas de três transferências eletrônicas na mesa de Bryant havia menos de uma hora.

— Veja. - Kat apontou para o final do documento. — Você e Bryant assinaram a papelada do empréstimo.

— Deixe-me ver... - Susan arrancou os papéis da mão dela, praticamente cegando-a com um solitário gigantesco que refletiu as luzes halógenas do escritório. A pedra devia ter, no mínimo, uns três quilates. Sem dúvida, viera de uma das minas da Liberty. — Essa assinatura é falsa, óbvio! Acha, mesmo, que eu ligaria para você se estivesse envolvida?

— Não. - Kat manteve o tom de voz. - Eu só precisava ter certeza de que você...

— Katerina, cada segundo que passamos discutindo essas minúcias dá a Paul Bryant mais tempo para fugir! - Susan se levantou e arremessou a Mont Blanc na direção da cesta de lixo tal como em um jogo de dardos, mas errou a mira.

Kat teve que se conter para não correr e apanhar a caneta de dois mil dólares. Sem dúvida, esta cobriria ao menos o pagamento mínimo de seus cartões de crédito.

Ela tentou uma abordagem diferente:

— Quando viu Bryant pela última vez?

Susan caminhou até a janela, de costas para ela.

— Na semana passada, acho. Não me lembro. - A mulher virou-se para encará-la e cruzou os braços. — Não vejo o que isso tem a ver com essa história.

O BlackBerry de Kat tocou. Ela olhou o *display* e deixou que a chamada fosse desviada para o correio de voz. Era seu senhorio ligando outra vez para cobrar o aluguel atrasado.

— Qualquer detalhe ajuda, e você trabalhou com ele todos os dias durante dois anos. Não notou nada suspeito?

— Se eu tivesse notado, estaríamos tendo essa conversa? - Susan descruzou os braços e olhou para as próprias mãos. — Eu nunca imaginei que ele fosse arruinar a empresa dessa forma.

— Ele tem algum vício? Jogos de azar, drogas... Problemas financeiros?

— Como, diabos, eu iria saber?!

Conforme Susan foi ficando mais nervosa, Kat percebeu um leve sotaque, embora não conseguisse adivinhar de onde.

— Ele ficou aborrecido com alguma coisa? Foi negligenciado em alguma promoção ou algo do gênero?

— Não. Psicanálise não vai trazer o dinheiro de volta.

A maior parte dos criminosos de colarinho branco precisava alimentar alguma coisa: um vício ou o próprio ego. Mas, de acordo com Susan, Bryant não tinha qualquer problema.

— Provavelmente vou conseguir rastrear o dinheiro em poucos dias - declarou Kat. Recuperá-lo já era outra história. De qualquer modo, ela não poderia mais perder tempo discutindo com Susan. — A polícia tem alguma pista?

— Não quero a polícia envolvia nisso. Por isso contratei você.

Kat deixou cair o queixo.

— Não deu parte do desaparecimento de Bryant?

— De jeito nenhum! Se isso se espalhar, o valor das ações vai despencar.

— Mas a Liberty é uma empresa pública! Tem que, no mínimo, soltar uma nota de imprensa antes dos mercados reabrirem na segunda-feira. É lei. Além do mais, eu rastreio dinheiro, não gente.

Mesmo que a trilha do dinheiro leve a Bryant, isso é trabalho para a polícia. Não posso...

— 'Não posso' não existe no meu vocabulário -Susan a interrompeu, tirando um fiapo invisível da saia de lã. — Estou *te* pagando uma grana alta... Quer o caso ou não? - Dizendo isso, ela fez meia-volta e saiu do escritório sem esperar por resposta.

CAPÍTULO 3

Kat fechou o notebook com raiva, furiosa por Susan tê-la enganado e não ter denunciado o crime. Não era de admirar que a mulher a houvesse contratado no lugar de um dos quatro maiores escritórios de contabilidade. Eles não arriscariam sua reputação com alguém que negligenciava tão descaradamente as leis de segurança.

Susan achava, mesmo, que ela iria colocar sua reputação em risco?

Jogou os papéis dentro da pasta. A bolsa Hermès fora uma compra fútil, feita antes de ela ter sido rebaixada no ano anterior; uma lembrança de dias melhores, antes do início da crise. Estava se perguntando quanto ela valeria no e-Bay, quando sentiu a unha enganchar no zíper e se quebrar.

Foi enquanto examinava a mesa à procura de uma tesoura para cortar a ponta lascada, que viu a fotografia: um grupo de homens e uma mulher diante de um barracão Quonset. Havia rastros de neve no chão, porém a paisagem ao redor era inóspita, exceto por um par de pinheiros anões. A placa desbotada da estrutura dizia *Minas de Diamante Liberty - Mystic Lake*.

Kat examinou a foto. Reconhecia o Presidente do Conselho, Nick

Racine, do relatório anual das Minas de Diamante Liberty. Sorrindo no centro da foto, ele segurava uma fita azul em uma mão e uma tesoura na outra. Na fita, em letras douradas, lia-se *Mystic Lake - Reinauguração*.

Susan encontrava-se à sua direita, com Paul Bryant avultando-se sobre ela. Tão próximo, que quase se tocavam.

Dois homens encorpados complementavam a imagem. Todos usando jeans e jaquetas *Gore-Tex*, com uma fina camada de neve nos ombros.

— O que está olhando?

Kat ergueu o olhar e deparou com um sujeito calvo e com excesso de peso parado na porta. Olhou para a fotografia e colocou-a de volta na mesa. Era o mesmo homem.

— Mystic Lake... Está na foto.

— Alex Braithwaite. Sou um dos acionistas. - As palavras saíram roucas, em meio a uma respiração entrecortada, conforme ele se aproximou para apertar a mão dela. Em seguida, Braithwaite deixou-se sentar à sua frente, a parte superior do corpo quase encobrindo os braços das poltronas.

De acordo com o cadastro dos acionistas da Liberty, o truste da família Braithwaite detinha cerca de um terço das ações da empresa. Somado às ações de Nick Racine, o outro acionista majoritário, eles possuíam ações mais que suficientes para controlar a companhia.

Quando Alex segurou a foto, Kat notou que ele roía as unhas.

— Ah, sim. Dois novos veios de kimberlito em uma mina que estávamos prestes a desativar. A evolução vinha sendo fenomenal... - Ele suspirou. — Agora Bryant estragou tudo.

Ele colocou o porta-retrato de volta na mesa e se recostou na poltrona.

— Nenhuma pista? - quis saber.

— Nada de concreto. Até agora, segui a trilha do dinheiro até três contas nas Bermudas e nas Ilhas Cayman, mas trespassar o véu do sigilo nesses paraísos fiscais é muito difícil.

Não que isso fosse importante, pois ela estava desistindo do caso. Só precisava contar a Susan.

Braithwaite inclinou-se para a frente e falou em um sussurro:

— Cuidado com quem você fala por aqui. Há gente que não quer que você encontre o dinheiro.

— Quem?

— Quem você acha? - Braithwaite ergueu as sobrancelhas enquanto a encarava. Então abotoou o paletó amarrotado e se levantou. — Escute, não quero acusar ninguém sem provas... Quando descobrir mais alguma coisa, venha me procurar.

Por que todo mundo ali era tão enigmático?, perguntou-se Kat, irritada.

Sentiu o BlackBerry vibrar e quase deixou o aparelho cair quando o tirou do estojo para olhar a tela disfarçadamente. O e-mail de Jace continha apenas uma palavra:

Conseguimos!

A reduzidíssima oferta que ela e Jace haviam feito em um leilão municipal por uma deteriorada casa vitoriana tinha sido suficiente. Eles haviam dado um lance por mero capricho, sabendo que as chances eram mínimas, principalmente em meio a uma recessão. Afinal, as pessoas sempre davam um jeito de pagar os impostos no último instante, principalmente se corriam o risco de perder a própria casa.

A economia devia estar bem pior do que ela imaginava!

Kat sentiu o estômago se apertar. Onde iria conseguir mais dinheiro? O adiantamento concedido pela Liberty estava reservado para o aluguel atrasado do escritório, onde ela vinha morando em segredo após deixar o próprio apartamento havia um mês.

Estava.

Agora teria que encontrar outro modo de pagar pelo aluguel.

Comprar uma casa junto com um ex-namorado não era a coisa mais estranha que ela já havia feito. Até porque eles tinham se tornado mais amigos nos últimos dois anos do que tinham sido enquanto casal. A casa não passava de um investimento, lembrou a si mesma.

Levariam apenas alguns meses para consertá-la e colocá-la à venda outra vez. Ela iria arrumar dinheiro de algum jeito.

Digitou uma resposta no celular:

— *Quando temos que dar o dinheiro?*

— *Amanhã, às duas da tarde. Por mim, tudo certo.*

Impossível!

Aflita, Kat digitou o número de Jace, torcendo para que não fosse tarde demais. Não havia como escapar. Tinha que dizer a ele que estava completamente quebrada.

Ele atendeu ao primeiro toque.

— Jace, com relação à casa, acho que...

— Estamos juntos nessa, não é?

— Jace, eu queria muito, mas acho que não vou conseguir o dinheiro.

— Kat. Não faça isso comigo. Venha até aqui e conversamos.

— Não posso, estou ocupada. - Em uma hora, ela teria todo o tempo do mundo.

— Conseguiu um caso?

— Mais ou menos. Mas estou prestes a desistir. — Ela contou a Jace sobre a Liberty, Susan e Bryant.

— Desistir? Está maluca? Você sempre dá para trás quando as coisas ficam difíceis!

Kat suspirou. Não podia argumentar contra aquilo.

— É diferente neste caso. Uma questão de ética.

— Estaria violando alguma lei?

— Não, mas estaria me associando a uma pessoa que me faz sentir culpada.

— E quanto aos advogados que precisam defender seus clientes? Mesmo os culpados têm direito à defesa. Susan contratou você para obter o dinheiro de volta, certo? Você está ajudando os acionistas. Não é sua culpa ela não ter denunciado o crime.

Ponto para Jace.

Kat desligou. Entendia por que Susan não pretendia soltar nenhum comunicado para a imprensa, embora não concordasse com aquilo. De um dia para o outro, as ações da Liberty iriam desvalorizar, fazendo com que as opções sobre ações detidas por Susan e pela administração da empresa também perdessem valor. A cotação das ações era a única referência de valor para a maioria dos executivos da diretoria, incluindo a própria Susan.

Mas, ela estaria a par da história toda?, perguntou-se Kat. Seus instintos lhe diziam que a versão oficial era tão verdadeira quanto ver neve em junho.

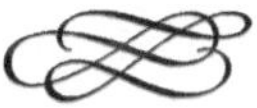

CAPÍTULO 4

O toque do celular arrancou Kat de seu devaneio.

— Kat, eles me deram as chaves. Estou na casa agora. Você vem ou não?

Ninguém poderia chamar Jace de procrastinador. Tal qual um cão de caça, nada o detinha quando ele possuía um objetivo. Como jornalista freelancer, isso muitas vezes significava a diferença entre obter um furo ou matéria nenhuma.

Kat respirou fundo. Não havia mal algum em perguntar.

— Qual foi a oferta final?

— Oitenta mil. Basta um pouco de trabalho e poderemos vender esta belezinha pelo quíntuplo desse valor.

Kat deixou cair os ombros. Fora uma pechincha, mas, de onde iria tirar quarenta mil dólares?

— Jace, tenho uma coisa pra *te* dizer... - Ela não conseguira juntar nem mesmo uma fração daquela quantia para os pagamentos mínimos dos cartões de crédito.

— Diga-me pessoalmente. Você precisa ver esta casa. Lembra-se daquela pousada na ilha de Salt Spring? Aquela com as janelas de sacada? O quarto principal tem o mesmo formato de janela.

Aquilo tinha acontecido no primeiro fim de semana que haviam passado juntos. Eles mal haviam saído do quarto, aventurando-se apenas na hora de comer.

Tanta coisa mudara em dois anos!... Ela poderia, mesmo, investir em uma casa junto com o ex-namorado?

— E tem mais. Nós não apenas levamos a casa, como também toda a mobília! Parece que a dona sumiu sem deixar vestígios. Ninguém limpa este lugar desde que ele foi à leilão.

— Sumiu? Ela não tem família?

Nenhuma resposta.

— Jace?... Ainda está aí?

— Nossa!

— O que foi? - Kat ouviu um estrondo, depois o telefone caindo do outro lado da linha.

— Jace! Que barulho foi esse??

— Tem um... Ai!... Os degraus precisam de conserto. Ao menos os que ainda estão inteiros.

— Você está bem?

— Sim. Só torci o tornozelo. É difícil enxergar sem eletricidade. Quando pode vir para cá?

Kat checou o relógio de pulso. Após desabilitar o acesso e as senhas de Bryant, ela havia escaneado todos os arquivos do computador dele e cada pedaço de papel em seu escritório. Em dez horas, não encontrara nada, a não ser os comprovantes de transferência eletrônica na gaveta da mesa do executivo. Talvez uma mudança de cenário pudesse lhe clarear a mente e fazer com ela começasse a manhã seguinte com a cabeça mais arejada.

— Preciso passar no escritório primeiro. Pode ser em duas horas?

Ela conhecia bem Jace. Ele já devia estar com uma lista de afazeres marcada com o tempo estimado para cada tarefa.

E ela estava ansiosa por ver o que ele tinha em mente. Talvez conseguisse dar um jeito. Se resolvesse logo o caso da Liberty, conseguiria ao menos uma parte do dinheiro para dar a Jace. Rastrear aquelas transferências eletrônicas não poderia ser tão difícil.

Kat apanhou a bolsa e a pasta, depois rumou para a área da recepção, onde uma enorme laje de pedra com um veio de diamantes dominava o ambiente. Mal passou por ela e ouviu vozes exaltadas em um escritório ali perto. Dinheiro perdido tinha o dom de provocar aquele tipo de coisa.

Caminhou na ponta dos pés até o escritório de Susan, equilibrando-se sobre os saltos tamanho dez na tentativa de evitar que um passo em falso a denunciasse.

— Está falando a sério? - retorquia Susan. — A polícia já deve ter uma lista gigantesca de fraudes em que trabalhar. Precisamos de alguém totalmente concentrado na Liberty para recuperar o dinheiro. Acha, mesmo, que a polícia teria a Liberty como prioridade?

Ainda assim, ela não pensava nem sequer em fazer uma denúncia?, perguntou-se Kat.

— A polícia, ao menos, está melhor aparelhada. O que Katerina pode fazer se encontrar o dinheiro? Não tem condições de recuperá-lo.

De quem era a voz masculina? Kat não a reconhecia, embora o homem obviamente soubesse quem ela era.

— Pode até ser. Mas, assim que Kat tiver feito o trabalho braçal, poderemos chamar as autoridades. Isso reduz o prazo e nos faz passar ao largo de toda aquela burocracia jurisdicional. Quanto mais o tempo passa, menor é a chance de conseguirmos o dinheiro de volta.

— Ora, Susan, vamos ser sinceros... A Carter & Associados é, no máximo, como uma operação de dois bits.

Quem quer que ele fosse, Kat passou a odiá-lo. E as expectativas de Susan eram completamente irreais.

De qualquer modo, se ela estava prestes a ser dispensada, preferia pedir para sair.

— Estamos perdendo tempo. Ela não vai conseguir lidar com um caso tão complexo. Por que não contratou uma empresa grande? Elas são muito mais tarimbadas do que Carter! Estamos tratando de uma questão internacional, merda! Katerina é local. Grandes empresas contam com gente no mundo inteiro para seguirem a trilha do dinheiro.

Kat se aproximou mais, aguçando os ouvidos.

— Kat veio altamente recomendada, Nick. Já que sou a CEO, não vou ficar aqui sentada, esperando as coisas caírem do céu. Prefiro fazê-las acontecer! Quando você me contratou, disse que eu tocaria o negócio sem interferência do conselho, e agora fica aí, dando palpites. Precisa me dar carta branca nesta história. Sei o que estou fazendo.

Kat esticou o pescoço. Agora conseguia ver. Nick Racine, presidente do conselho da Liberty, encontrava-se sob a porta, de costas para ela. Tinha ambos os braços apoiados no batente. Parecia um animalzinho tentando parecer maior do que era.

Sem dúvida, Nick tinha complexo de inferioridade. Independentemente do poder que exercia como presidente e filho do lendário Morley Racine, cofundador da Liberty, não conseguia escapar ao fato de ter no máximo 1,67 de altura. Seus ternos eram feitos sob medida provavelmente por uma questão de necessidade, e não por mera extravagância.

Ela estava a três metros da porta agora. Não teria como escapar se fosse descoberta.

— Isso foi antes de cinco bilhões de dólares sumirem no ar. Aconteceu bem debaixo do seu nariz, Susan. Claro que estou preocupado. Foi você quem deixou acontecer! - A voz de Nick soou alterada quando ele esmurrou a parede.

De repente, Kat ouviu alguém tossir atrás dela. Deu um pulo e quase caiu dos saltos. Tinha sido apanhada!

À sua frente, do outro lado do corredor, estava o zelador, observando-a com um misto de curiosidade e divertimento. Ela lutou por permanecer na vertical, em uma versão bizarra da pose do guerreiro, típica da ioga, sobre uma só perna, e se obrigou a olhar para a frente, ignorando-o e rezando para que o homem não dissesse nada para atrair a atenção de Nick, que continuava na porta. Precisava apenas escutar o que eles estavam dizendo sobre ela.

Recuperou o equilíbrio e buscou o zelador com o olhar, porém o homem não se encontrava mais à vista.

Kat se apressou em pegar o celular. Poderia fingir ter parado para atender a uma ligação caso fosse vista.

Espiou dentro do escritório e viu Susan em pé, próxima à janela. Estava de costas para Nick, os braços cruzados diante do peito, o corpo esbelto delineado pela escuridão do lado de fora da janela do vigésimo segundo andar.

Susan virou-se e encarou Nick. Sua voz se elevou, traindo uma nota de desespero que ela, Kat, não percebera antes:

— Escute, Nick, eu prometo que vamos recuperar o dinheiro. Só me dê um pouco de espaço para respirar e...

— Já estou farto dessas suas promessas, Susan! Quero resultados até esta mesma hora, na próxima sexta-feira. Se o dinheiro não for encontrado, estará fora da Liberty.

Kat não pôde evitar soltar uma exclamação. O prazo de trinta dias de Susan já era desafiador o bastante. Encontrar Bryant e o dinheiro em uma semana, sem qualquer pista, era quase impossível, mesmo que ela trabalhasse vinte e quatro horas por dia!

Nick virou-se de repente e marchou para fora do escritório com o rosto vermelho de raiva.

Kat disparou pelo corredor até a mesa da recepcionista e abriu uma pasta, fingindo examinar seu conteúdo enquanto se equilibrava nos saltos, quase torcendo o tornozelo. Firmou-se, lutando para não ofegar.

Arriscou um olhar na direção de Nick. Ele a brindou com um olhar de puro desprezo, caminhando na direção do elevador.

Certas coisas nem precisavam ser ditas. O negócio era encontrar o dinheiro. E rápido!

CAPÍTULO 5

at só conseguiu chegar ao escritório às seis. Por um momento, pousou o olhar na pequena placa de identificação dourada, onde se lia em letras pretas e meio rabiscadas: *Carter & Associados.*

Na realidade, ela não possuía nenhum sócio; a menos que Harry Denton, que ocupava esse cargo voluntariamente, fosse levado em consideração. Tio Harry sempre arranjava desculpas para aparecer por ali, então ela decidira tornar aquilo oficial, de modo a ficar de olho nele. Ou quase isso.

Kat respirou fundo e abriu a porta.

— Kat! Por onde, diabos, andou o dia todo? Perdeu hora ou algo assim?

A voz grave de Harry se ergueu de algum lugar da recepção. Ela espiou por cima do balcão e avistou um par de pernas grossas em um corpo vestido com um macacão, saindo de baixo do móvel.

— Consegui um caso novo. O que está fazendo aí?!

Harry saiu de baixo da bancada, a careca coberta de suor. Tirou um lenço do bolso da camisa e enxugou a testa.

— Dando uma olhada na tomada. O computador *pifou.*

— Por que não chamamos o técnico de manutenção do prédio?

Tempo livre era um convite ao desastre para tio Harry, que muitas vezes agia primeiro e pensava depois. Embora não estivesse na folha de pagamento, ele se considerava gerente do escritório em meio período e técnico em manutenção, além de pau para toda obra. Seus horários eram flexíveis, espremidos entre uma partida de *curling*, o boliche na grama, o clube de *bridge* e suas tarefas de jardinagem.

— Pode ser - concordou Harry enquanto se levantava. - Pegou outro caso de divórcio?

— Não. Maior. - Kat resolveu mudar de assunto. — Quanto menos Harry soubesse, melhor. — Como estão as coisas por aqui, tirando o computador?

— Agitadas, Kat. Mas estou conseguindo segurar a onda.

— O telefone está tocando?...

— Bem, não a esse ponto. Mas preciso refazer esse arquivo todo. Tem que se organizar melhor, moça! Não consigo encontrar nada nesse troço. - Harry agitou os braços na direção dos arquivos de metal, herança do inquilino anterior, uma clínica odontológica. - Também reforcei a pia. É bom que o telefone não esteja tocando... Já há muita coisa acontecendo por aqui.

Kat suspirou. A última coisa de que precisava era ver seus arquivos revirados. Os métodos de Harry nunca eram muito convencionais.

— Ah, e aquele rapaz ligou de novo. Ele, com certeza, está ansioso por ver você. Parece um sujeito decente! Deveria sair com ele.

Por que somente os homens errados andavam atrás dela? Seu suposto pretendente era de uma firma de cobrança que ameaçava expor seu segredinho se ela não pagasse as dívidas. Seria uma tragédia ter os cartões de crédito suspensos.

— Tudo bem. Ligo para ele amanhã.

Se ao menos tio Harry soubesse da verdade!... Contadores forenses que não conseguiam administrar o próprio dinheiro não atraíam novos clientes.

Seu trabalho no *Bingo-Gate* terminara havia um mês. Ela já se encontrava prestes a jogar a toalha quando havia recebido o telefonema de Susan Sullivan. Estava com a conta bancária zerada, assim como a geladeira, infelizmente. A Carter & Associados praticamente falira; uma ironia que não tinha como esquecer.

— É melhor resolver essa história de uma vez, Kat. Esse cara não vai correr atrás de você para sempre.

Tomara.

Harry estava certo sobre uma coisa: ela precisava encarar suas dívidas e deixá-las para trás. Era o conselho que costumava dar aos clientes.

Mas isso também significava reconhecer que ela era um fracasso, o que ainda não estava preparada para fazer.

Provavelmente conseguiria enrolar os malditos cobradores por mais uma semana. Daria um jeito de resolver logo o caso da Liberty, receberia por isso e voltaria ao azul.

— Além do mais, já não é mais nenhuma jovenzinha - prosseguiu o tio dela. — Tem um homem na sua cola e você fica esnobando o sujeito.

— Eu sei. - Kat suspirou. Ela já passara dos trinta, e tio Harry continuava a fazê-la se sentir como uma criança.

— Kat, por que Buddy e Tina estão aqui, no escritório?

Ela fora capaz de justificar a presença do sofá e de seus outros móveis, mas inventar motivos para ter trazido o siamês e o gato malhado não era tão fácil.

— Tenho passado tempo demais no trabalho... Eles estavam ficando muito sozinhos em casa. É como se estivessem de férias.

A desculpa pareceu satisfazer tio Harry.

— O senhor se importaria em dar comida a eles, tio? Está na cozinha.

— Claro que não. A propósito, Kat, li o relatório anual da Liberty que você deixou em cima da mesa. Aposto que não sabia, mas também sou acionista deles.

Ela não sabia mesmo!

Outro dilema, Kat pensou. Se Susan soltasse o comunicado de

imprensa, Harry ficaria sabendo de tudo. Caso contrário, a mulher estaria traindo a confiança de seus clientes.

Se ela, Kat, não contasse nada ao tio, não estaria defendendo seus interesses.

O que poderia fazer?!

— Encontrou alguma coisa interessante? - indagou, preocupada.

— Nada que eu já não soubesse, a menos que se leve em consideração o crescimento absurdo da empresa. Claro que foi por isso que investi nela. Acho que me dei bem, este ano!... A Liberty é o seu novo caso?

— ...É. - Kat se preparou para o inevitável, vendo a expressão satisfeita de Harry desaparecer.

— O que aconteceu? Informações privilegiadas? Falência?

— Vai ter que esperar pela nota de imprensa na segunda-feira, tio. Isso se houvesse alguma.

— Sabe por que motivo essas empresas me contratam... - ela prosseguiu, relutante. — Há fraude envolvida. Não posso lhe dizer mais nada, mas as ações provavelmente vão cair depois do comunicado de imprensa, segunda de manhã. Vai perder ao menos uma parte do seu lucro - avisou, pesarosa.

Depois disso, entrou na cozinha e a vasculhou, entretendo-se com um saco de pipocas de micro-ondas e café requentado. Acomodou-se no escritório em seguida, esvaziando o conteúdo da pasta e organizando-o em pilhas sobre a mesa enquanto consumia a pipoca.

Olhou os maços de papéis. O que estava deixando escapar? Como diretor financeiro, Bryant tinha acesso às informações mais concretas e confidenciais. Nenhum banco iria questionar uma ordem dele.

Ainda assim, estava abismada com o descaramento daquele crime. Não havia nenhuma rede complexa de transações envolvendo notas frias, *offshores* ou financiamentos de elementos extrapatrimoniais. A fraude se dera em apenas três transferências eletrônicas, e ninguém pensara em dar o alarme, afinal, Bryant as havia feito.

A coisa toda parecia simples demais, no entanto. Por que Bryant havia deixado as provas das transferências eletrônicas em sua mesa, onde poderiam ser facilmente encontradas? E como uma fraude daquele tamanho pudera passar despercebida por dois dias?

Lá fora, a luz do dia começou a ceder enquanto a chuva tamborilava suavemente nas janelas que iam do chão até o teto, transformando as luzes de Coal Harbour em borrões entremeados. Kat tomou um gole de café frio e jogou o saco de pipocas vazio na lata de lixo. Por que tudo parecia uma faca de dois gumes? Ela havia conquistado sua maior cliente e descoberto, no mesmo dia, que esta se encontrava à beira da falência. Ela e Jace tinham adquirido uma casa por uma bagatela, e ela não tinha como pagar pelo imóvel...

Estudou o último e mais pesado arquivo de transferências bancárias, procurando um padrão. Fraudadores que planejavam executar dolos gigantescos normalmente testavam o terreno com transações menores, à princípio. Se Bryant havia tentado fazer isso e fora descuidado, ela encontraria o fio da meada.

Após quatro horas, entretanto, seus esforços haviam sido recompensados apenas por fadiga ocular e uma tremenda dor de cabeça.

Kat olhou a lista de opções de ações pendentes, e um nome chamou sua atenção. Após atuar como CFO por dez anos, Bryant acumulara um grande número de opções de ações, mais até do que Susan em seu curto mandato como CEO. Curiosamente, ele nunca exercera a opção por nenhuma delas, embora estas fossem exercíveis e *in the money.*

Kat fez uma conta rápida. No preço de fechamento daquele dia, elas estariam valendo, por baixo, trezentos e vinte e dois milhões.

Não fazia sentido. De quanto dinheiro uma pessoa precisava, afinal? Por que Bryant iria passar a mão em cinco bilhões de dólares e deixaria para trás trezentos e vinte e dois milhões?...

CAPÍTULO 6

antiga escadaria vitoriana rangeu sob os pés de Kat quando ela a galgou, dirigindo-se para as portas envidraçadas da entrada. A casa definitivamente precisava de reparos, mas, à luz do dia, Kat pôde ver seu potencial muito melhor do que em sua excursão com a lanterna, na noite anterior.

Flanqueando os degraus, havia um par de rododendros gigantes, com azáleas menores e outros arbustos preenchendo o jardim da frente. Tudo o que este precisava era de uma boa poda para revitalizar as plantas.

A casa, com sua pintura descascada e acabamentos ornamentados, lembrava mais uma 'casa de gengibre' gigante e deteriorada. Só precisava de alguns consertos... Mas consertos custavam caro.

Na verdade, o imóvel era de Jace, ela lembrou a si mesma. Jamais conseguiria arrumar os quarenta mil que agora devia a ele. Mesmo que resolvesse logo a fraude de Bryant, não viria a cor do dinheiro tão cedo. Não devia ter topado investir com Jace, por mais que sua oferta não tivesse muita chance de sucesso.

Ela girou a maçaneta da porta destrancada e entrou. O sol da manhã batia no saguão, os feixes de luz realçando a poeira. A casa pareceu muito diferente do que ela imaginara na noite anterior. Principalmente os móveis, cuja maioria devia ser tão antiga quanto a casa. Eram antiguidades bem-cuidadas, inexplicavelmente deixadas para venda em um leilão municipal.

— Jace?...

Nenhuma resposta.

Kat fez uma pausa no aparador do corredor e apanhou algumas cartas que repousavam sobre uma pilha de panfletos e jornais. Uma conta de telefone e outra de energia, onde se lia *Última Notificação*, estavam endereçadas a Verna Beechy. Outro envelope prometendo centenas de dólares em economia por meio de cupons fora endereçado *Ao Atual Ocupante*. Nada pessoal, até onde ela podia ver.

Quem seria Verna, e o que havia acontecido com ela?

Ao recolocar as cartas no aparador, ela notou o antigo armário de Bordo Olho de Pássaro próximo à entrada. Abriu as portas e espiou lá dentro. Vários casacos de mulher permaneciam pendurados em cabides, com sapatos e botas de qualidade cuidadosamente organizados na parte de baixo: Rockport, Cole Haan e um par de botinhas Hush Puppies. Calçados bons para caminhada.

Sapatos diziam muito sobre uma pessoa. Verna devia ser uma mulher prática, que apreciava qualidade. Mulheres sensatas assim não costumavam deixar contas sem pagar... ou perder os bens em um leilão.

Era como se Verna pudesse se materializar a qualquer momento, de volta de uma ida ao supermercado, para encontrar dois estranhos em sua casa.

Kat tratou de fechar a porta do armário, sentindo-se como uma intrusa.

— Kat?... Estou aqui!

Ela seguiu a voz de Jace até a sala de jantar. A pesada mesa de carvalho fora empurrada contra a parede, e as oito cadeiras estavam empilhadas sobre ela. As cortinas tinham sido enroladas em um nó, de modo a ficarem afastadas do assoalho agora coberto por quase três centímetros de água onde o piso se inclinava. Havia baldes colocados estrategicamente ao redor do cômodo, no chão e sobre um grande aparador de carvalho.

Jace se curvava sobre um aspirador. Vestia calças de moletom enroladas e botas de borracha, os ombros largos formando um V, com os músculos se retesando sob a camiseta branca de algodão enquanto ele esvaziava o compartimento de pó. Ex-namorado ou não, ele ainda era o homem mais bonito que ela já tinha visto.

— O que aconteceu?

— Um vazamento no telhado. Esqueceu da chuva na noite passada?... — Jace se endireitou e acabou batendo a cabeça no lustre.

Como era possível que fosse tão atento a detalhes e, ainda assim, acabasse vítima de um candelabro?...

— *Merda!* - ele praguejou quando o lustre girou para trás e tornou a atingi-lo.

— Ai... Tudo bem aí? - Kat agarrou o candelabro para firmá-lo e o esfregou na lateral da cabeça.

Por uma fração de segundo, esqueceu-se de que eles não eram mais um casal. Ambos haviam tocado o barco adiante, e aquilo tudo não passava de um negócio.

Jace nada disse, os olhos apenas acompanhando a mão dela enquanto esta se afastava de seu rosto.

— Estou bem. Viu isso? - Ele apontou para o teto.

Uma rachadura atravessava o estuque de uma extremidade à outra da sala.

— Dá para consertar?

— Claro. Só precisamos de tempo e dinheiro. Coloquei uma lona no telhado. Vamos consertá-lo primeiro, depois contratar alguém para refazer o gesso. Se a gente conseguir secar logo o restante da água, as tábuas do assoalho não vão envergar.

Kat olhou a água penetrando em suas botas de camurça e rumou para a cozinha. Deixou o notebook e a bolsa sobre a mesa e sentou-se para tirar as botas.

Foi quando ela viu o papel. *O Homem de Cinco Bilhões de Dólares - Uma Lição sobre Corrupção*, de Jace Burton.

— Está escrevendo uma matéria sobre a Liberty?... - Kat sentiu a pulsação acelerar ao ler as primeiras linhas. Havia detalhes ali sobre as transferências eletrônicas. Detalhes que ninguém conhecia além dela.

— Estava tentando... até o telhado começar a vazar. - Jace a seguiu até a cozinha, carregando um balde de água.

— Onde conseguiu isto? - Ela sacudiu o papel. Havia apenas um lugar de onde aquilo podia ter vindo.

Jace não respondeu. Apenas despejou a água dentro da pia, evitando seu olhar.

— Pegou isto no meu notebook?... Como pôde, Jace? Isso é espionagem! — Ela arrancou as botas e as arremessou contra a parede, sem se importar se ficariam molhadas ou não. O que mais ele tinha visto?

Jace se virou quando as botas se chocaram contra o rodapé.

— Não espionei coisa nenhuma. Deixou o laptop ligado no escritório, ontem à noite, e acabei vendo quando passei aqui.

— Quando 'passou aqui'? Com o computador dentro do *meu* escritório e virado para a parede?... Espera, mesmo, que eu acredite nisso?

Ela se levantou, caminhou de volta para a sala de jantar e pegou um esfregão.

— Deveria instalar um protetor de tela - provocou Jace. — Não. Pensando bem, melhor não...

Ele desviou para a direita quando Kat voltou até a pia da cozinha empunhando o esfregão.

— Não tem graça, Jace! Isso é informação confidencial!

— Mas é um furo de reportagem! A CFO e a Mina de Diamantes Falida.

— A mina ainda não está falida.

— Mas vai falir.

— Não se eu puder ajudar.

O que ela estava dizendo? Ainda não aceitara o caso.

— Preciso de uma matéria, Kat. Telhados são caros. E consertar um piso não é exatamente barato... Podemos fazer boa parte do serviço, mas, ainda assim, vai custar muito.

Kat fez uma conta de cabeça. Aquela de ideia de reformarem e venderem a casa já não parecia tão promissora. Mesmo com o dinheiro da Liberty.

— Não podemos pular fora deste negócio? Vender para o próximo licitante com o lance mais alto?

— E desistir da chance de vender o imóvel por um valor dez vezes maior? De jeito nenhum.

— Jace, você não vai escrever essa matéria à minha custa.

— Relaxe, Kat. É apenas um rascunho. Quando o comunicado de imprensa for divulgado na segunda-feira, eu já terei escrito a reportagem.

— Susan não vai soltar nenhum comunicado de imprensa.

— Mas ela tem que fazer isso!

— Jace, em relação à casa, preciso *te* dizer...

— Não mude de assunto, Kat. Eu preciso dessa matéria! Tudo o que havia para escrever sobre falências dos bancos, execuções hipotecárias e as bonificações absurdas dos banqueiros já foi escrito. Esse caso da Liberty é novidade e pode ser um furo! Não deixe outro repórter pegá-lo... Por favor!

Kat suspirou. Talvez houvesse um jeito de fazer isso.

— Tudo bem, mas com a condição de que você não escreva nada que já não seja público.

— Mas, se não vai haver comunicado de imprensa, que informação pública existe?

— Nada até agora. Mas, quanto mais rápido eu resolver isso tudo, mais cedo a coisa virá à tona.

As habilidades de investigação de Jace poderiam ser úteis se ela conseguisse mantê-lo em silêncio. Sem dizer que Jace, como diretor da Carter & Associados, assinara um acordo de confidencialidade.

— Lembra-se do acordo de sigilo que você assinou? Como diretor, está obrigado a cumpri-lo.

— Não posso denunciar nada? Está me torturando!

— Com que frequência você depara com uma fraude de cinco bilhões de dólares?...

— Está bem. Trato é trato. Então... do que está sabendo?

— Não muito. Bryant fez várias transferências desse dinheiro. Consegui rastreá-lo nas Bermudas, em Guernsey, nas Ilhas Cayman e, depois, acabei perdendo a trilha em uma conta no Líbano.

— Líbano? Por que ele iria transferir o dinheiro para lá?

— Boa pergunta. Provavelmente imaginou que fôssemos perder o rastro com toda essa movimentação. Além do mais, o Líbano não é um lugar ruim como ponto de chegada quando se está ocultando dinheiro roubado. As leis de sigilo bancário no país são muito rígidas, por isso esses bandidos gostam de lá. A comissão bancária libanesa não pode acessar informações de contas particulares, nem o nome de depositantes. Apenas o gerente do banco conhece os detalhes, e é impedido legalmente de fornecer qualquer informação. Isso quer dizer que é impossível rastrear qualquer coisa, uma vez que os bancos estão proibidos por lei de divulgar quaisquer detalhes a qualquer pessoa, até mesmo para quem aplica as leis.

— Bryant tem alguma conexão por lá? Ele ao menos fala o idioma?

— Nem precisa. Com o comércio eletrônico, não é necessário se estar fisicamente no lugar. Bryant pode apenas manter a conta e operá-la de qualquer parte do mundo.

— E agora? Como vai encontrá-lo?

— Vou examinar mais alguns extratos bancários da Liberty e buscar outras transferências suspeitas. Talvez ele tenha deixado alguma pista, alguma transação menor que fez como teste. A maioria das pessoas não opera uma fraude desse tamanho sem tentar algo mais discreto primeiro. E, por mais estranho que seja, quando as quantias não são muito grandes, essas pessoas não são tão cuidadosas. É quase como se estivessem brincando, ou não houvessem se deci-dido. Por isso é menos provável que se cerquem de cuidados. O dinheiro acaba no mesmo lugar, mas com menos transferências ao longo do percurso. - Kat torceu o esfregão no balde. — E então... o que sabe sobre Bryant, Jace? Já deve ter escrito algo sobre ele e a Liberty na seção de negócios. Notou alguma coisa incomum?

— Não. Na verdade, até encontrei com ele algumas vezes. Da última vez, eu o entrevistei para um artigo sobre mineração no norte do Canadá. Cara esperto. Conhece o negócio. Também tem diploma de geólogo... Tirou antes de decidir entrar para as finanças.

Aquilo era novidade para Kat. Susan nunca mencionara nada sobre um diploma em geologia.

— O que descobriu sobre ele?

— Bem, ele imaginou que o norte canadense seria a bola da vez. Falou que o aquecimento global seria extremamente benéfico para o Canadá e, em particular, para a Liberty. Achava que a abertura da Passagem do Noroeste resultaria em uma enorme economia no custo dos transportes e em uma melhor acessibilidade para a mineração no extremo norte. Também disse que a Liberty superaria a DeBeers em tamanho nos dez anos seguintes.

— Aparentemente, ele pretendia ficar na Liberty por muito tempo... Então, por que roubaria o dinheiro? Mais uma vez, não faz sentido. Bryant ganharia mais se ficasse por perto em vez de arriscar tudo e se tornar fugitivo pelo resto da vida.

O celular de Kat tocou. Era Harry.

— Parece que as coisas na Liberty ficaram mais complicadas - ela falou, tensa.

— Como assim? Já não estavam complicadas o bastante com o sumiço de um CFO e de cinco bilhões de dólares em uma semana?

— Alex Braithwaite foi assassinado, Jace. A polícia encontrou o corpo às margens do rio Fraser.

CAPÍTULO 7

— O que sabe sobre Alex Braithwaite?

Os detalhes tinham sido escassos nas notícias pela manhã. Braithwaite fora executado com uma única bala na cabeça e seu carro ficara estacionado próximo ao rio, onde ele havia sido encontrado.

— Está falando sobre o cara que foi assassinado ontem à noite? - Cindy Wong sentou-se diante de Kat, passando a unha benfeita sobre seu último acessório de moda, a tatuagem de uma rosa logo acima do pulso.

Kat torceu para que a *tatoo* fosse do tipo temporário. Do escritório, elas observaram um hidroavião que se preparava para aterrissar no porto, lá fora.

— Esse mesmo. Ele trabalhava para uma cliente, a Minas de Diamante Liberty.

Após conversar com Jace, ela decidira levar o caso adiante.

— Não sou da Homícídios, Kat. Sei tanto quase se ouve na TV. Além do mais, assim como você, não posso discutir detalhes de casos que se encontram sob investigação.

Para uma policial à paisana, o último disfarce de Cindy era... bem, um tanto quanto chamativo.

— Está usando um aplique?

— Gostou?

Os cabelos da moça não somente pareciam ter dobrado de tamanho em relação à semana anterior, como também se encontravam louro platinados e presos em tranças.

— Ficou um arraso... Missão nova?

A natureza secreta do trabalho de Cindy a obrigava a mudar frequentemente de aparência. Aquele, porém, era seu visual mais extravagante.

— Não. A mesma. Só achei que estava na hora de apimentar um pouco as coisas. Meus amigos do submundo gostam desse tipo de *look*. É meio que um disfarce dentro do disfarce, acho. - Cindy sorriu.

— A polícia não tem, mesmo, nenhum suspeito no assassinato de Braithwaite? - Kat tentou se lembrar dos comentários do executivo. Ele conhecia seu assassino?

— Nenhum que eu saiba. - O celular de Cindy tocou. — ...Tenho que ir.

Harry entrou correndo no escritório, quase trombando com Cindy quando esta se levantava para ir embora.

— Kat, as ações da Liberty estão caindo! O que eu faço?!

Kat clicou no ícone de negociação de ações da Liberty - LDM - no notebook. Sem dúvida, as ações da empresa estavam despencando. Na primeira hora de negociação, a Liberty perdera metade de seu valor.

— Sinto muito, tio Harry. Nem sei o que dizer.

Ela clicou em busca de notícias na imprensa. O assassinato de Braithwaite forçara Susan a revelar a fraude e o desaparecimento de Bryant.

— Em quanto tempo consegue encontrar o dinheiro? - Harry recostou-se na parede, a cabeça enterrada nas mãos.

— Estou trabalhando nisso.

— Acho que vou vomitar... - declarou o tio dela, pálido, antes de largar uma folha impressa sobre a escrivaninha e deslizar parede abaixo até desabar no chão. — Meu corretor disse que não tinha erro!

— A única coisa que não tinha erro era a comissão dele! - Kat apanhou o papel. Era uma impressão do extrato de Harry no Bancroft Richardson.

— Eles acabaram de me ligar. Disseram que tenho um valor de cobertura.

Kat analisou o extrato.

— Comprou ações da Liberty na margem?!

Comprar na margem era essencialmente um empréstimo do corretor, garantido pela ação que se possuía na conta. Se o valor da ação caísse, seria preciso investir ainda mais dinheiro.

— Ah, meu Deus, estou encrencado, Kat. Muito encrencado!

— Novidade...

Tio Harry comprara duzentos e vinte e cinco mil dólares em ações da Liberty. Agora elas estavam sendo negociadas por uma fração de seu valor original e provavelmente não valeriam quase nada até o final do dia.

Kat também ficou enjoada.

— Já ouviu falar de diversificação, tio?

— Eu tinha que entrar antes que o preço das ações decolasse. O Bancroft Richardson até me emprestou dinheiro para eu poder comprar mais... Elsie vai me matar. Vamos ter que hipotecar a casa de novo.

— Vamos ver. Você deve cento e cinquenta mil, e isso não é nada bom. Ou deposita mais dinheiro ou vende as ações.

— Mas vender concretizaria as minhas perdas. As ações vão tornar a subir, não vão?

— Não posso afirmar nada, tio Harry. Precisa decidir por si mesmo. - Kat analisou melhor o extrato. A última transação datava do dia anterior. — Comprou mais ontem?... Depois que soube que eu estava no caso?!

— Eu não sabia sobre o dinheiro roubado. Mas sei que você vai encontrá-lo. Daqui a um mês, isso tudo vai ser um bom negócio.

— Investiu mais só porque eles me contrataram?

— Tenho fé em você, Kat.

Fé. Que palavra forte!

Harry tinha fé em suas habilidades. Os acionistas da Liberty tinham fé no valor de seu investimento.

E se tudo desmoronasse como um castelo de cartas?

CAPÍTULO 8

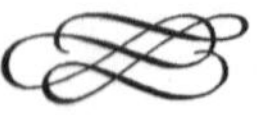

— Luis, chame o Rodriguez - Ortega rosnou no viva-voz.

— Quero meu dinheiro. - O garoto estendeu a mão, os olhos castanhos e sem brilho fixos nos de Ortega. Usava uma camiseta surrada, de mangas curtas, shorts da Nike e sandálias de plástico pretas. Um traje típico dos meninos de rua.

— Claro, Antonio. O *Señor* Rodriguez vai lhe dar. - Ortega o dispensou com um gesto. Queria aquele moleque sujo longe do escritório.

Ele apontou Rodriguez quando as portas de dois metros e meio se abriram para o gabinete externo. O capanga permaneceu parado do lado de dentro de um dos painéis entalhados à mão.

O garoto fez uma careta para Ortega e se virou para encarar Rodriguez com a mão estendida.

— *Cadê* o meu dinheiro?

— Venha cá.

Ortega alisou as abotoaduras de ouro e diamantes enquanto seu guarda-costas levava o garoto embora. Duzentos pesos era mais do que o menino ganharia em um mês roubando ou mendigando. Mais do que ele próprio valia.

Pena que Antonio nunca teria a chance de gastar o dinheiro. Em poucas horas, iria se juntar aos outros, agora envoltos em bases de concreto ou enterrados nas estradas. Buenos Aires possuía muitos monumentos, nem todos eles públicos.

Ninguém sentiria falta de Antonio, exceto, talvez, alguns meninos de rua na estação de trem do Retiro onde ele, Ortega, encontrava a maior parte de seus 'colaboradores'. Em poucos dias, preocupados em fumar *paco* ou conseguir alguma coisa para comer, eles iriam se esquecer de como Antonio era.

Ortega suspirou. Estava atrasado para a reunião.

— Luis! — gritou enquanto passava pelo rapaz. - Sala de reunião!

— Sim, chefe.

— E traga o mapa.

Com sede em uma torre de escritórios sofisticada, porém discreta, no distrito da Recoleta, sua organização era maior que a Microsoft e muitas outras multinacionais, embora não se encontrasse listada na Fortune 500. Sendo de capital fechado, a empresa era conhecida por poucos e contabilizada por um número de pessoas ainda menor. Por meio dela, ele controlava governos, impactava muitos setores do comércio mundial e até influenciava na guerra e na paz.

Ortega enrolou as mangas da camisa enquanto entrava na sala de reuniões já abafada. O ar condicionado mostrara-se incapaz de lidar com a onda de calor que envolvera Buenos Aires nos últimos dez dias.

Seus homens ocupavam dez das doze poltronas em torno da mesa da sala. Apenas a dele e mais uma continuavam vagas. O assento de Vicente Sastre permanecia livre desde que este desaparecera havia dois anos. Ele mantinha a cadeira vazia de propósito, como um lembrete para os outros homens.

Estes, por sua vez, fingiam não notar a ausência de Sastre. Ninguém se atrevia a perguntar a respeito.

Ortega sentou-se e esperou que Luis pendurasse o mapa. Então se voltou para os presentes na sala.

— Os negócios estão em baixa, e o volume da produção caiu. Temos que fazer alguma coisa para manter a lucratividade. Principalmente na África - afirmou, apontando o quadro. — No passado, esse país representava metade dos nossos lucros. Temos que recuperar a média.

Silêncio.

Mesmo obtendo receitas anuais maiores que o PIB de muitos países, ele estava preocupado.

— Precisamos crescer. Não apenas em termos de tanques e equipamentos, mas também em armas menores, como explosivos e Kalishnikovs.

As Kalishnikovs eram o feijão com arroz do comércio de armas: volume alto, margem baixa. Para Ortega, elas eram um fiasco, mas estabelecer novos negócios seria a chave. Todo senhor da guerra que se prezasse mantinha Kalishnikovs às dúzias. Nos bons tempos, elas valiam seiscentos dólares; ou seis vacas, dependendo do país. Em alguns deles, valiam diamantes.

Na África central, ele havia monopolizado o mercado de diamantes de sangue. O sistema de Certificação Kimberley impedia os rebeldes de venderem a produção de suas minas no mercado aberto, sobretudo na quantidade que precisavam para financiar suas guerras. Por isso ele comprava todos os diamantes, em troca de armas e dinheiro, por uma fração de seu valor. Conseguia driblar os controles contra a lavagem das pedras, mas precisava de um suprimento constante de diamantes para fazer o esquema funcionar.

— O problema é que ninguém mais está lutando - argumentou Luis. — Não existe demanda.

O restante dos homens assentiu em conjunto, porém permaneceu em silêncio. Luis fora o único que ousara opinar.

Ortega levantou-se e foi até a janela alta, com vista para a água. Lá fora, o sol da tarde refletia no Rio de la Plata. Uma brisa suave soprava as águas, enquanto os *porteños* 'direitos' cuidavam de seus negócios nas ruas, lá embaixo.

— Nós criamos a demanda. - Seus olhos castanhos e penetrantes escanearam a sala, procurando por qualquer sinal de hesitação.

— Como? - quis saber Luis. — Começando uma guerra?

— Exatamente - ele confirmou, decidido.

41

— *E*les atiram gente para fora de helicópteros por qualquer coisa. - Ken Takahashi emergiu da lateral da casa carregando uma braçada de lenha e jogou tudo na parte externa da garagem. Com a barba por fazer, e usando calças jeans e uma jaqueta de lã, não tinha a postura empresarial que Kat esperara ver no antigo geólogo-chefe da Liberty.

Takahashi havia deixado a Liberty dois anos antes, logo após a descoberta de uma nova jazida de diamantes em Mystic Lake. Pelo pouco que Kat soubera por Susan e outros, ele e Bryant costumavam ser muito próximos. Por isso ela decidira fazer uma visita ao rapaz: para obter mais informações sobre o CFO da Liberty.

— Por que tipo de coisa?... - Takahashi estaria insinuando que um escândalo o forçara a deixar a Liberty?

Ele não respondeu. Em vez disso, fez um sinal para que Kat o seguisse.

— Vamos... eu explico lá dentro. Vamos tomar um café.

Kat seguiu Takahashi, tendo como companhia um labrador negro e grisalho junto à coxa. A marcha artrítica do cão, enquanto este subia os degraus com cuidado, revelava sua idade.

Tinha sido fácil encontrar o lugar: um sobrado discreto com tinta amarela desbotada. A casa, cercada por uma pequena área que dava para o rio, devia ter sido bem cuidada em um passado distante. A estrutura outrora rica do jardim agora não passava de algumas plantas remanescentes cobertas pelo mato, com clematites que pareciam competir com a glória da manhã em uma corrida até o telhado da casa. Restos de canteiros cuidadosamente inclinados para apanhar melhor o sol agora se encontravam repletos de grama e dentes-de-leão. Era a natureza voltando a ser selvagem.

Como na maior parte das casas ao longo da River Road, vários itens que já haviam esgotado sua vida útil continuavam espalhados pelo jardim. A casa de Ken Takahashi podia não ter nenhum veículo enferrujado e sem placa, mas, por outro lado, expunha uma infinidade de armadilhas de caranguejo, redes de pesca e um velho barco arruinado ao lado da entrada para carros. O barco parecia tudo menos navegável, sua pintura descascada indicando, sem sombra de dúvida, que este não era utilizado havia décadas. O único fator de redenção da propriedade era a vista panorâmica do rio Fraser, do outro lado da rua.

Takahashi insistira para que Kat fosse vê-lo ali. Como antigo geólogo-chefe da Liberty, relutara em se encontrar com ela perto de seu antigo escritório, no centro da cidade, ou em qualquer outro lugar público.

Mas ela não tinha com o que se preocupar. Não havia executivos circulando pela River Road naquela tarde. Apenas alguns ciclistas treinando e uns caminhões basculantes esquisitos sendo carregados.

O pouco que ela sabia sobre o geólogo, aprendera com Jace. Takahashi havia deixado a Liberty em meio a uma nuvem de controvérsias, logo após questionar a viabilidade de novos *pipes* de kimberlito em Mystic Lake. Fora obrigado a sair depois que provaram que ele estava errado.

Os dois se acomodaram à uma mesa de carvalho redonda, na cozinha, sob uma lâmpada que pendia do teto. A cozinha era limpa e funcional. A decoração dos anos 70 parecia uma foto do ANTES de um daqueles programas de reformas da TV.

Takahashi serviu café em duas canecas diferentes e apontou uma tigela de cereais cheia de pacotinhos de açúcar e aditivos cremosos. Kat escolheu a caneca com a foto de um helicóptero, onde se lia a legenda *Eu amo helicópteros*. Na outra, lia-se *O aquecimento global é balela*.

O velho labrador sentou-se no chão, aos pés de Takahashi, e a fitou com uma expressão que era um misto de curiosidade e preguiça.

— E então... Já foi jogado de algum helicóptero? - ela indagou.

— Não até agora. Mas acho que eu deveria me considerar um cara de sorte por ainda não ter acontecido.

— Está dizendo que a Liberty não passa de outra Bre-X? - Kat não tinha muita certeza de como a fraude na mineração de ouro, na Indonésia dos anos 1990, se encaixava no sumiço de Bryant. Porém, não tinha mais nada na manga.

— Não estou dizendo nada. No fundo, eu preferiria nem falar com você. Não se ofenda, não é nada pessoal... Mas, na última vez em que abri a boca, perdi tudo - meu trabalho, minha reputação e a maior parte dos meus amigos. O único sujeito que não fazia parte do esquema sumiu, e fui eu que...

— Está falando sobre Bryant? - Kat o encarou, descrente. Não apenas fora impossível rastrear o dinheiro, como aquela informação a levava de volta à estaca zero. — Não acredita que ele era corrupto?

Takahashi despejou um pacote de açúcar na caneca e mexeu o café com uma colher suja, enquanto Kat decidiu tomar o dela puro.

— Claro que não. Ele caiu numa cilada. Racine e o restante do conselho só cuidam dos próprios umbigos. *Pintou* má notícia, eles abafam. Se não há notícia boa, eles inventam algumas. Acho que se eu soubesse o que era bom para mim, teria ido adiante... Mas está tudo errado, então é apenas uma questão de tempo até as pessoas descobrirem tudo.

— Mas, você era o geólogo-chefe. Por que não disse que eles

estavam errados? Ainda pode fazer isso, você sabe. Se acha, mesmo, que Bryant é inocente, pode até ajudá-lo.

Aos olhos de Kat, o silêncio de Takahashi foi sinônimo de concordância. Se ele detinha a chave do destino de Bryant, e também do dinheiro perdido, por que não abria o jogo?

— Já perdi meu emprego, um cargo que ocupei por vinte anos. Racine e os outros podem muito bem cuidar para que eu nunca mais arrume um trabalho. Para falar a verdade, até agora não consegui nenhum. A mineração de diamantes é um nicho restrito. Todo mundo conhece todo mundo, e eu preciso de um contracheque. No momento, não estou com um histórico muito bom, afinal perdi o maior achado no norte canadense dos últimos dez anos... Ninguém está a fim de me dar uma chance. A maioria das empresas de mineração tem data de validade. Os investidores injetam toneladas de dinheiro a princípio, quando o futuro é cintilante e tudo parece possível. Mas, após alguns anos, e mais algumas rodadas de captação de recursos, eles ficam meio enfastiados. Querem ver resultados antes de colocar mais dinheiro sobre a mesa. Um geólogo que consegue bons resultados é a chave, e eu não me encaixei nesse perfil.

— Eles acabaram encontrando mais diamantes em Mystic Lake. Como explica isso?

— Eu não sei como eles fizeram isso, mas com certeza é uma farsa.

Kat não soube o que pensar.

— Está me dizendo que eles fabricaram os resultados? Só para deixar os executivos e investidores satisfeitos?

— Decida por si mesma. Não vou arruinar minhas chances de voltar a trabalhar. E, se eu se fosse você, teria cuidado. Há muita coisa em jogo.

— Um salto não planejado de um helicóptero, por exemplo?...

O assassinato de Braithwaite estaria relacionado àquilo de algum modo? O *timing*, sem dúvida, era interessante.

Desta vez, Takahashi ignorou o comentário de Kat e mudou de assunto.

— O quanto conhece sobre mineração de diamantes?

— Honestamente? Não muito. Sei que o diamante vem do solo de alguma forma e acaba cercado por ouro dentro de uma caixinha da Tiffany's. Como ele chega lá, não faço ideia.

Kat não resistiu a brincar um pouco. Estava ficando frustrada por aquela investigação estar se transformando em um *samba do crioulo doido* a cada hora que passava. Além do mais, fazer papel de tonta, às vezes, fazia as pessoas falarem mais, o que não era ruim quando se tentava obter mais informações.

— Bem, já percebi que tenho muito a ensinar. Os diamantes são, basicamente, carbono cristalizado. Eles se formam nas profundezas da terra e são alçados à superfície por fortes atividades vulcânicas. O magma, a rocha hospedeira, assim como os próprios diamantes, se formam em veios chamados kimberlitos quando chegam à superfície. Um kimberlito tem três partes: as raízes, o diatrema e a cratera. Tem a forma de uma cenoura, sendo que a cratera é o topo da cenoura. O diatrema é o ponto médio do kimberlito, e é onde você vai encontrar a maior parte dos diamantes. Essa parte tem, geralmente, de um a dois quilômetros de profundidade. As raízes ficam por baixo, com uma profundidade de cerca de meio quilômetro. Por fim, a cratera forma a parte de cima do veio. Certas características geográficas apontam os lugares onde os kimberlitos podem ser encontrados.

Agora Ken estava, obviamente, em sua zona de conforto. A mesma palestra que estava dando em casa, poderia dar em alguma universidade.

— E Mystic Lake é um desses lugares, imagino?

— Isso mesmo. Os kimberlitos são encontrados no núcleo dos continentes. Os veios ficam concentrados nesses núcleos, conhecidos como crátons arqueanos, os quais são formados por rochas com mais de dois milhões e meio de anos. Mystic Lake fica em uma dessas áreas. - Ken bebericou o café de sua caneca rachada. — Na verdade, a massa terrestre continental do Canadá cobre um dos maiores crátons arqueanos do planeta.

— Quer dizer que o Canadá é a bola da vez na mineração de diamantes?

— Bem... sim e não. Embora o Canadá tenha um enorme potencial, o acesso ao norte é limitado devido ao relevo inóspito, às condições meteorológicas extremas e à falta de estradas e infraestrutura. A exploração de novos veios, principalmente para a extração de diamantes, é financeiramente proibitiva.

— Isso explica por que a Liberty concentrou a exploração em torno dessa área e encontrou outro *pipe*.

Aquilo estava começando a ficar interessante, pensou Kat, enquanto tomava mais um gole de café.

— É muito pouco provável. Isso é que eu acho incrível... Passamos um pente fino nessa área, na última década. Acredite, se houvesse alguma coisa, teríamos encontrado. Duvido que tenhamos perdido algo substancial. Mystic Lake está praticamente no fim de seu ciclo de vida. -Ken fez uma pausa para pegar a jarra da cafeteira Mr. Coffee do balcão. — Os veios são geralmente encontrados em nichos com dezenas de quilômetros de distância entre si. Toda aquela área foi exaustivamente analisada com mapeamentos aéreos, estudos, o que você imaginar... Fizemos de tudo.

— De onde mais os diamantes poderiam ter vindo?

Ken Takahashi encheu as canecas, depois escolheu cuidadosamente as palavras.

— Essas pedras não são de Mystic Lake. Eu mesmo trabalhei naquela área por cinco anos. Era uma boa mina, mas não o tipo de produção que a Liberty está alegando. De jeito nenhum.

A mente de Kat fervilhou com as possibilidades.

— Está dizendo que eles podem ter falsificado os resultados?

— Não estou dizendo nada. Tire suas próprias conclusões. O que eu sei é que, nos últimos cinco anos, na melhor das hipóteses, os negócios ficavam no máximo empatados. - Os olhos castanhos de Takahashi a fitaram atentamente. — Escute, Kat... O único motivo pelo qual estou me abrindo com você é Paul. Ele era um cara legal. Não roubaria a empresa. — Os olhos dele continuaram a estudá-la. — Acho que ele é bode expiatório de alguém. Muita gente o queria fora do caminho.

— Quem?

— Não posso dizer.

— Não pode ou não quer dizer? - Ela não o deixaria escapar tão fácil.

— Não é mais da minha conta. Não há nada que eu possa fazer.

— Mas Bryant é seu amigo! Ele precisa da sua ajuda.

Ela não saberia dizer ao certo como começara a defender o homem que fora contratada para investigar.

— Desculpe. Não posso fazer nada. Mas, seu eu fosse você, levaria algumas amostras das pedras para um laboratório. Garanto que elas não são de Mystic Lake.

CAPÍTULO 10

Kat investiu em um café e dois cookies de chocolate no Café Marseilles, decidida a fazer uma pausa em seu voto de pobreza. Precisava de cafeína e carboidratos como combustível para sua maratona de contabilidade forense.

Caminhou pelos paralelepípedos até o escritório, mastigando o biscoito. A Water Street, ao pé de Coal Harbour, ocupava a parte mais antiga de Vancouver. O charme do verão em Gastown fora substituído por um cenário mais sóbrio, já que os navios de cruzeiro e os turistas haviam sumido por conta do inverno. Apenas os moradores mais antigos tinham permanecido. Alguns ocupavam lofts baratos e prédios sem elevador, enquanto os menos afortunados viviam nas ruas.

Kat desviou-se de um sem-teto quando este deixou seu abrigo improvisado de papelão e cobertores. Não era a melhor das vizinhanças, mas a vista que tinha da água e das montanhas, no escritório, era incomparável; e o aluguel, barato demais.

A descoberta de carvão em 1862 tinha dado início ao assentamento original de Vancouver. Algumas das construções mais antigas continuavam de pé, incluindo a Hudson House - o tradicional entreposto comercial da Water Street, cujas paredes de tijolos abrigavam a Carter & Associados.

Kat destrancou a porta da frente do prédio e subiu as escadas. Um cheiro de café queimado a envolveu quando ela abriu a porta do escritório e passou pela área de recepção vazia. Desligou a cafeteira na cozinha minúscula e seguiu o barulho de digitação até o escritório sobressalente.

O que tio Harry tanto digitava era um mistério, uma vez que ele não possuía nenhuma tarefa, nenhum cargo específico e nenhuma razão concreta para estar ali. A julgar pelo modo como 'catava milhos' no teclado, também não contava com nenhuma habilidade naquela arte. Aluno da professora de digitação Mavis Beacon é que ele não era.

— Tio Harry?... Não tinha jogo de *bridge* hoje? - ela indagou, torcendo para que ele não houvesse visto o saco de dormir e o colchonete no depósito, ao lado da cozinha. Estava ficando cada vez mais difícil esconder que ela agora morava no escritório, depois que deixara o apartamento na semana anterior.

— Foi cancelado. Já encontrou o nosso dinheiro?

— 'Nosso' dinheiro?...

— Você sabe. O da Liberty. E o tal de Bryant.

— Ainda não. Estou trabalhando nisso. O que está fazendo?

Ela olhou para a mesa de trabalho vazia e, no mesmo instante, arrependeu-se de sua ida até a casa para deixar o empreiteiro entrar. Tinha passado a maior parte do dia anterior recolocando as pastas que Harry tirara do arquivo, e agora elas haviam sumido novamente. Harry devia tê-las arquivado novamente, não em ordem alfabética, mas de alguma forma misteriosa que ela não conseguia compreender.

— Estou organizando seus arquivos de novo! - O tio apontou os armários atrás dele. - De quantos pastas você precisa, afinal? Passei mais de três horas tirando várias outra vez!

Kat segurou a testa e gemeu.

— Por que não me explica que sistema é esse? Por números? Datas? Signos do zodíaco?... Estou levando horas para encontrar as coisas!

— Não se preocupe com detalhes, Kat. Diga-me apenas de quais arquivos precisa. Quando necessitar deles, eu os acharei para você.

— Tio Harry, nós já discutimos isso antes. Eu já tenho um sistema de arquivamento - ela lembrou, desanimada. O tio estava se transformando muito rapidamente em um funcionário-problema.

— Kat, esse seu sistema de arquivamento é um verdadeiro risco de incêndio. Você tem pastas em todo lugar! Se elas pegassem fogo, perderia tudo.

Harry tornou a catar milho no teclado, a cabeça baixa.

Não adiantava discutir com ele. Nada iria mudar.

— Desde quando um jogo de *bridge* é cancelado? - argumentou Kat. Harry não perdia uma partida havia dez anos. — Veio aqui para descobrir mais sobre a Liberty, não é?

— Talvez. - Ele parou de digitar e a olhou, esperançoso, tal qual um cachorro esperando por um petisco. — Preciso saber, Kat. Não consigo comer, não consigo dormir... Estou preocupado demais!

— Contou à tia Elsie?

— Contou o quê?

— Você sabe do que estou falando. Sobre suas perdas nas ações da Liberty.

— As ações vão se recuperar, Kat. Assim que você encontrar o dinheiro, elas vão decolar. Quanto tempo mais? Uma semana? Duas?

Kat estacou, tomada por um pressentimento.

— Não me diga que você comprou mais ações...

Silêncio.

— Só um pouco.

— Ficou louco?! A empresa está quase falida! É como fazer uma aposta!

— É muito melhor que apostar - concordou Harry. — Além disso, estou diminuindo meu preço médio de aquisição. Eles chamam isso de *averaging down*, isto é, baixar a média de um mercado em declínio.

Kat ergueu os braços para o ar.

— Você já tinha um desastre nas mãos. Resolveu piorar as coisas?

— É um risco calculado, Kat.

— Quanto mais você comprou?

— Não vou dizer.

— Tudo bem. Mas não vou *te* defender se a tia Elsie perguntar.

— Vou contar tudo a ela quando eu estiver pronto. Apenas me dê alguns dias.

— A decisão é sua.

Quem era ela para discutir? Também não estava sendo exatamente sincera em relação à própria situação financeira.

— Além do mais, isso me torna um investigador mais eficiente. Agora eu tenho mais em jogo.

— Investigador? Não creio.

— Por que não, Kat? Posso ajudar. Você não tem muito dinheiro, e eu trabalho de graça. - Harry sorriu para ela, esperançoso. — Sou muito bom com pesquisas na internet e posso ajudar a colher alguns dados.

— Não sei. - Kat duvidava de que Harry fosse capaz de se concentrar em qualquer outra coisa além de suas ações em queda.

— Ora, vamos... Vai ser bom. Está com um prazo apertado e, a julgar por esta bagunça, não vai conseguir lidar com o arquivo.

— Acho que podemos fazer uma experiência. Mas é só um teste, portanto, não estou prometendo nada.

A papelada estava ficando, mesmo, fora de controle. Contanto que ela ficasse de olho em Harry, ele até poderia ser útil. Se o investimento dele na Liberty não interferisse no caso, ela poderia, sim, aproveitar a mão de obra gratuita.

A porta de entrada bateu, e solas de borracha guincharam no piso do corredor. Ela não estava à espera de ninguém, e contadores forenses instalados em bairros ruins simplesmente não recebiam visitas.

Na certa era aquele decorador de interiores maluco, do outro lado do corredor, ainda querendo convencê-la a fazer uma reforma. A parede de vidro que dava para a recepção era como uma vitrine, e o homem tinha arrepios diante daquele projeto de loja retrô dos anos setenta.

Mas não era ele. Foi Jace que enfiou a cabeça pela porta e sorriu para ela, ansioso.

Ela nem precisava perguntar, mas decidiu fazê-lo de qualquer maneira:

— Veio até aqui em busca de mais matéria? Já contei tudo o que eu sei.

— Contou ontem. Já deve ter encontrado uma pista de Bryant. Não me enrole, Kat. Estou desesperado.

Ele achava fácil rastrear bilionários fugitivos?...

Tina veio derrapando pelo corredor, quase acertando a porta e os tornozelos de Jace ao entrar, com Buddy em seus calcanhares.

— Jace, não tenho novidade nenhuma. Quando eu tiver, você será um dos primeiros a saber.

Ele ficou olhando para Buddy e Tina enquanto estes desapareciam na esquina que dava para a cozinha.

— Não vou ser o primeiro?...

— Tenho clientes, lembra-se? Depois deles.

— Por que seus gatos estão aqui?

— ...Férias felinas. - Ela ainda não queria contar a Jace que estava morando no escritório.

— Sério? - Os olhos dele sorriram, divertidos. - Mas gatos não detestam sair de casa?

— Eles têm uma missão a cumprir. Há ratos no prédio.

Era uma desculpa esfarrapada, porém foi tudo em que ela conseguiu pensar. Jace não poderia descobrir a verdade.

— Ratos? Posso ajudar. - Ele fez meia-volta e seguiu os gatos pelo corredor.

Kat pulou da cadeira para ir atrás dele, porém, era tarde demais. Jace abriu o depósito e deu de cara com o colchão no chão.

Por que ela não havia feito pelo menos a cama?

— O que é isso aqui?... Alguém está dormindo no quartinho?

Ela correu e fechou a porta para que Harry não visse nada.

— Você?! Está dormindo aqui?

Kat sentiu o rosto corar de vergonha. O que Jace pensaria quando soubesse que sua sócia-investidora em reforma e venda era praticamente uma sem-teto?

— *Shhhh*. Sim, estou dormindo aqui. É uma longa história.

— Com ratos? Não acredito. Por acaso está tentando superar sua fobia?

— Não há rato nenhum - sussurrou Kat. — Inventei isso. Por favor, não deixe Harry escutar.

— Por que todo esse segredo? Por que não pode dormir em casa?

— Eu saí de lá. Podemos conversar sobre isso depois?

Jace não estava disposto a deixar o assunto de lado.

— Saiu de lá? Do seu apartamento?... O que está escondendo, Kat?

— Disfarce!

— O que está acontecendo, afinal?

Kat não respondeu. Em vez disso, caminhou de volta para o escritório sobressalente disposta a afastar Harry no exato momento em que este saía com uma pasta nas mãos.

Jace a seguiu.

— Por que não pode me dizer?

Kat o ignorou.

— Jace, venha cá - pediu Harry. — A propósito, Kat, contratei Jace como meu assistente. Ele também vai trabalhar de graça.

— Meninos, eu não sei por que vocês dois estão aqui, mas preciso trabalhar um pouco.

Harry e Jace a seguiram até o escritório. Harry abriu a pasta e mostrou uma planilha.

— O que significam esses números, Kat? O que essa produção de mineração tem a ver com o dinheiro que sumiu?

Kat imaginou quanto tempo Harry passaria tentando descobrir tudo por conta própria. Não faria mal dar àqueles dois um pouco mais de informações. Falar sobre o assunto talvez pudesse ajudá-la a perceber algo que havia deixado escapar... além de fazer Jace esquecer seus arranjos para dormir.

— Não sei muito bem como os dois estão interligados, mas tenho certeza de que os números foram manipulados. Para obter uma visão geral da Liberty, importei todos os números da contabilidade geral para o Snoopy. Todos os registros financeiros da Liberty me parecem razoáveis, exceto os resultados da mineração.

Snoopy era o nome com que Kat batizara seu programa de auditoria. O *software* utilizava um modelo estatístico para examinar grandes quantidades de dados, em busca de inconsistências e anomalias.

- Faz parte da minha auditoria forense buscar padrões estranhos nos números. Vocês ficariam surpresos com a frequência com que descobrimos fraudes dessa maneira. E há algo realmente estranho nos números. De alguma forma, isso está relacionado ao dinheiro desaparecido.

— A produção está baixa? É esse o problema?

— Não, e por isso mesmo é estranho, tio Harry. Os resultados são bons demais em comparação a outras minas com tamanho e escopo similares. Em primeiro lugar, revisei os resultados da produção de minas semelhantes, no mesmo estágio de esgotamento. Não foi muito difícil, porque praticamente todas as minas de diamantes desse porte também são propriedade de empresas públicas. Por esse motivo, seus resultados são prontamente disponibilizados na internet por meio dos relatórios anuais. Parece que a Liberty supera a concorrência, com frequência, em cerca de trinta a trinta e cinco por cento.

— Talvez a Liberty administre suas minas melhor do que os concorrentes. Além do mais, por que alguém iria superestimar a produção se pretendia roubar a empresa?

— Tem que haver uma razão. Eu só não sei ainda qual é. Por que os dados da Liberty diferem tanto de outras minas de diamantes similares? - prosseguiu Kat. — O desvio-padrão deveria ser de cerca de seis a oito por cento, portanto é muito significativo. Também não entendo por que seria maior. Até dois anos atrás, a produção da Liberty estava alinhada à de outras empresas de mineração. Então, subiu de repente. Muito estranho... E não é só isso. A distribuição de dados não bate com a Lei de Benford.

— Espere um segundo... O que é essa Lei de Benford? - Jace ficou repentinamente interessado.

— É uma lei da Matemática que tem base no seguinte princípio: em praticamente qualquer conjunto de dados numéricos, os números ocorrem como o primeiro ou o segundo dígito em uma média previsível. - Kat respirou fundo e continuou. — Por exemplo, o número 1 vai aparecer como o primeiro dígito trinta e um por cento das vezes, mas o número 9 irá aparecer em primeiro lugar somente cerca de cinco por cento das vezes. Então, para testar os dados da Liberty, comecei com os últimos dez anos de dados financeiros para vários itens e os comparei aos de outras empresas. De acordo com a Lei de Benford, espera-se que o primeiro dígito seja 1 em 30% das vezes. No caso da Liberty, entretanto, ele não aparece como o primeiro dígito todas as vezes. Não bastasse isso, o número 5 aparece sessenta e um por cento do tempo, quando, de acordo com a regra, deveria aparecer apenas sete vírgula nove por cento das vezes.

— Como é possível? Não são números aleatórios, como quando se joga uma moeda?

— Não exatamente. - Kat desenhou no quadro branco. — Uma maneira simples de explicar é esta... Vamos dizer que a produção da Liberty cresça a uma taxa média de 10% ao ano, desde o início até o pico de produção. No primeiro ano, têm-se a produção de 1.000 toneladas; no segundo, 1.100 toneladas; e assim por diante. O primeiro dígito continuará sendo 1 até o total atingir 2.000 toneladas, quando, então, o primeiro dígito passará a ser o 2. Com uma taxa de crescimento composta de dez por cento ao ano, levará pouco mais de sete anos para chegar a 2.000 toneladas. Crescer de 2.000 toneladas para 3.000 toneladas levará pouco mais de quatro anos, porque o número base é muito maior; portanto, dez por cento de uma base maior representa uma proporção maior das 1.000 toneladas de crescimento. Dessa forma, com base em uma taxa de crescimento de dez por cento, o primeiro dígito é um 1 pelo menos sete vezes, enquanto deveria ser 2 pelo menos quatro vezes. - Kat abriu a pasta e entregou uma folha impressa a Jace. — Se você listar todas as possibilidades, dos números 1 a 9, e comparar a Lei de Benford a uma amostra dos dados da Liberty, obterá isto.

Percentual de Frequência de Primeiro Dígito	Lei de Benford	Dados comparáveis de produção	Dados de produção da Liberty
1	30.1	30.5	0
2	17.6	17.8	2.9
3	12.5	12.6	0
4	9.7	9.6	9.7
5	7.9	7.8	61.2
6	6.7	6.6	23.3
7	5.8	5.6	1.0
8	5.1	5.0	1.9
9	4.6	4.5	0

— O que isso prova? - Harry não estava convencido da relevância. - Talvez a Liberty tenha tido alguns altos e baixos. A mineração não costuma ser uma operação 8 ou 800?

— Bem, talvez em termos de rentabilidade, mas o volume de produção para uma mina plenamente operacional deve ser razoavelmente previsível. Você pode ver que os números de produção na indústria de diamantes correspondem mais ou menos ao modelo, mas os da Liberty não. Números que começam com 1 são inexistentes na Liberty, e há uma desproporção de números começando com 5 e 6, o que me faz suspeitar de que esses números foram alterados de algum modo. A questão é, por que eles seriam inflacionados?

— Parece muito intrigante, mas como isso pode estar relacionado ao sumiço de Bryant? - indagou Jace. — Não deveria se concentrar no dinheiro e também no CFO desaparecidos? Como vai conectar tudo?

— Ainda não sei, mas tenho certeza de que as duas coisas estão relacionadas. - Kat fez uma pausa para morder o cookie de chocolate enquanto ponderava sobre a pergunta de Jace. — Se esses números estão mascarados, alguém está tentando esconder alguma coisa.

Ken Takahashi devia estar certo. Os números estavam definitivamente sendo manipulados.

Harry e Jace voltaram a se concentrar em seus supostos trabalhos, e Kat tornou a se debruçar sobre os números. Eram um quebra-cabeças para o qual ela ainda não tinha uma solução.

A trilha do dinheiro continuava fria, mas ali estava um caminho que parecia suspeito. Por que uma empresa alteraria os números e mentiria sobre a própria produção? Havia maneiras mais fáceis de se inflacionar uma receita. Simular a produção em uma mina de diamantes de alta segurança era extremamente difícil, se não impossível, pois tinha de haver evidências físicas do volume comercializado. Se os diamantes não existissem, muita gente teria que ser cúmplice para acobertar a situação: desde mineiros, passando pelos responsáveis pela cadeia de negócios, até os executivos do corpo de diretores.

Kat rascunhou uma lista de perguntas. Em primeiro lugar, precisava de uma lista de quem poderia se beneficiar muito com uma produção aumentada. Uma produção mais robusta significava lucros melhores. Portanto, possíveis beneficiários incluíam acionistas, gestores e funcionários.

Mas estes também precisariam de pleno acesso... Quem poderia ter tanto em jogo que se disporia a cometer um ato criminoso?

Por fim, quais seriam os números da produção se comparados aos de minas semelhantes no mesmo período?

Normalizando os resultados do último ano, de modo que estes refletissem qual teria sido realmente a produção, ela poderia determinar a magnitude da fraude, e como esta se relacionava aos bilhões desaparecidos.

Na verdade, qualquer funcionário da empresa que fosse acionista iria se beneficiar, uma vez que o aumento da produção de diamantes representava uma cotação mais alta das ações. A Liberty tinha um plano de participação nos lucros para empregados, então muitos deles se enquadravam nessa categoria.

Kat acabou descartando a maior parte dos funcionários. O ganho de valor em sua modesta quota de ações não seria suficiente para que arriscassem seus empregos. A gerência sênior e os diretores, com suas opções sobre ações e posições maiores, definitivamente tinham mais peso no jogo, então eram uma possibilidade. Grandes acionistas externos também se beneficiariam, mas não teriam acesso à empresa para falsificar dados.

Obviamente, Paul Bryant poderia ter a oportunidade de manipular os números, mas o mesmo se aplicava ao restante da alta administração e dos diretores, incluindo Susan. Alguém na Liberty estava com más intenções, e as evidências começavam a se distanciar de Bryant.

Mas, se não era Bryant, então, quem era? Quem tinha os meios e a motivação para manipular os números?

Kat resolveu deixar uma mensagem para Ken Takahashi. Ele provavelmente relutaria em ajudá-la, mas as fontes dela eram limitadas e valia a pena tentar. Não podia perguntar sobre a produção mascarada a Susan sem ter nenhuma prova concreta.

Ela respirou fundo. Não tinha percebido o quanto estava faminta.

Revirou a geladeira, tirou dela uma tigela com um resto de macarrão com queijo, e se acomodou no escritório. Mal se lembrava de Harry e Jace saindo cerca de uma hora antes, absorta demais para se dar conta do tempo.

Só tinha certeza de uma coisa: Paul Bryant não forjara aqueles números para operar uma fraude. Comparar os resultados da produção fabricados com as pistas deixadas nos documentos pelo executivo a fez questionar se o desaparecimento de Bryant fora voluntário. Ele seria, mesmo, um criminoso?... Ou seria a vítima?

Se Bryant era inocente, então, quem era o bandido?

E o que haviam feito com Bryant?

CAPÍTULO 11

— **N**ão entendo. Por que dormir em um depósito quando pode ficar aqui? - Jace olhou para Kat de cima da escada, enquanto molhava o pincel.

Estavam na cozinha de Verna, e Jace começava a aplicar a primeira camada de tinta. Ele mergulhou o pincel na bandeja em um movimento rápido e preciso, a tinta bege clara mal cobrindo os pelos. Jace era muito exigente em se tratando de pintura.

Já ela preferia saturar a brocha. Adorava a extravagância dos pelos se expandindo com a tinta cremosa, mas Jace reclamava que, dessa forma, caiam muitas gotas, e os pincéis ficavam destruídos.

— Podemos conversar sobre outra coisa? - A dor que ela sentia nas costas já era um lembrete mais que suficiente. Estava sem dinheiro, sem lar, e bem longe de encontrar Bryant e o dinheiro roubado.

— Não está me contando tudo que deveria, Kat. Alguma coisa está errada.

— Não, não há nada errado. Por que está tão preocupado com os meus arranjos para dormir? — Era o cheiro da tinta, ou eles vinham repetindo as mesmas perguntas e respostas naquela última hora?

— Porque está agindo estranho. Não entendo por que não conta... Por que saiu do apartamento, afinal?

Kat sentiu uma fisgada percorrendo as costas ao levantar uma pilha de pratos do armário. A louça escorregou de seus dedos e se espatifou no chão da cozinha.

— *Merda!* - Ali ela estava ela, esvaziando e esfregando armários, enquanto Bryant arrumava uma nova identidade e vivia uma vida de luxo no Brasil ou em algum outro país sem tratado de extradição. — O que você acha, Jace? Estou quebrada! Nem consegui pagar o aluguel este mês. E também não posso *te* pagar. - Kat sentiu o rosto arder de raiva e deu as costas ao ex-namorado. Ele não entenderia. As coisas sempre funcionavam para ele, fosse um bilhete de loteria premiado ou um estacionamento na primeira fila.

— Como pode estar sem dinheiro? A Liberty é um caso importante, não é?

Jace desceu da escada e a seguiu até a despensa enquanto ela buscava uma vassoura. Kat tentou conter a frustração.

— É, mas eu já gastei meu adiantamento e vai demorar para que eu receba novamente. Eu estava um pouco atrasada com as minhas contas.

Tremendo eufemismo, ela pensou, sentindo o rosto corar mais uma vez.

— Por que não me contou nada, Kat? Amigos ajudam uns aos outros. Ou não sou mais nem isso para você?...

Jace parou na porta, os braços cruzados. Mesmo na penumbra da despensa, ela pôde notar seus lábios se fechando em uma linha dura e fina. Ela o havia magoado.

— Claro que é. Mas é que... eu já lhe devo pela casa.

Kat largou a vassoura e a pá que acabara de encontrar, e caminhou em direção à porta. Era como se estivesse na sétima série de novo, logo após ter se mudado para a casa de Harry e Elsie. Logo depois que o pai dela fora embora. Jace era seu amigo naquela época também, muito antes de eles se tornarem um casal.

Em um gesto instintivo, ela levantou os braços para abraçá-lo, porém se conteve. Não haveria volta. Jace não poderia vir em seu socorro o tempo todo.

Apanhou a vassoura e a pá, e passou por ele na porta, evitando seu olhar. Ele a seguiu até a cozinha, e ela tratou de varrer os cacos de porcelana para a pá.

Jace colocou os pedaços maiores na lata de lixo.

— Não é assim, tão grave, Kat - afirmou, tocando-lhe o ombro. — Vai dar tudo certo. Você vai resolver o caso da Liberty, e isso lhe trará muitos outros negócios. Essas empresas vão viver atrás de você. Você vai ver.

Mas, ela poderia fazer tudo aquilo em quatro dias?...

Precisava fazer. Sua reputação dependia daquilo. Se não conseguisse, Nick e Susan iriam se certificar de que ela nunca mais arrumasse trabalho em outro lugar.

Kat olhou para Jace, em seguida, desviou o olhar. Queria abraçá-lo, mas lutou contra a própria vontade. Não queria passar a mensagem errada.

— Eu gostaria que fosse assim, tão fácil - sussurrou. — Não estou chegando a lugar nenhum na Liberty. Susan espera resultados até sexta-feira, e eu não tenho nada para dar a ela.

— Tem que haver alguma coisa. E quanto aos resultados maquiados da mineração? - Jace tirou alguns potes de comida da geladeira e os esvaziou em pratos. - Quer um resto de comida tailandesa?...

— Com certeza.

Era um alívio não ter que guardar mais nenhum segredo de Jace, ela pensou, ligando a chaleira eletrônica e vasculhando uma caixa de chás sobre o balcão, à procura de algo que acompanhasse a comida típica. Escolheu um pacotinho de chá de folhas soltas, onde se lia *Chá Verde de Pólvora Chinesa* em uma caligrafia delicada.

— Não posso contar a Susan sobre os números manipulados da produção ainda. E se ela estiver envolvida de alguma forma?

— Mas foi ela quem *te* contratou, não foi?

— Sim, e daí? Ela precisava contratar alguém depois que cinco bilhões de dólares foram para o espaço. Detetives, investidores, a imprensa, você sabe... Qualquer um serviria.

Jace apertou alguns botões no teclado do micro-ondas, e o aparelho entrou em ação. Um aroma de arroz de jasmim flutuou pela cozinha, deixando Kat faminta.

— Está se vendendo por pouco. Susan escolheu você porque sabe que irá encontrar Bryant e o dinheiro.

— Como? Não consigo administrar nem minha própria vida financeira... Sou uma contadora forense sem teto - lembrou Kat, enquanto colocava água fervente em um bule Limoges verde-claro que tinha encontrado no fundo de um armário da cozinha. Deixou cair um pouco de chá em um infusor de porcelana e o colocou no bule, levando-o para a mesa.

— Não é nenhuma sem-teto. Tem esta casa.

A sua casa, ela pensou.

— Além do mais, Susan não sabe da sua situação financeira. Não seja tão dura consigo mesma. Assim que conseguir o dinheiro de volta, o problema estará resolvido.

Kat assentiu, mas não era tão fácil quanto Jace fazia parecer.

Apanhou duas xícaras e as levou para a mesa, acomodando-se. As xícaras combinavam com o padrão do bule Limoges. Tinham rosas pintadas à mão e filigranas de ouro em auto-relevo. Ela traçou o desenho com o dedo indicador enquanto esperava a infusão do chá, absorvendo o calor do bule. Podia imaginar Verna Beechy sentada ali, fazendo uma pausa para o chá depois de uma manhã de jardinagem.

— Perdi o rastro de Bryant, e o dinheiro já está desaparecido há três dias. Nem sei se ainda está no Líbano. O banco não me dá informações. A cada dia que passa, é menos provável que eu encontre Bryant ou o dinheiro.

E isso se Bryant fosse, mesmo, o ladrão.

E se fosse outra pessoa? Então, ela estaria ainda mais longe de encontrar qualquer coisa.

— Qual é o nosso próximo passo?

— *Nosso* próximo passo?...

— Deixe-me fazer mais, Kat. Isso irá ajudá-la a economizar tempo.

— Não. Tenho que descobrir tudo sozinha. Você não pode me socorrer toda vez que eu me dou mal. Se eu não conseguir resolver tudo por conta própria, talvez eu deva desistir. Poupe-me de mais embaraços.

— Kat, eu sei que poderia resolver tudo sem mim. Acontece que menos de uma semana é um prazo muito apertado! Nós dois podemos fazer tudo muito mais rápido. Passe as partes mais chatas para mim, a checagem dos fatos... Quero deixar as coisas um pouco mais fáceis para você, só isso.

— Entendi. Talvez possa me ajudar a descobrir quem mais está envolvido. Tenho certeza de que Bryant não fez tudo sozinho.

— Então está resolvido - declarou Jace enquanto punha os pratos e sentava-se à mesa.

Kat brincou com o garfo, desenhando uma linha divisória entre o frango com caju e o molho Tigre que Chora, enquanto olhava pela janela. Talvez estivesse na profissão errada.

Uma tempestade começava a se formar lá fora. Os dois carvalhos do quintal balançavam de um lado para o outro, e folhas espiralavam em meio às lufadas conforme o céu da tarde escurecia.

No canto superior da janela, Kat pôde ver uma parte do rio Fraser. A que os corretores de imóveis chamavam de vista 'esconde-esconde'.

De repente, um lampejo vermelho surgiu em sua visão periférica. Depois sumiu.

— Você viu?... - ela perguntou a Jace.

— Viu o quê? - Ele perguntou enquanto engolia um bocado de *pad thai*, o macarrão de arroz tailandês.

— Tem alguém no quintal. Bem ali — Kat afirmou, apontando para a horta.

— Não estou vendo ninguém. Era o vento mexendo as coisas.

— Não, eu vi alguém, juro! Mas, por que haveria alguém no quintal?

— Está cansada. Seus olhos estão lhe pregando peças. Voltando à Liberty... por que acha que mais alguém está envolvido?

Jace continuava louco por uma matéria. E provavelmente estava certo quanto a ela estar vendo coisas, concluiu Kat. Ela estava exausta, e já estava escuro lá fora.

— Lembra-se da produção adulterada que constatamos esta manhã? - indagou. — Bryant não precisaria fazer isso para roubar o dinheiro.

— E nem sabemos por que fizeram isso.

— Ainda não. Mas, se descobrirmos quem se beneficiou com essa história, poderemos responder a essa questão de outra forma. É aí que entra a teoria GONE.

— GONE? Isso tem muito a ver com o Bryant. É o sinônimo para roubar e sair correndo?...

— Pode-se dizer que sim. É um acrônimo que os contadores forenses usam para descrever os quatro principais sinais de fraude - explicou Kat. — Significa Ganância, Oportunidade, Necessidade e a Expectativa de não ser apanhado. Usamos isso como ponto de partida para determinar quem pode ser suspeito. Jace, você já escreveu sobre a Liberty antes. Qual a sua opinião sobre a gestão deles?

— Bem, a parte da ganância tem a ver com praticamente todos lá. Os caras gastam mais tempo calculando os próprios bônus e ganhos com opções de ações do que administrando o negócio. Lembra-se de quando eles tentaram colocar a Liberty à venda, alguns anos atrás? - Jace não esperou pela resposta de Kat. — Foi tudo uma farsa. Nick Racine tentou puxar o tapete dos acionistas armando com um desses grandes fundos especulativos. Ele praticou *dumping* vendendo uma grande quantidade de ações a uma ninharia e oferecendo um bom bônus para a administração como recompensa. O truste da família Braithwaite votou contra, e eles são inimigos desde então.

— Isso explica por que Alex Braithwaite e Nick Racine não morrem de amor um pelo outro. Susan contou que eles mal se falam. E, obviamente, Susan também não gosta dele. - Kat se lembrou da conversa entre ela e a mulher, e do medo de Susan de que Alex a culpasse pelo dinheiro desaparecido. Os comentários da executiva contrastavam fortemente com o homem com quem ela conversara no escritório de Paul Bryant.

— De qualquer modo, eles não precisam mais se preocupar com Alex. O assassinato dele o deixou fora da jogada.

— Mas o truste ainda existe. A estrutura de propriedade não se modificou.

— Tem razão, mas a irmã de Alex, a outra beneficiária do fundo, nunca se envolveu no negócio. Audrey sempre seguiu a liderança de Alex. Nick vai conseguir o que quer sem muita interferência - afirmou Jace enquanto enchia as xícaras de chá novamente.

— Acha que ele vai tentar algo do gênero outra vez?

— Sem dúvida. Nick fará de tudo para enriquecer. Ele dirige aquela empresa como se ela fosse seu próprio feudo, usando os ativos da Liberty como se estes lhe pertencessem.

— Percebi. - Kat havia visto inúmeros exemplos disso quando se debruçara sobre as despesas da companhia do ano anterior. — Sabia que a empresa tem condomínios em Paris e Londres? A Liberty nem sequer atua nesses lugares. É o estilo de vida de Nick sendo financiado à custa de outros acionistas.

— É uma outra forma de desfalque, não é? Como esses executivos conseguem sair impunes?... Pode não ser tão flagrante quanto assaltar um banco, mas não deixa de ser um roubo aos acionistas. O 'O' é de oportunidade, certo?

— Sim, provavelmente o item mais evitável - confirmou Kat. — É o mais fácil de eliminar, mas deparo com isso o tempo todo. As empresas dão duro nos controles internos para economizar dinheiro, mas isso acaba custando em longo prazo. A melhor prevenção é concentrar as funções entre mais de uma pessoa, principalmente quando há dinheiro ou objetos de valor envolvidos. Dessa forma, há menos oportunidades de roubo.

— E então... - quis saber Jace — Quem você acha que teve a oportunidade neste caso?

— Provavelmente a coisa está limitada à gerência sênior. Nenhum dos membros do conselho tem acesso aos sistemas e dados no dia-a-dia. Mas a diretoria me parece muito prática, por isso duvido que qualquer um dos gestores e funcionários de primeira linha possa cometer fraudes sem ser detectado. Pelo que vejo, tudo passa por Susan e, às vezes, por Nick, caso seja necessária uma segunda assinatura. A Liberty tem controles internos muito bons. A alta administração é a única com acesso.

— E como isso explica a fuga de Bryant com bilhões?

— Falsificação, pura e simples - explicou Kat. — Ele falsificou as assinaturas de Nick e Susan.

— E o banco não checou?

— Parece que não. Até porque foi por meio de fax. Provavelmente Bryant cortou e colou as assinaturas de outro documento. Quando os bancos conhecem os clientes, eles param de questioná-los. Pode-se até pensar que eles checam tudo, mas não. Eles acabam se tornando complacentes.

— Então Bryant definitivamente teve a oportunidade. O que você disse que era a letra 'N'?

— Necessidade. É aí que você vai poder me ajudar com o seu *background*. Preciso de algo como problemas com jogo, abuso de substâncias, qualquer coisa que exija muito dinheiro. Talvez você tenha ouvido alguma coisa, mas não contou com provas suficientes para publicar uma matéria. Alguém vivendo muito além das próprias posses também seria um alerta.

— Ah, como Nick, por exemplo. Os Racine são uma família rica, mas, a menos que mamãe e papai o financiem, a vida de luxos que ele leva está muito além do salário que ele recebe na empresa.

— *Hum...* Interessante.

Kat já tinha ouvido falar sobre a intimidade de Nick com o *jet set* europeu. A parede de seu escritório era forrada de fotografias dele em bailes de gala, eventos de caridade e torneios de golfe na companhia de celebridades. Até havia uma com um príncipe playboy.

Quanto custaria frequentar aquele mundo exclusivo?, ela se perguntou.

— Mais alguém? - quis saber. - E quanto à Susan Sullivan? Ou ao recém-falecido Alex Braithwaite?

— Bem, Alex sempre se achou o máximo... Ouviu falar do aniversário de cinquenta anos da esposa dele, no ano passado? Eles voaram para Cancun no jato da empresa, e a Liberty pagou a conta do hotel para uma dúzia de convidados. Supostamente isso foi considerado um negócio, já que a lista de convidados incluía parceiros comerciais. Então, sim, eu diria que ele não tem muitos escrúpulos.

— Ouviu mais alguma coisa sobre o assassinato de Alex? - indagou Kat. Não tinha conseguido falar com Cindy, que devia estar em outra de suas missões secretas.

— Nenhum suspeito ainda. Ou melhor, eles não conseguiram restringir a lista. Braithwaite tinha muitos inimigos, incluindo pessoas que ele passou para trás nos negócios, um monte de gente a quem ele devia dinheiro, e até um vizinho com quem ele se envolveu em uma briga por direitos de propriedade.

— Dinheiro seria um bom motivo. Quanto você acha que ele devia?

— Milhões. Um negócio imobiliário dos grandes dele foi para o brejo no ano passado. Sua própria empresa de investimentos financiou um projeto que nunca foi concluído. Ele estava com a corda no pescoço por vinte milhões e com problemas para conseguir a verba.

Assim como ela, Kat pensou.

— Vou adicionar Braithwaite à minha lista, mas, como ele está morto, isso não vai levar a nada. Então, Nick Racine e Alex Braithwaite também são suspeitos. Incluindo Bryant, agora temos três suspeitos em potencial.

— Eu adicionaria mais um - completou Jace. — Susan Sullivan. O que é interessante sobre Susan é que ninguém sabe nada sobre ela. É quase como se ela tivesse inventado a si mesma. Não consegui desenterrar nenhuma matéria sobre a mulher, a não ser o fato de, aparentemente, ela ter sido a diretora financeira de uma firma de investimentos de que ninguém nunca ouviu falar. É um mistério ela ter conseguido o cargo de CEO na Liberty sem nenhuma experiência anterior em mineração.

Kat engoliu o último bocado de Tigre que Chora, sentindo os olhos lacrimejarem com a carne picante.

— Ela me disse que trabalhou na última oferta de ações da Liberty.

— Sério? - indagou Jace enquanto levava os pratos para a pia da cozinha.

Kat olhou pela janela quando as primeiras gotas de chuva tilintaram na vidraça. Jace estava certo sobre a súbita ascensão de Susan para o cargo de CEO, pensou, enquanto observava um pequeno riacho descer pelos vidros.

Então viu de novo. Um lampejo de vermelho na cerca dos fundos.

— Jace, olhe! No portão! Tem gente lá fora!

Jace desligou a torneira da pia e retornou para a mesa.

— Não estou vendo ninguém... Como era a pessoa? - Ele se colocou por trás de Kat e se curvou para olhar o ponto para onde ela apontava.

Nos poucos segundos em que ela se voltara para Jace, entretanto, a pessoa havia desaparecido. Não havia mais ninguém ali agora. Apenas o portão entreaberto, oscilando ao vento.

Kat se virou para encará-lo.

— Eu não consegui ver muito bem, mas estava vestindo vermelho.

— Tem certeza? Por que haveria alguém no nosso quintal?

— Não sei, mas deixaram o portão aberto.

— Provavelmente foi o vento. Você está cansada - contemporizou Jace, voltando para a pia. — O que significa o 'E' em GONE?

— Expectativa de que você nunca será apanhado.

— Mas você vai pegá-lo... Ou todos eles.

Kat olhou para a janela. Estava escuro lá fora, agora. Escuro demais para ver algo além de algumas luzes piscando no rio.

Takahashi tinha se convencido de que Bryant caíra em uma armadilha. Nick havia demitido Takahashi e não queria que ela, Kat, trabalhasse no caso. Alex Braithwaite fora convenientemente removido de cena.

Por isso Alex fora assassinado? Sabia da produção forjada?

— Jace, deixei meu laptop no escritório. Preciso ir.

— Eu vou *te* levar. Colocamos as suas coisas na caminhonete e as trazemos para cá esta noite.

— Não podemos fazer isso amanhã? - Ela não se lembrava de ter concordado em se mudar para a casa, mas iria se preocupar com aquilo depois.

Precisava falar com Takahashi de novo. Por que não tinha perguntado a ele alguma coisa sobre Alex Braithwaite? Se conseguisse convencer o geólogo de que ele estaria ajudando Bryant, talvez pudesse arrancar mais alguma coisa dele.

Kat abriu o celular e checou o correio de voz. Takahashi ainda não havia respondido a mensagem que ela havia deixado mais cedo. Discou o número dele, porém, mais uma vez, não obteve resposta. Deixar outra mensagem seria quase um assédio.

Traçou uma linha do tempo em um guardanapo. A produção forjada começara havia dois anos, na época em que o CEO anterior fora demitido e Susan tinha assumido a empresa. Aquilo havia acontecido depois da tentativa fracassada de Nick de vender a Liberty? Alex teria demitido o CEO anterior, como Susan afirmara? Ou fora o próprio Nick? Afinal de contas, ele era o presidente do conselho.

Os novos veios em Mystic Lake tinham sido descobertos na mesma época em que a produção aumentara. Um veio novo poderia, mesmo, contribuir com tanto e tão depressa? Takahashi não parecia pensar dessa forma, e fora demitido logo após a descoberta. Se Bryant também era um geólogo experiente, por que não falara de suas preocupações? Se Takahashi ficara, mesmo, preocupado, por que não mencionara nenhuma discussão com Bryant? Ele podia ter revelado seus temores.

Ou, talvez, tivesse feito isso e acabara demitido.

Se Braithwaite havia descoberto a fraude, podia ter confrontado o criminoso.

Tudo começava a apontar na direção de Nick - um sujeito sem

escrúpulos, com um estilo de vida nababesco e um sentimento de que tudo lhe era de direito.

Por isso ele lhe dera aquele prazo impossível para encontrar o dinheiro? Teria Nick montado uma armadilha para Bryant?...

Se ele tivesse feito isso, Só Deus sabia o que ainda poderia fazer.

Kat apanhou a bolsa e as chaves na bancada.

— Vai voltar esta noite? - perguntou Jace.

— Não, já está tarde. Vou ficar no escritório.

— Foi alguma coisa que eu disse?

— Não, Jace. Só preciso de um tempo sozinha para pensar, está bem? Não é nada pessoal.

— É o meu ronco? - Ele agitou o pano de prato para ela, simulando uma tourada.

Mas Kat não estava com disposição para brincadeiras.

— Eu penso melhor à noite. E tudo o que preciso está no escritório.

— Ok, faça o que for melhor para você. Podemos trazer suas coisas amanhã.

CAPÍTULO 12

$\mathcal{K}$at acordou sobressaltada quando alguém, do lado de fora do escritório, esmurrou a parede de vidro de frente para o elevador, que ia do chão ao teto.

— *Vou te pegar, sua vadia!*

Ela se sentou de um salto no sofá da recepção, sentindo o arranhão das garras de Buddy enquanto ele fugia, assustado.

— *Abra esta porra de porta!* Me *deixe entrar... AGORA!* - exigiu o homem aos gritos. — *Cadela maldita!* - O painel de vidro tremeu quando o homem de barba e olhos arregalados pelo efeito de drogas o esmurrou, histérico. Algo iria ceder, e não seria o sujeito do outro lado.

As luzes brilhantes do escritório de Kat contrastavam com o corredor escuro do lado de fora, tornando o corpanzil do homem ainda mais ameaçador. Ainda aos berros, ele passou a jogar todo o peso contra a parede de vidro. O painel não iria suportar!

O pulso de Kat acelerou quando ela vislumbrou o brilho de uma faca na outra mão do desconhecido. O prédio do escritório era pequeno, e o aluguel, barato demais para que pudessem contar com segurança no local.

Ela sentiu a cabeça rodar enquanto buscava alternativas. Tinha deixado a bolsa com o celular no escritório, ao final do corredor. Os números dos telefones da empresa de segurança ficavam na área da recepção, bem ao lado do painel de vidro e perto demais daquele lunático.

Mas precisava ligar para alguém. Se ele arrebentasse aquela porta, ela não teria tempo para escapar.

Por que não se dera o trabalho de memorizar os números, ou ao menos de programá-los nos telefones fixos do escritório e no celular?, perguntou-se, amaldiçoando a própria estupidez.

O painel de vidro guinchou tal qual unhas em uma lousa quando o homem o atacou com a faca, riscando-o como na obra abstrata de um artista insano. O vidro começou a rachar conforme o louco jogava contra este o peso do corpo.

Ela bem quisera substituir aquele vidro por uma parede comum, mas, com o dinheiro minguando, não havia conseguido. O prédio lhe parecera razoavelmente seguro, ao menos até aquele momento, quando um perturbado tentava invadir seu escritório. Que péssima decisão havia tomado!...

Uma rachadura diagonal corria, agora, da metade do vidro até o chão. O painel não iria suportar muito mais tempo. Como o homem conseguira entrar ali? O alarme do edifício era acionado à noite, e não era possível subir pelas escadas ou pelo elevador sem um cartão de acesso. Ela conhecia todos naquele andar, e aquele maluco não era um dos inquilinos.

Kat correu para o escritório e pegou o telefone para ligar para a polícia, mas não havia sinal de discagem.

— *Droga!*

Ela agarrou a bolsa em cima da mesa e a vasculhou à procura do aparelho. Ao abri-lo, encontrou a tela apagada. Por que não recarregara a bateria?!

Estava perdida! Ninguém na rua lá abaixo ouviria o que estava acontecendo no quarto andar.

Em pânico, ela correu para o escritório sobressalente, o único com uma tranca, e se fechou lá dentro. A porta de madeira oca não seria obstáculo por muito tempo, contudo ela poderia ganhar alguns minutos.

Tentou o telefone sobre a mesa. Também estava mudo.

Estava perdida!

Olhou ao redor da sala minúscula, perguntando-se se conseguiria arrastar a pesada escrivaninha de carvalho contra a porta.

Algo preto sobre a mesa lhe chamou a atenção: o celular de Harry! Ele devia tê-lo esquecido!

Sentiu as mãos tremer enquanto tentava ligar para a polícia.

Nenhum sinal. Kat respirou fundo, obrigou-se a se acalmar e tentou uma segunda vez. Nesse exato momento, uma cacofonia de sons da parede de vidro estilhaçando lá fora chegou até ela.

Após uma eternidade, a operadora do 911 respondeu.

Kat escutou o barulho do homem ensandecido dentro do escritório, agora quebrando pratos e copos na cozinha. Ele a pegaria: era apenas uma questão de tempo!

Apoiou o corpo na velha escrivaninha e a empurrou o mais forte que pôde, mas a mesa não deslizava sobre o carpete felpudo dos anos setenta.

Um estrondo fez reverberar a porta. Ele estava ali, do lado de fora!

Bastou um chute, e a porta se partiu em pedaços.

De repente, Kat viu-se cara a cara com um viciado enlouquecido de mais de um metro e oitenta, o rosto barbado coberto de ferimentos. Tarde demais para a polícia, pensou.

O viciado se lançou sobre ela armado com a faca, e Kat ergueu os braços no intuito de proteger o rosto. Ninguém a salvaria desta vez.

CAPÍTULO 13

— Kat?... Acorde! - Harry a sacudiu pelo ombro, e ela acordou, assustada. — Você está bem? O que aconteceu com o vidro?!

— Eu... ah... - Kat fez uma pausa enquanto se sentava e examinava o prejuízo da noite anterior. Então não tinha sido um pesadelo, afinal. - Eu... acho que fui atacada por um drogado fora de si à procura de um lugar para destruir.

— Oh, meu Deus! Seu braço está todo cortado! Precisa de um médico! Vou levá-la a um Pronto Socorro agora mesmo!

Três grandes talhos cruzavam o antebraço de Kat. Eram superficiais, mas ela tinha que admitir - eles pareciam muito piores do que eram na verdade.

Harry a olhou com uma misto de preocupação e pânico quando ela descreveu os acontecimentos da noite anterior. O psicopata drogado conseguira entrar no prédio após a saída dos zeladores. A polícia afirmara que alguém havia esquecido de trancar a porta do saguão.

— Tio Harry, não se preocupe. A polícia chegou a tempo, embora eu tenha escapado por pouco. E meu braço está bem... Parou de sangrar e acho que vou ficar bem. Mas agora estou em dúvida sobre permanecer neste bairro.

Ela quase não tinha dormido. Os policiais haviam ido embora às três da manhã, mas a empresa de alarme não chegara antes das sete. A vidraçaria nem sequer havia dados as caras. Por isso tinha apenas cochilado, muito desconfortavelmente, no sofá da recepção, ciente de que qualquer um poderia entrar ali. Embora o prédio fosse teoricamente seguro (assim como supostamente o era quando o violento drogado tinha entrado), o escritório ficaria aberto para o corredor até que o painel de vidro fosse consertado.

A Water Street ficava lotada de desabrigados no inverno, principalmente depois do anoitecer. Eles invadiam os prédios antigos na tentativa de escapar das noites frias e úmidas de Vancouver. A maior parte era de gente inofensiva, mas alguns deles podiam ser violentos, como aquele maluco da noite passada. Aquela epidemia de metanfetamina e heroína havia transformado a Water Street em um verdadeiro clube de tiro após o anoitecer. O aluguel barato, no fim, tinha um custo muito alto.

— Está com fome? Tome... coma um dos meus *croissants*.

Kat espiou a bolsa aberta e escolheu um pãozinho salpicado com chocolate.

— Este é o seu café da manhã? Ia comer tudo isso?... - Não era de admirar que Harry fosse hiperativo. — Tia Elsie sabe que você come assim?

— Claro. Levo o restante para casa.

Kat duvidou, porém nada disse.

Em vez disso, deu uma mordida no pão. Chocolate sempre a ajudava a pensar melhor.

— Já encontrou o dinheiro da Liberty?

Estava demorando, pensou. Havia uma razão, afinal, para que tio Harry estivesse no escritório às sete da manhã.

— Não, tio. Quanto você disse que investiu? - Kat o encarou, e ele desviou o olhar, tentando escapar do escrutínio.

— O suficiente.

Ela ficou preocupada. Harry realmente aplicara todas as suas economias na Liberty? Teria pego ainda mais dinheiro emprestado para fazer o investimento?

— Bem, a única pista que tenho até agora é que a produção da mina foi forjada. A trilha do dinheiro esfria no Líbano. Como não tenho mais nada à mão, vou me concentrar em quem teria os meios e a motivação para simular a produção em Mystic Lake. A motivação é fácil... O aumento na produção eleva o preço das ações da Liberty. Minas melhores também tornam a Liberty mais valiosa. Foi assim que Bryant convenceu os bancos a lhe conceder o empréstimo de cinco bilhões de dólares, para começar. Os únicos que se beneficiam materialmente nesse caso são os acionistas e os executivos da companhia.

— Compreendo. - Harry sentou-se ao lado dela, no sofá. — Os acionistas ganham porque o preço de suas ações pode subir com a valorização da Liberty. O valor da Liberty cresce porque, com a descoberta de diamantes, a empresa se valoriza. Os executivos da empresa se beneficiam com bônus maiores quando os ganhos aumentam, e todos podem contar com opções sobre ações consideráveis. Na verdade, Kat, eu também andei pesquisando. Há algumas pessoas que realmente se destacaram. Não pode se esquecer de que sou acionista... E também um bom investigador, devo acrescentar.

— Verdade? Imagino que possa ter sido algum dos acionistas internos, estou certa? Acionistas externos não teriam acesso a coisa nenhuma. Eles não poderiam manipular números, falsificar demonstrações financeiras ou fazer nada que os internos poderiam fazer para impactar a cotação das ações.

Dois sujeitos de macacão bateram no batente da porta estilhaçada.

— Esta é a parede? - perguntou o mais baixo.

Kat assentiu. Eles largaram as ferramentas no chão e começaram a trabalhar.

Ela e Harry foram para o escritório, a fim de escapar do barulho, enquanto os homens martelavam os cacos de vidro.

— E quanto às opções de ações? - perguntou tio Harry. — Como funcionam?

— Dão ao titular o direito de comprar ações a um determinado preço. Normalmente, é o preço de mercado da ação no momento em que as opções são concedidas. Muitos *insiders*, grandes acionistas dentro da empresa, aderem a essas opções há anos. Dependendo de há quanto tempo elas foram emitidas, elas podem valer muito dinheiro. Exercer a opção significa ter o direito de comprar as ações pelo preço da opção. Se isso for abaixo do preço atual de mercado, você pode lucrar se vender de imediato. O lucro é a diferença entre o custo para exercer as opções e o produto da venda das ações.

Tio Harry ficou em silêncio por um momento, saboreando seu segundo *croissant*.

— Não existe um nome especial para isso? Quando suas opções valem alguma coisa?

— Chamam de *in the money*. Quando o preço de mercado está acima do preço de exercício da opção, considera-se *in the money*. Vale alguma coisa. Se acontece o inverso, então é *out of money*. Nesse caso, você ficaria com as opções e esperaria até que o preço da ação se recuperasse.

— Bryant não tinha muitas dessas opções *in the money*?

Tio Harry havia feito, mesmo, a lição de casa. Devia ter se debruçado sobre o relatório anual por horas, o que não era muito de seu feitio. Devia ter muito em jogo. Tia Elsie teria alguma ideia daquele investimento na Liberty?

— Sim, ele tinha. Bryant tinha mais opções *in the money* do que qualquer um.

— Então, por que apenas não as exerceu, já que precisava de dinheiro?

— Boa pergunta, tio Harry. Não faz muito sentido, não é? - Kat não esperou por resposta. — O fato de ele não ter feito isso é muito suspeito. Talvez ele não seja quem estamos procurando.

— Quem pode ser, então?

— Alex Braithwaite também tinha muitas opções *in the money*. Sete milhões, na verdade. Susan tem dois milhões, mas elas não estão disponíveis. Não haveria motivo para que ela forjasse os números de produção da mina, já que não pode exercer as opções por mais dois anos.

— E Braithwaite foi assassinado. - Harry coçou a cabeça.

— Verdade. Ele tinha uma razão para aumentar o preço das ações da Liberty, mas nunca exerceu suas opções de ações. Ele também é beneficiário do truste da família Braithwaite, que é acionista majoritária. Assim como Audrey Braithwaite, irmã dele. Alex deixou tudo para a irmã em testamento.

— Então Audrey não teria nada a ganhar dando fim a Alex. E não tinha opções. Acha que Alex sabia de alguma coisa?

— Provavelmente. - Kat se lembrou da conversa com Alex. — Assassinar beneficiários de um truste não altera a propriedade das ações. O truste ainda controla a mesma quantidade de ações da Liberty, então, talvez tenha sido para silenciá-lo.

— E quanto aos outros acionistas? - indagou Harry enquanto pegava um terceiro *croissant*. Não iria sobrar nada para Elsie.

— Muita gente possui ações de Categoria B, mas não há ninguém em particular que possua mais de cinco por cento dessas ações, o que significa que elas não poderiam controlar ou influenciar significativamente a Liberty. Já com as ações de Categoria A, a história é outra. Como elas possuem dez vezes o poder de voto das ações de Categoria B, Nick controla efetivamente quarenta por cento da empresa, embora possua apenas quatro por cento de ações de Categoria A e B combinadas. O truste da família Braithwaite também possui um número considerável de ações Categoria A. Com três ponto cinco por cento do total de ações em circulação, o truste controla trinta e cinco por cento das ações com direito a voto.

— Então, juntos, eles possuem ações o bastante para derrotar qualquer um dos outros acionistas?

— Isso mesmo. A contrato social da Liberty exige maioria qualificada de sessenta e seis porcento ou dois terços para aprovar resoluções corporativas importantes. Sendo assim, contanto que Nick e o truste da família Braithwaite votem da mesma forma, eles detêm setenta e cinco por cento das ações e neutralizam os outros acionistas. Acionistas minoritários não podem determinar quem faz parte do conselho, aprovar ou impedir uma fusão, ou influenciar outras decisões importantes, que são, normalmente, prerrogativas dos acionistas.

— Então, eu e o restante dos acionistas não temos direitos de propriedade, temos? Sempre seremos derrotados na votação. Por que alguém consideraria comprar ações de uma empresa com direito de votos múltiplos? Por que, diabos, eu as comprei?

— Boa pergunta. Acho que, enquanto as coisas estão indo bem, a gente não pensa nas implicações. A maioria das pessoas não pensa.

Ela mesma nunca havia entendido por que alguém iria querer investir em uma empresa que permitisse a alguns acionistas ter mais poder de voto do que outros. Investidores nunca pensavam em seu direito a voto até que as coisas degringolassem. Só então eles se davam conta do pouco poder que possuíam como um grupo.

— Isso tudo é surpresa para mim. Pensei que, com minhas ações, teria o mesmo poder de voto que qualquer outro acionista: um voto por ação. E não que ações de Categoria A fossem ter dez votos para cada ação de categoria B. Não é justo. Nós, acionistas de categoria B, jamais teremos direito a opinião.

— Isso tudo ainda pode trabalhar a seu favor, tio Harry. Se o truste e Nick entrarem em desacordo, então, os outros acionistas passam a ter voz. O truste e Nick se anulariam. Se eles votarem juntos, suas ações irão totalizar setenta e cinco por cento, mas se eles neutralizarem um ao outro, a compensação de quarenta por cento de Nick, mais os trinta e cinco por cento do truste, resultará em apenas cinco por cento dos votos. Dessa forma, o voto dos outros acionistas será importante.

— Eu não havia pensado nisso. Se nem o truste nem Nick Racine controlarem a Liberty completamente, eles poderão vetar suas respectivas deliberações sociais levadas à conselho.

— Exato. - Kat tornou a ficar surpresa com o conhecimento de Harry. — Portanto, se eles não entrarem em um acordo, vão acabar com sérios problemas. Se não conseguirem angariar o apoio de um bom número de acionistas da categoria B, poderão se ver em um impasse.

— Ainda me parece que alguém queria Alex Braithwaite fora do caminho. Mesmo que ele não estivesse controlando o truste, ele poderia influenciar nas decisões.

— É, definitivamente, uma possibilidade - concordou ela. — Mas não se esqueça de que o acionista é o truste da família Braithwaite, não Alex Braithwaite. Mesmo que alguém quisesse se livrar dele, seu substituto provavelmente exerceria os direitos de voto da mesma forma. O voto seria para quaisquer resultados que trouxessem mais dinheiro para o truste.

— Então, exceto pelos sete milhões em opções de ações, Braithwaite dificilmente é o nosso homem?...

— Provavelmente não. Com o sistema de voto *dual class*, ou duas classes de ação, Nick tem mais a ganhar com uma cotação maior das ações, embora ele fosse obrigado a vender as próprias ações para se beneficiar.

Kat duvidava de que Nick fosse fazer isso. Ele se identificava muito com o pai, o cofundador, e passara a vida na Liberty. Também era muito experiente como diretor. Parecia improvável que ele fosse vender sua participação na empresa. A menos que tivesse sido obrigado a isso.

De qualquer modo, mesmo sem vender, uma cotação maior das ações aumentaria seu patrimônio líquido no papel, o que, no mínimo, provavelmente iria lhe lustrar o ego. Isso, por si só, já poderia ser uma vitória para um tubarão como Nick.

— Então, Kat... Na minha opinião, a manipulação do preço das ações e a falsa produção apontam para Nick e Alex. Embora Alex possa não ter tido controle de voto, ele influenciava indiretamente por meio do truste da família.

— Verdade. Ambos teriam fortes motivações. Eles andaram se desentendendo ultimamente. Parece que Alex não andava muito feliz com algumas das decisões de Nick. Coisas como contratar Susan e expandir a mina de Mystic Lake... Embora ele não contasse com ações suficientes para votar, trinta e cinco por cento seriam suficientes para anular quaisquer deliberações sociais de que não gostasse. O que o truste da família Braithwaite começou a fazer.

No fundo, Kat achou divertido que Nick e Alex tivessem se estranhado. O sistema *dual class* fora um tiro pela culatra para os dois maiores acionistas de Categoria A, uma vez que eles não haviam conseguido entrar em acordo quanto à direção da empresa. Era a democracia em ação, com um toque de ironia.

Kat e Harry se separaram para trabalhar na perspectiva das ações. Harry não era contador forense, mas estava ajudando um bocado. Seu trabalho era espontâneo, e seu entusiasmo e curiosidade seriam valiosos, contanto que ela ficasse de olho nele. Sem supervisão, o tio poderia lhe arrumar uma encrenca.

Harry ficou de rever as atas da reunião do conselho e fazer uma lista das resoluções que haviam sido apresentadas, quem votara a favor ou contra, e quem continuava indeciso. Kat decidiu rever as compras e vendas dos *insiders* na tentativa de encontrar alguma atividade incomum.

Ela precisava muito falar com Takahashi. Ele ainda não havia lhe retornado nenhuma de suas inúmeras mensagens. A reunião do conselho de sexta-feira já estava chegando, e ela precisava de algo para fundamentar suas suspeitas sobre a adulteração nos números de produção da mina Mystic Lake. Seria obrigada a lhe fazer uma visita.

Verificou o volume de negócios na Liberty, algo que vinha fazendo diariamente, desde que fora designada para o caso. O preço das ações continuava uma verdadeira montanha-russa, com quedas na maior parte do tempo. Entretanto, havia algumas arremetidas quando uns poucos otimistas decidiam que as novas mínimas eram um bom negócio.

O crédito de operações a descoberto tinha aumentado na última semana, mas o que ela viu na tela a fez congelar. As vendas a descoberto representavam, agora, mais de sessenta por cento do total das ações emitidas. Vender a descoberto era vender ações que você não possuía. Se estivesse com a razão e as ações despencassem, poderia ganhar muito dinheiro. Por outro lado, se as ações-objeto subissem, você teria que comprar o estoque a um preço mais alto para cobrir suas perdas. Sua perda em potencial seria teoricamente ilimitada.

Quem estaria vendendo uma quantidade tão grande de ações da Liberty a descoberto? E o que essa pessoa sabia que ela não sabia?

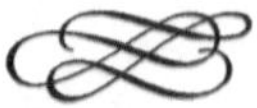

CAPÍTULO 14

Ortega olhou pela janela do Cessna de seis lugares enquanto o piloto taxiava pista abaixo. A pequena pista de pouso particular fora construída na selva, a alguns quilômetros de Ciudad del Este, cidade sem lei do Paraguai na tríplice fronteira. A partir dali, um carro estaria esperando para conduzi-lo até a capital do mercado negro, abrangendo a Tríplice Fronteira entre Paraguai, Brasil e Argentina. Em Ciudad del Este dificilmente se fazia algum negócio que fosse legítimo.

Ortega fazia aquela viagem duas vezes ao mês, porém o risco vinha aumentando à medida que seu rosto e seus movimentos se tornavam mais conhecidos. Ele tentou variar a rota e o tempo de viajem para não atrair atenção indesejada, mas não era fácil. Sem dizer que não confiava em ninguém de sua organização o suficiente para inspecionar os diamantes e entrar em acordo quanto a preços. Confiança sempre poderia ser comprada; uma lição que ele aprendera da maneira mais difícil com Vicente.

Ciudad del Este não somente era a origem da maior parte dos produtos contrabandeados para o Brasil e a Argentina, mas também um importante centro global para armas do mercado negro e diamantes brutos, os quais financiavam conflitos e guerras. Era um microcosmo de terroristas internacionais, espiões e crime organizado; um caldeirão de atividades criminosas em que se podia comprar de tudo - desde produtos falsificados chineses até cocaína e Kalashnikovs. Todos ali tinham seus representantes: o Hezbollah, a Al Qaeda, as tríades de Hong Kong e, nos últimos tempos, a máfia russa. Até a CIA e o Mossad achavam que valia a pena se manter presentes ali. Era onde ele, Ortega, ganhava dinheiro.

O lugar era vigiado de perto pela CIA e policiado de diversas maneiras por Argentina, Brasil e Paraguai. Mesmo assim, a polícia local já fora comprada e paga, e ele não estava muito preocupado com a CIA em curto prazo. Embora eles tivessem a capacidade e influência necessária para encerrar suas operações, dificilmente o fariam. A teia de terrorismo internacional e lavagem de dinheiro era intrincada e, até onde aquela gente sabia, ele, Ortega, não passava de um intermediário.

A CIA vivia ocupada, e não tinha nenhuma jurisdição no Paraguai. Mas o aumento da presença da lei significava que ele precisava encontrar novas fontes em longo prazo. Em algum momento, a cidade de fronteira deixaria de ser a meca dos contrabandistas, e esse dia estava se aproximando rapidamente. No momento, contudo, a ação policial estava concentrava nos terroristas, não em suas atividades financeiras.

Ciudad del Este parecia ser o último lugar do mundo para se decidir o destino do Oriente Médio, mas, desde o 11 de setembro, tornara-se um paraíso para os terroristas. Se estes fossem procurados na Europa ou nos Estados Unidos, não seriam encontrados. Ali eles moravam em condomínios fechados. Terroristas procurados, abrigados em casas seguras e protegidos pela santidade de uma mesquita. Usavam o período de baixa nas atividades para aprender inglês, falsificar identidades e tecer redes de comércio e financiamento. Havia rumores até de um campo de treinamento nas proximidades, ao longo do rio Paraná.

Já ele, Ortega, se preocupava mais com a competição. As remessas maiores lhe eram muito mais lucrativas, mas estavam começando a chamar a atenção de outros concorrentes na cidade. A cada duas semanas, quando os diamantes chegavam, ele dava um suspiro de alívio. Havia tentado variar o horário, mas não era fácil diante do tamanho das remessas. Ele precisava de volume para fazer seu plano funcionar e maximizar os lucros. Por isso os carregamentos tinham aumentado... o que também aumentaria a perda se estes fossem apreendidos ou roubados. A última coisa de que ele precisava era que a concorrência os encontrasse e interceptasse, ou que a polícia exigisse uma propina maior.

Precisava encontrar outra maneira de fazer circular os diamantes. Seu principal contato era Abdullah Mohammed, um homem baixo e atarracado, que aparentava cerca de quarenta e tantos anos, embora a barba enorme e grisalha lhe acrescentasse alguns anos a mais.

O sedã de Ortega estacionou em frente à mercearia libanesa de Mohammed. Uma placa pequena e gasta sobre a loja indicava ser ele um importador de comida árabe. Um aroma de cardamomo e cravo emanava dos sacos de aniagem repletos de especiarias, do lado de fora da loja. O cheiro penetrava no carro através da janela aberta, sem dar nenhum indício do negócio lucrativo que acontecia por detrás daquela fachada.

Ortega saiu do carro e ignorou o grupo de homens típicos do Oriente Médio que o observaram com curiosidade do café turco ao lado. Aqueles sujeitos deviam ter tempo de sobra para ficarem circulando a qualquer hora do dia e da noite... outro problema sob seu ponto de vista. Os libaneses pareciam ser um canal para todos - desde o Hezbollah até a máfia nigeriana.

Um vira-lata, do lado de fora da loja, olhou para ele com esperança de conseguir alguma comida. Ortega fez uma careta e chutou o cachorro na barriga, fazendo o bicho ganir e se afastar, apavorado.

Todos queriam alguma coisa dele, pensou com desgosto. Mohammed era outro exemplo.

— Boa tarde, senhor Ortega! Espero que esteja bem. Tenho algo muito interessante para o senhor, hoje - anunciou o sujeito, enquanto o conduzia para os fundos da loja.

Eles estavam sozinhos, entretanto Ortega sabia que todos os seus movimentos eram observados, desde o momento em que ele descera do Cessna. As apostas eram altas em ambos os lados.

Mohammed fez um gesto para que ele se sentasse à mesinha nos fundos da loja.

— Omar, traga-nos um pouco de chá! - gritou para um menino magrela, de cerca de dez anos de idade.

Os olhos de Ortega seguiram o garoto enquanto este corria para a frente da loja.

Assim que o menino saiu, Mohammed abriu uma valise, exibindo uma variedade de diamantes brutos, de vários tamanhos.

O menino voltou com o chá, evitando cuidadosamente o contato visual com o conteúdo da pasta, e Ortega se perguntou se era medo ou motivação pela causa o que inspirava sua confiança.

Embora ele soubesse que isso seria considerado indelicado na cultura árabe, decidiu ir direto ao assunto:

— Está tendo problemas com sua rede de abastecimento, Sr. Mohammed? - perguntou, sem esconder a decepção com o conteúdo da valise. Ao longo dos dois anos em que vinha negociando com Mohammed, a qualidade das pedras caíra substancialmente. Embora o volume permanecesse o mesmo, estava ficando difícil conseguir um preço bom o bastante por aquelas pedras de péssima qualidade. Mohammed continuava a segurá-lo... e sabia demais.

— Meu caro senhor Ortega... esses diamantes são de primeira! Minhas fontes garantem que são muito procurados.

— Sr. Mohammed, a qualidade das pedras caiu visivelmente ao longo do ano passado. Estou apenas preocupado com os seus negócios... Se está tendo problemas com seu fornecedor, talvez eu possa ajudá-lo.

As pedras de Mohammed eram excelentes até dois meses antes. Então, quase da noite para o dia, sua qualidade havia caído. As boas estavam, obviamente, sendo desviadas para a concorrência.

Seria o próprio Mohammed ou um novo adversário?

Ortega não sabia, mas pretendia descobrir.

Os libaneses tinham um suprimento aparentemente infinito de pedras brutas, pelas quais ele fornecia armas, granadas de mão, lançadores de foguetes, até mesmo helicópteros usados, algo que sempre parecia estar em falta no Oriente Médio. Ele nunca pusera as mãos nas armas. Em vez disso, intermediava o acordo entre os árabes e alguns funcionários corruptos de governos ocidentais. Tudo girava em torno de boas conexões. Relacionamentos eram tudo, principalmente entre os árabes. Bastava alguns bons negócios e você ganhava a confiança deles para sempre.

Ele havia diversificado os negócios, passando a comercializar diamantes, após o 11 de setembro, quando as leis contra lavagem de dinheiro tinham sido promulgadas. Os governos ocidentais podiam bloquear bilhões de dólares em contas bancárias operadas por organizações terroristas e suas fachadas beneficentes. Diamantes, ao contrário, eram fáceis de transportar, fáceis de contrabandear, difíceis de serem rastreados e facilmente convertíveis em dinheiro.

Ortega não perguntou de onde estes vinham, embora soubesse que deviam ser originários de algum país mergulhado em conflitos como Serra Leoa, onde os libaneses haviam se entrincheirado como compradores das pedras brutas. O acordo previa um mercado negro para compensar os canais oficiais não disponíveis para aquele país. Também lhe proporcionara um bom mercado para as armas, contanto que as guerras prosseguissem.

Até o momento, o arranjo fora mutuamente benéfico. Os libaneses tinham encontrado um mercado receptivo para as pedras que, de outra forma, não seriam capazes de desovar com facilidade; não em se considerando o volume com que trabalhavam. Ele, Ortega, as comprava por cerca de vinte por cento do valor dos diamantes legítimos. Apenas as pedras atravessavam o oceano para a América do Sul; as armas negociadas por eles eram entregues no local especificado pelo comprador. Nenhum dos lados sabia com quem estava lidando na verdade, o que, convenientemente, aumentava as opções e reduzia os preços. Usá-lo como intermediário também significava que ambos os lados poderiam negociar com partes com as quais não poderiam lidar abertamente.

Ortega tinha consciência de que os libaneses fechavam acordos com a maioria das organizações terroristas do Oriente Médio, incluindo muitas que lutavam umas contra as outras. Aquela luta entre elas lhe trazia enormes lucros. Enquanto elas continuassem a vomitar seu ódio pelo Ocidente, a maioria das armas seria usada na violência entre as facções em cada uma de suas várias seitas religiosas.

Em muitos casos, ele fornecia armamento para ambos os lados. Quanto mais eles guerreassem, mais rico ele ficava.

A atual luta pelo controle da Palestina entre o Hezbollah e o Fatah era particularmente lucrativa. O preço dos diamantes era diretamente proporcional ao nível de frustração com o conflito. Contanto que este fosse bem dosado, e nenhum lado tivesse uma vantagem muito óbvia, sua operação continuaria indo de vento em popa. Era preciso muito equilíbrio para suprir ambas as partes da mesma forma e convencer cada lado de que ele simpatizava com sua luta religiosa e entendia suas doutrinas.

Tudo ia bem, até Mohammed estragar tudo com sua ganância. Por isso aquele seria o último carregamento a ser feito na Tríplice Fronteira, decidiu Ortega. Já estava na hora de uma saída estratégica.

CAPÍTULO 15

Kat inalou o ar fresco enquanto corria ao longo do calçadão de English Bay, tentando acompanhar o ritmo de Cindy. O céu começava a clarear, e um leve vento de cauda soprava às suas costas à medida que elas desviavam das poças que tinham restado da chuva pela manhã.

Ela já se sentia mais calma, pronta para encarar Jace mais tarde. Iria abrir o jogo. Não poderia morar com ele na casa. Nem arrumar sua parte do dinheiro. Precisava ficar fora daquilo.

— Já está na hora de você voltar a praticar. Vai ter problemas para correr a maratona com a quilometragem que tem feito. - Cindy posicionou-se atrás de Kat, permitindo que um homem e seu cachorro passassem na direção contrária.

Ela e Cindy haviam se inscrito para sua primeira maratona quatro meses antes. Agora faltavam apenas três semanas, e ela estava meio atrasada para alcançar a amiga no treinamento.

— Eu sei. Mas tenho estado tão ocupada... - Kat decidiu não mencionar a invasão da noite anterior. Cindy achava Gastown decadente e perigosa, e o arrombamento só provava que ela estava certa.

— Acho que tem um problema de comprometimento, querida. Por

que é tão difícil para você? Tudo o que tem a fazer é aparecer para fazermos as corridas.

— Fácil para você dizer. Você faz esses treinos sem nenhuma dificuldade. Não é tão simples para mim.

Correr com Cindy não era mole. Com um metro e sessenta e quatro de altura e aquele corpo de modelo, a moça parecia deslizar em comparação às suas passadas pesadas. A aparência delicada de Cindy desmentia o fato de ela ser tão resistente fisicamente quanto qualquer um de seus colegas homens da Real Polícia Montada do Canadá. Mentalmente, então, ela os batia com as mãos nas costas.

— Está difícil para você porque tem feito apenas um quarto das corridas. É o seu jeito, Kat. Ninguém consegue *te* domar.

— Talvez eu goste de manter minhas opções em aberto.

— Como com Jace?

— O que Jace tem a ver com isso?

Por que Cindy tinha que mencioná-lo? A corrida deveria fazê-la esquecer Jace, não se concentrar nele!

— Você termina com ele, depois o mantém por perto.

— Isso foi há dois anos. Somos apenas amigos agora, nada mais.

— Mas compraram uma casa juntos!

— Não somos um casal - protestou Kat. — Estamos investindo juntos. Podia ter sido você e eu... Não haveria diferença alguma.

— Sem essa, Kat. Você tem medo de compromisso. Admita. Vocês dois dão supercerto juntos. Jace ainda é louco por você, mas não vai ficar na sua cola para sempre. Um dia...

— Não estou com humor para psicanálise agora. - Kat não deixou Cindy terminar.

— Tudo bem. Eu não queria dizer nada, mas vão ser quarenta e um quilômetros de dor para você nessa maratona. Sem contar o pão francês.

— Engraçadinha. Já vi que está se aprofundando no idioma. - A maratona delas seria em Paris. Mais um motivo para ela resolver aquele caso.

— *Oui*. E você deveria seguir o meu conselho.

— Vou pensar. - Ela faria qualquer coisa para mudar de assunto.

Elas passaram os minutos seguintes em silêncio, estabelecendo uma boa cadência enquanto deixavam o calçadão de asfalto em direção à trilha ao redor da Lost Lagoon.

Cindy nunca falava sobre seu trabalho secreto na RPMC. Kat sabia muito pouco, exceto que envolvia crime organizado, gangues de motociclistas locais, tríades asiáticas e, ocasionalmente, redes criminosas internacionais. Tomara Cindy pudesse lançar uma luz sobre a lavagem de diamantes, ela torceu. Mas tinha que ter cuidado com o que iria perguntar. A última coisa que desejava era levar outro sermão da amiga.

Elas viraram na trilha de Bridle Path e rumaram para o Prospect Point, a respiração se dissolvendo no ar à sua frente em rápidas explosões de vapor. A inclinação lenta, porém constante, consumiu toda a energia de Kat. Cindy, por outro lado, subiu a colina sem qualquer dificuldade.

Kat decidiu deixar Cindy guiar a maior parte da conversa; uma tarefa fácil, já que a moça amava falar sobre crimes em geral.

— Cindy, contrabando de diamantes é coisa séria?

— Muito séria. E vem se tornando cada vez mais comum. Diamantes são fáceis de ocultar e de fazer dinheiro. Esse tipo de crime ficou mais conhecido depois que as leis contra a lavagem de dinheiro entraram em vigor. A intenção é impedir que os cartéis de drogas convertam a grana obtida ilegalmente em depósitos bancários legítimos. As leis foram promulgadas para neutralizá-los. Depois do 11 de setembro, os requisitos se tornaram ainda mais severos. O governo dos EUA reforçou a exigência de relatórios para deter as redes terroristas, bloqueando seu acesso ao capital. O restante do mundo foi obrigado a seguir essa regra se quisesse continuar a negociar com os EUA.

— Quer dizer que isso tornou todas as transações financeiras rastreáveis porque os bancos foram obrigados a divulgá-las?

— Exatamente. Os bancos têm que fazer muito mais investigações e não podem aceitar dinheiro de países sem uma legislação contra lavagem de dinheiro semelhante. - Cindy fez uma pausa e lançou a Kat um olhar divertido. — Nossa, Kat, a sua situação financeira está tão ruim assim? Ainda tem muita lenha para queimar... Não precisa entrar para a vida do crime.

— Engraçadinha. Eu não teria dinheiro nem para fazer o pagamento de uma remessa! Será que eles aceitariam o meu Visa?... Acabei de obter mais limite de crédito.

— Duvido. De qualquer forma, as leis contra a lavagem de dinheiro chamaram a atenção para o fato de os diamantes terem se tornado o *modus operandi* preferido dos bandidos. Os terroristas e o crime organizado se voltaram para eles porque estes são fáceis de esconder e de transportar, têm alto valor e, até agora, são difíceis de rastrear. Já ouviu falar em diamantes de conflito?

— Um pouco. - Kat fez uma pausa para recuperar o fôlego. Oxigênio e corrida de montanha não eram mutuamente excludentes, mas, com certeza, pareciam ser. Por que Cindy sempre aumentava o ritmo nas colinas? - É o mesmo que os tais diamantes de sangue contrabandeados de países africanos pobres, onde usam trabalho escravo?

— Basicamente. Os diamantes em estado bruto são produzidos por países que não seguem os requisitos do Esquema de Certificação do Processo Kimberley. Esse esquema foi concebido para impedir a conexão entre os diamantes e a violência, e é apoiado pelas Nações Unidas. As normas foram criadas para conter a atividade criminosa e terrorista.

— Mas como se rastreia diamantes?

— De acordo com o Processo de Kimberley, a procedência ou origem de um diamante precisa ser identificada. A ideia é eliminar a venda de diamantes de sangue ou de conflito de países devastados pela guerra, como Serra Leoa e Angola. Os rebeldes tomam as minas existentes à força e depois aterrorizam a população local com violência, incluindo assassinato, estupro e amputações. Quando as pessoas fogem, os terroristas ficam livres para administrar as minas de diamantes e lucrar com elas. O Processo de Kimberley torna muito difícil para os criminosos vender os diamantes de sangue.

Cindy fez a curva quando a trilha dobrou à esquerda e Kat a seguiu.

— Mas, como eles conseguem fazer isso? Você mesma disse que os diamantes são difíceis de ser rastreados.

— Os países que participam do Processo de Kimberley precisam fornecer um certificado de origem, atestando que os diamantes não são diamantes de conflito. Se eles não conseguirem providenciar esse certificado, não podem vender os diamantes no mercado aberto.

Kat olhou para Cindy de soslaio. A amiga nem sequer respirava com dificuldade. Ela, por sua vez, estava praticamente hiperventilando.

— Mas, aposto que alguns conseguem driblar isso, não é? Não conseguem contornar os controles e vendê-los ilegalmente? - Conforme subiram a colina, sentiu que finalmente entrava num bom ritmo.

— Ah, sim, sem dúvida - afirmou Cindy. — Até pouco tempo atrás era fácil vender diamantes de qualquer lugar. Bastava mentir sobre a origem das pedras. Os compradores nem se importavam. Mas agora há mais em jogo. Um país pode perder seu *status* se for pego lidando com diamantes de sangue. Depois nem vai conseguir vender sua produção. Seu bem-estar econômico é colocado em risco se permitir que isso aconteça... Mas, acontece. Sabe-se que quase cinquenta por cento da produção total mundial provém ilegalmente de países que não seguem o Processo. Simplesmente não há produção legítima suficiente para contabilizar todos os diamantes existentes no mercado hoje em dia. O que esse processo faz, no entanto, é torná-los menos lucrativos. Não podemos eliminar essas pedras enquanto houver gente disposta a comprá-las... Mas, o que tudo isso tem a ver com a Liberty?

— Bem, sabe aqueles números de produção suspeitos que mencionei? Estou começando a me perguntar se eles não estão lavando diamantes de sangue por meio da mina. O que ainda não entendo é como um pedaço de papel pode provar se um diamante é ou não um diamante de conflito.

— A coisa vai um pouco além disso. Na verdade, agora existem técnicas científicas disponíveis para determinar a procedência de um diamante. Em termos químicos, todos os diamantes são carbono puro. A olho nu, eles são idênticos - apenas uma forma cristalina de carbono, na verdade. Então, é difícil dizer de onde eles vêm. Entretanto, existem maneiras de se verificar a origem.

— Verdade? Dá para identificar de onde veio um diamante?

— Em teoria, sim. A RPMC tem como fazer uma *impressão digital* dos diamantes. Embora todos os diamantes sejam carbono, dentro de cada pedra existem vestígios de impurezas, que podem ser rastreados até a rocha hospedeira na mina ou no poço. Juntando essas informações em um banco de dados, pode-se vincular um determinado diamante a uma mina. Todas as outras pedras dessa mina têm a mesma composição química. Isto é, não se pode encontrar a mesma composição química em uma rocha do Canadá e em Serra Leoa, por exemplo.

De repente, Kat sentiu as pernas mais fortes. Uma onda de energia a envolveu conforme ela foi pensando nas possibilidades, e ela teve vontade de atravessar o matagal e correr de volta para o escritório.

Cindy se mostrou alheia à sua repentina mudança de disposição.

— Para que tudo dê certo, a RPMC e a inteligência internacional vão ter que documentar e inventariar um diamante de cada mina da Terra. Uma vez que isso tiver sido feito, eles vão conseguir brecar o comércio ilegal. É tudo muito demorado e caro, mas assim que tivermos o banco de dados, será quase impossível comercializar diamantes ilegais como sendo legais. - Cindy lançou um olhar desconfiado para Kat. - Não vá me dizer que está atrás de terroristas!

— Não, claro que não. - Kat se esforçou para encontrar uma explicação. — Mas andei descobrindo algumas coisas suspeitas na Liberty. Parece que eles exageraram de propósito nos números da produção. Você não conseguiria me ajudar a obter a impressão digital de alguns diamantes?

— Caramba, Kat, eu só ouvi falar sobre o teste. Não estou realmente envolvida nesse tipo de coisa.

— Mas você tem seus contatos. Não posso *te* dar alguns diamantes para serem testados?

— O que a faz pensar que eles possam estar envolvidos em contrabando de diamantes? Eles não operam as minas no Norte? Acho meio absurdo que estejam contrabandeando diamantes para as partes mais geladas e remotas do Canadá. Eles não teriam que viajar por estradas congeladas, lá em cima?

— Sim, mas... não creio que eles estejam realmente contrabandeando as pedras para a mina. Tudo o que eles têm a fazer é levá-los à central de corte onde eles são processados. Basta parecer que as pedras vieram da mina. Contanto que os diamantes pareçam vir da Liberty quando chegam à central de corte, não despertarão suspeitas. Pense... A segurança na mina será obviamente alta, mas ninguém espera que algo seja contrabandeado na central de corte.

— É pouco provável, Kat.

— Se eles conseguirem passar os diamantes como sendo da Liberty e lavar as pedras por meio de uma fonte legítima, podem obter preços de mercado para elas em vez do preço do mercado negro. Isso aumentaria muito a lucratividade da Liberty. Pode ser até mais barato comprar diamantes do mercado negro do que minerá-los legitimamente. Não imagina que isso possa acontecer?

Cindy lançou um olhar cético na direção dela e não respondeu.

— E se você fizesse parecer que o diamante veio de uma mina dos Territórios do Noroeste? Não seria uma maravilha produzir uma amostra de mina no Canadá que correspondesse aos diamantes? Seria possível driblar todo esse Processo de Kimberley.

— Quer dizer, como em uma nova mina? Contrabandear na rocha e produzi-la como sendo rocha hospedeira?

— Exatamente. Não apenas você conseguiria legitimar suas pedras frias, como também não despertaria suspeitas - se fizesse isso em uma mina nova, sem histórico de produção, em um país que estivesse apenas começando a descobrir grandes reservas. Não deixaria rastros.

Não chamaria a atenção, porque a produção não estaria aumentando de repente. A indústria de mineração de diamantes do Canadá ainda é incipiente, portanto não há nenhum histórico de mineração de diamantes de longo prazo no país como um todo.

— Não sei, parece meio improvável, Kat. Possível, mas dificilmente valeria a pena o risco.

— Então, o próximo passo é eu conseguir algumas amostras da Liberty?

— Espere um segundo... eu não disse 'sim'. Além do mais, ainda não temos um banco de dados completo. Não existe garantia de que possamos encontrar algo conclusivo.

— Eu sei que não há garantia. Mas se houver alguma correspondência, ao menos eu terei uma pista. No momento, tenho nas mãos um CFO que sumiu sem deixar vestígios, cinco bilhões de dólares que esperam que eu encontre, e o que parece ser uma produção falsificada. Ninguém vai acreditar em mim, a esta altura, sem alguma prova. E como a Liberty é minha cliente, preciso saber com o que estou lidando antes de fazer qualquer acusação.

— Ok, Kat, vou ver o que posso fazer. Mas tem que prometer que vai me ligar antes de começar a acusar algum grupo terrorista internacional.

— Ah, eu jamais...

— Estou falando a sério, Kat. Não mexa com essa gente! Você não sabe no que está se metendo. Por favor, diga que não vai fazer nada ilegal ou perigoso.

Kat ficou exultante. Estava no jogo outra vez.

CAPÍTULO 16

Kat sentiu os nós dos dedos doerem com o frio quando bateu na porta de Takahashi mais uma vez. Estava em pé na varanda havia cinco minutos, e nada de resposta.

Daria a ele mais algum tempo. Takahashi tinha estacionado seu velho Ford F150 na entrada da garagem, e da varanda era possível distinguir perfeitamente pegadas enlameadas no acesso. As pegadas eram dela, e a ausência de marcas de pneus ou outros rastros deixava claro que ninguém mais havia entrado ou saído dali nas últimas horas. O lugar parecia sinistramente quieto e, embora a chuva tivesse parado, as nuvens baixas e densas faziam o fim de tarde se parecer mais com um início de noite.

O clima estava frio e úmido, e o humor de Kat, sombrio. Depois de ter vasculhado os arquivos da Liberty durante todo o dia anterior, ela não havia encontrado mais nada. A reunião do conselho seria no dia seguinte, e ela não tinha nada para apresentar. Precisava desesperadamente mostrar algum progresso, do contrário Nick provavelmente passaria por cima de Susan, e ela estaria fora da jogada antes mesmo do prazo final de sexta-feira. As evidências pareciam apontar para mais alguém além de Bryant, contudo ela não tinha como provar isso ainda. Ken Takahashi era sua última esperança, e ele não se livraria dela assim, tão fácil, evitando retornar suas ligações. O tempo estava se esgotando. Precisava falar com ele sem falta.

O arrombamento no escritório só fizera aumentar seu senso de urgência. Depois do ataque daquele viciado em metanfetamina, Jace e tio Harry tinham levado as coisas dela e os gatos para a casa, onde ela acabara dormindo na noite passada.

A casa de Verna, como ela pensava agora. Essa era uma questão com Jace que ela jamais ganharia.

Mas, tinha que admitir... Havia se sentido mais segura na noite anterior, ficando com Jace em vez de sozinha no escritório em Gastown.

Ela não tinha planejado ir até a casa de Takahashi, mas sua corrida matutina, saindo da casa de Verna, acabara por levá-la até cerca de um quilômetro da casa dele. Por isso decidira passar por ali. O telefone dele podia estar fora de serviço. Ou talvez Takahashi não quisesse mais conversa. E, se a estava evitando, poderia não atender à porta ao ver o carro dela parado ali na frente.

Kat suspirou. Estava acostumada a não ter retorno para suas ligações em situações como aquela, porém algo parecia errado. Por isso esperou, sentindo arrepios sob as roupas, agora úmidas, que tinha colada à pele.

Pressionou o ouvido contra a porta e pensou ouvir algum barulho. Tentou fazer os dentes pararem de bater e aguçou os ouvidos.

Desta vez, o barulho soou mais perto da entrada.... Era o cachorro ganindo! E parecia mais agoniado a cada instante.

— Oi, garoto!... Está tudo bem. Alguém em casa?

Outro ganido. E, desta vez, o animal pareceu ainda mais desconsolado.

O cão começou a arranhar o lado de dentro da porta, e seu ganido soou mais alto.

— Ken?... Está aí?

Nenhuma resposta.

Kat tentou enxergar dentro da sala. As persianas estavam abaixadas, o que era estranho, já que a tarde nem terminara.

Esquisito, mas aquilo, por si só, não queria dizer nada.

Ainda assim, ela teve um mau pressentimento. Algo estava muito errado. Por que o cachorro chorava se Takahashi estava em casa?

Ela girou a maçaneta da porta que dava para o interior da varanda coberta. Estava destrancada. Entrou e bateu na porta de dentro. Havia vários casacos pendurados ao longo de uma parede, com botas e sapatos empilhados na parte de baixo, notou.

Uma caixa de madeira sobre uma mesinha chamou-lhe a atenção. Era a mesma caixa com as pedras que Ken lhe mostrara em sua última visita. Ela a pegou e hesitou por um instante antes de abri-la. Mas Takahashi não se importaria, decidiu.

A caixa continha amostras de pedras de várias minas, todas cuidadosamente rotuladas em compartimentos individuais. Ela procurou e encontrou uma de Mystic Lake. Era a mesma que Ken lhe mostrara.

Kat a olhou com atenção, tentando se lembrar do que Ken havia dito sobre a amostra.

O labrador agora arranhava a porta furiosamente, ganindo, ansioso. A luz da cozinha estava acesa e, através das cortinas, ela podia ver a sombra do cachorro pulando.

Tentou a outra maçaneta. A porta estava aberta! Deveria entrar?, pensou, detendo-se por um instante.

Sentiu-se mal tentando entrar sem ser convidada. Ainda assim, o comportamento do labrador era preocupante. Talvez Ken tivesse passado mal e precisasse de ajuda.

Kat girou a maçaneta, decidida, e abriu a porta.

E o que ela viu a fez estacar, horrorizada.

CAPÍTULO 17

O olhar de Kat percorreu a trilha de sangue que serpenteava desde a cozinha até o hall de entrada. Aterrorizada, ela olhou para os próprios pés. Estava pisando nela!

Deu um pulo para o lado, quase caindo no sangue pisado antes que sua palma finalmente encontrasse a parede. Sentiu bile subir na garganta ao ver as marcas vermelhas de seu tênis Adidas no piso de linóleo e tentou se acalmar.

Havia vidro e pratos quebrados por todo o chão. A bancada da cozinha estava entulhada, exceto por um arco à direita da pia, como se alguém a tivesse varrido com o braço. O labrador se postou a seu lado, ganindo e implorando por ajuda com os olhos. Então latiu e ameaçou ir na direção da sala, como se pedindo para que ela o seguisse.

Kat partiu atrás dele, mas parou um momento para escutar. Não ouviu nada, exceto as unhas do cachorro clicando no piso erraticamente. Ele mancava e se deteve próximo à entrada do corredor, postando-se do lado esquerdo.

Kat franziu o cenho. Não se lembrava de tê-lo visto mancar quando visitara Takahashi. Caminhou até o animal, desta vez tomando o cuidado de ficar fora do caminho sangrento, e se ajoelhou para examinar a pata traseira direita do cão.

— Aqui, deixe-me ver... - falou, enquanto tocava gentilmente a anca do bicho, apalpando-o até chegar na pata. O labrador não protestou até ela encostar em suas unhas; então ganiu e puxou a perna. Tinha as quatro patas manchadas de sangue, mas apenas aquela parecia doer. - Bom menino... - ela murmurou, vendo um caco de vidro preso entre as unhas do cão. — Desculpe, amiguinho, mas tenho que tirar isso.

Ela enfiou o dedo mindinho entre os dedos do cão e, com destreza, tirou o vidro o mais rápido que pôde. O caco caiu no piso, e o labrador puxou a pata antes de fugir para o outro lado da cozinha.

Um estrondo rompeu o silêncio, e Kat deu um pulo, assustada. Havia alguém ali. Como se deixara distrair pelo cachorro?!

Entrou em pânico ao imaginar diferentes cenas, e todas com um final terrível. Tinha vindo até ali sozinha, e ninguém sabia onde ela estava. Ninguém nem sequer imaginava que ela havia saído de casa para uma corrida.

Sentiu-se congelar ao escutar vidro quebrando à esquerda. Com o canto do olho, vislumbrou uma silhueta escura vindo em sua direção. Quem tinha feito o barulho estava vindo atrás dela!...

Mas era o labrador, que já não mancava. Atrás dele, ela avistou um copo quebrado no chão. O cachorro devia tê-lo derrubado do balcão com a cauda, na certa depois de trombar com a porta entreaberta do armário.

Kat deu um suspiro de alívio. Se saísse dali inteira, nunca mais faria algo tão estúpido de novo. Fez meia volta para ir embora, porém o labrador bloqueou a saída, tentando levá-la para o corredor.

Cães pressentiam perigo, certo?... Se alguém estivesse ali, o cachorro estaria rosnando. Só mais uma olhadela, e ela iria embora.

Kat beirou o caminho pegajoso ao longo do corredor, onde manchas compridas de sangue maculavam as paredes bege. Seus olhos se fixaram nas marcas de mão ensanguentadas, que se tornavam menos definidas conforme se aproximavam do chão.

Foi então que ela o viu.

Ao final do corredor, meio recostado ao batente da porta do banheiro, estava Ken Takahashi. Tinha o braço direito sobre o peito, como se na tentativa de estancar o sangue que ensopara sua camisa de flanela azul. Olhava na direção dela, os olhos abertos... mas nada enxergava.

Kat entrou em pânico diante da cena. O assassino ainda estaria ali? A morte de Takahashi estaria relacionada à Liberty?

Claro que sim. E isso significava que o assassino também iria atrás dela.

Saberia onde ela se encontrava agora?...

Kat ignorou o labrador que caminhava, ansioso, entre ela e o corpo de Takahashi, os olhos castanhos implorando para que ela fizesse alguma coisa. Ela sentiu-se paralisar por um instante, incapaz de respirar ou entender o que passava por sua cabeça. O assassino ainda poderia estar em algum lugar da casa, contudo ela não se atreveria a confirmar tal coisa. Precisava de ajuda. Agora.

Procurou freneticamente por um telefone, e localizou um sem fio na cozinha, por fim. Sentiu as mãos tremer enquanto ligava para Cindy. Após várias tentativas, conseguiu se estabilizar por tempo suficiente para conseguir pressionar os números no teclado.

— Cindy?... - Sua voz falhou quando ela tentou se acalmar e impedir as mãos de tremer ao segurar o aparelho. - Preciso de ajuda!

— Kat? O que foi? Parece nervosa.

— Meu Deus.... Oh, meu Deus, Cindy, precisa me ajudar... Takahashi está morto! Alguém o matou! Eu o encontrei, e acho que ele morreu há algum tempo.

Ela voltou para o corredor. Aquilo estava mesmo acontecendo. Perdeu a voz ao olhar o corpo e o chão ensanguentado. A pele de Takahashi começava a perder a cor, e o cheiro era insuportável.

— Kat, quem é Takahashi? Onde você está? Tem alguém com você?

— Estou na casa de Ken Takahashi. Ele é o antigo geólogo-chefe da Liberty. Ele não estava retornando as minhas ligações, então achei que devia vir até aqui, e quando ouvi o cachorro ganir, imaginei que ele estivesse com problemas. Abri a porta e entrei, e então vi esse sangue todo no chão, fiquei apavorada e...

— Kat, calma! Escute... Chamou a polícia?

— Estou *te* ligando, não estou?... Você é a polícia.

— Kat, tem que ligar no 911. Agora mesmo! Espere um pouco... está ligando da casa do morto? Está usando o telefone dele?

— Sim. Esqueci meu celular e, quando o vi, achei melhor ligar para alguém.

— *Puta merda!* Kat, escute... Está em uma cena de crime. Não percebe o que acabou de fazer? Deixou suas impressões digitais e seu DNA em uma cena de assassinato! Não saia daí - orientou Cindy. — Não ligue para mais ninguém, nem toque em nada! Vou chamar o setor de homicídios e *te* encontro no local.

Os INVESTIGADORES do setor de homicídios interrogaram Kat por várias horas, fazendo-a repetir a série de eventos que a levara à descoberta de Takahashi. Depois ela ainda precisou fornecer suas impressões digitais, uma amostra de DNA, e pedaços da roupa que usava para excluir suas evidências da cena do crime.

Cindy finalmente a deixou em casa às dez da noite.

E ela mal se lembrava de ter saído para correr no início da tarde. Ali estava, na casa de Verna mais uma vez; uma casa que não lhe pertencia. Não importava o que acontecesse... ela sempre acabava naquele lugar, pensou Kat.

Ela cruzou o portão da frente e subiu os degraus, exausta.

Estava procurando as chaves e equilibrando a comida chinesa nas mãos quando sentiu o pé bater em alguma coisa. Não deu muita atenção, virou a chave e chutou para longe os sapatos.

Estava prestes a fechar a porta da varanda, quando estacou, paralisada pela visão do corpo sem vida de Buddy, seu gato, com o pelo ensopado de sangue e o pescoço cortado.

CAPÍTULO 18

Kat deu um pulo quando a porta de dentro da casa foi aberta. Era Jace.

— Kat! Por onde andou? O empreiteiro esperou por uma hora, mas não consegui segurá-lo por mais tempo. Ele não vai dar início ao trabalho sem as nossas duas assinaturas no contrato. Você sabe que não podemos fazer nada sem eletricidade... Agora vai levar semanas para eu trazer esse cara de volta! - Segurando uma lanterna na mão direita, Jace cruzou os braços diante do peito.

Ela nem precisou fitá-lo nos olhos para saber que ele estava furioso. Tinha se esquecido completamente da reunião com o empreiteiro. A última encrenca a ameaçar os planos deles era a fiação elétrica precária da casa. O inspetor da prefeitura, em visita por outro motivo naquela manhã, determinara que a fiação antiga, além de toda a parte hidráulica, teriam que ser modernizadas. Empreiteiros dispostos a trabalhar em casas antigas eram difíceis de encontrar, e aquele fora o único especialista em eletricidade que Jace conseguira convencer a visitá-los para um orçamento.

No fim, seriam mais dez mil dólares de despesas. Eles teriam sorte se conseguissem recuperar o investimento inicial quando vendessem a casa... se esse dia chegasse.

Angustiada, ela nada disse. Em vez disso, apontou o corpinho sem vida na varanda através da porta aberta.

— Que diabo?! — Jace passou por ela e jogou o facho da lanterna sobre Buddy, ajoelhando-se para examinar o animalzinho. - Mas, quem...!?

— Não ouviu nada? - Kat indagou num sussurro enquanto o seguia até lá fora. — Como Buddy saiu?

Seu gato nunca saía de casa, contentando-se em lhe fazer companhia. Quando ela deixava um cômodo, ele ia atrás. Fazia o mesmo com Jace. Era como se dormisse com um olho aberto, sempre querendo manter alguém à vista. Era inseguro por natureza, uma consequência de ter sido abandonado no abrigo de animais local. Como Jace não tinha notado que ele havia sumido?

— Eu não sei... Ele ficou dormindo no sofá enquanto eu estava trabalhando no piso da sala de jantar. Depois o empreiteiro chegou. - Jace levou a mão à boca. - Deixamos a porta aberta por um instante, só para trazer algumas ferramentas para dentro. Buddy ficou no caminho, andando aos nossos pés. Talvez tenha saído para a varanda para evitar ser pisado.

— Não consegue prestar atenção em mais de uma coisa ao mesmo tempo?! - Kat retrucou, chorosa. Queria voltar no tempo para que as coisas tomassem um rumo diferente. Para antes da Liberty, antes de comprarem aquela droga de casa, e antes que as coisas ficassem tão complicadas com Jace.

— Kat, não está sendo justa! Desculpe se não reparei no sumiço de Buddy, mas eu só estava tentando salvar o que resta do piso depois do vazamento! Tenho que entregar um trabalho às oito da manhã e ainda nem comecei a escrever a matéria; sem dizer que precisei receber o empreiteiro e você tinha sumido... Por que não me ligou?

Kat começou a contar. Takahashi, a polícia, o cachorro.

Mas um nó se formou em sua garganta quando a magnitude daquilo tudo a atingiu.

Então ela se deixou sentar na varanda, aos prantos. Tudo parecia ir de mal a pior. Fora despejada do apartamento e não parava de brigar com Jace por causa da casa que eles nunca deviam ter comprado.

E o pobrezinho do Buddy!?... Ela o havia abandonado!

— Ei, eu sinto muito pelo Buddy. - Jace sentou-se ao lado dela e passou o braço por seus ombros, puxando-a para mais perto. — Eu tropecei nele praticamente o dia todo, então devia ter notado que havia algo errado.

— Por que alguém cortaria a garganta dele?

— Não sei. - Jace se levantou e virou-se na direção do gato, varrendo a varanda com a lanterna. Deteve o facho de luz em uma pedra do tamanho da palma da mão e se abaixou.

— Veja isso - disse, apanhando um papel preso debaixo da pedra. Segurou-o diante dela, iluminando o bilhete com a lanterna. — Quem faria uma coisa dessas, Kat?...

O aviso datilografado continha apenas três palavras:

MORTE A KAT

— Eu... eu não sei! - Ela estremeceu, repentinamente consciente do frio, e se pôs de pé. — A única coisa em que consigo pensar é na Liberty... Mas isso é ridículo. Estou nesse caso há menos de uma semana e ainda não descobri coisa nenhuma. Nada que possa justificar uma ameaça de morte, se é que ela é de verdade.

Jace a envolveu nos braços, aquecendo-a com o calor do corpo. Ela enterrou o rosto manchado pelas lágrimas na camisa grossa de algodão e o abraçou de volta, sem se importar se devia ou não fazer aquilo.

— Tem certeza? Se acredita que o assassinato de Takahashi está relacionado à Liberty, por que não o de Buddy?

— Com Takahashi é diferente. Ele era ex-funcionário da Liberty e estava fazendo uma denúncia. Sou apenas uma contratada investigando o dinheiro roubado da empresa. Se eles não querem que eu investigue, por que me contrataram, então?

— Talvez esteja fazendo perguntas demais, encontrando pistas que não devia.

— Bem, os números forjados na produção definitivamente vão além daquilo para o que eles me contrataram... Parece ser outra fraude, e as chances de que as duas coisas estejam relacionadas é grande. Mas ninguém sabe o que eu descobri ainda. Exceto você e Harry. Cindy só sabe parte da história.

— E quanto a Takahashi?

Kat tentou se lembrar da conversa que eles haviam tido.

— Não. Mas Takahashi achava que aquelas pedras não vieram de Mystic Lake.

Ela resumiu a conversa entre os dois, incluindo a opinião de Ken Takahashi sobre a mina de Mystic Lake. A falsificação nos números da mina a tinham feito perder o sono. Ela não havia revelado suas descobertas a Susan ou a qualquer outra pessoa na Liberty, mas talvez Takahashi tivesse feio isso, a despeito de suas negativas. Estava ali algo para o que ela nunca teria resposta.

— Vamos entrar.

Kat seguiu Jace e o facho da lanterna. Ele pegou a comida chinesa largada na entrada e rumou para a sala de estar, colocando o pacote na mesa de centro. Uma dúzia de velas acesas sobre a mesinha e a cornija da lareira davam ao cômodo um brilho suave. Em outras circunstâncias, ela teria gostado da atmosfera.

Sentou-se no sofá enquanto Jace verificava janelas e portas. Todas estavam trancadas, exceto por uma pequena janela na sala de estar. Pequena demais para uma pessoa, mas grande o suficiente para um gato. Teria ficado aberta quando ela saíra pela manhã?

Kat sentiu um arrepio enquanto tentava se lembrar.

— Precisamos chamar a polícia, Kat - decidiu Jace, indo até as janelas da sala de jantar.

— Por quê? Eles não vão fazer nada em relação a Buddy.

— Talvez não, mas precisam saber sobre a ameaça, principalmente sobre o bilhete. Isso não é normal. Alguém está ameaçando matar você - garantiu Jace, desaparecendo cozinha adentro.

— Já lidei demais com polícia, hoje. Podemos ligar amanhã cedo.

Kat olhou a comida chinesa e se deu conta de que não comia nada desde o café da manhã. Abriu a sacola, e um aroma de frango com limão flutuou no ar. Tateou as caixas. Ainda estavam quentes.

Jace voltou da cozinha com dois pratos e duas latas de cerveja Tsingtaos geladas.

— A gente devia ligar - ele insistiu. — E se o arrombamento no escritório também tiver a ver com essa história? Talvez não tenha sido apenas um sem-teto.

— Está procurando pelo em ovo. Não acho que esteja tudo relacionado.

— Kat, vamos chamar a polícia agora. Na pior das hipóteses, eles irão ignorar tudo. Deixe as autoridades determinarem se é importante ou não. Se for algo mais sério, ao menos eles estarão conscientes disso antes que seja tarde demais.

— Está bem.

Eles mal haviam terminado de comer quando a polícia chegou - dois guardas fardados e um investigador. Jace entregou o bilhete ao detetive, que o segurou com uma pinça e o colocou em um invólucro de plástico. Ficaram na varanda onde o corpinho de Buddy continuava, intocado.

— Por que a lanterna? - indagou o investigador enquanto guardava o saquinho de plástico no bolso do blazer.

Jace esclareceu tudo. Mesmo sob a luz fraca, Kat pôde ver os olhares trocados entre os três policiais. Provavelmente estavam pensando que eles não haviam pago a conta de energia, concluiu.

O detetive foi até o carro. Os dois guardas começaram a perambular em torno dos arbustos do jardim, procurando por algo que Kat não conseguia imaginar.

Ela observou Jace acompanhar os policiais. Sentiu um arrepio ao subir as escadas, passar por Buddy e entrar na casa. Sentou-se no futon e fechou os olhos. Tanta violência para um só dia!... Não se sentia mais segura.

— Katerina.

Foi mais uma declaração do que uma saudação. Ela deu um pulo, assustada com a voz desconhecida. Não tinha ouvido ninguém entrar atrás dela.

Era Platt, o investigador que a interrogara na casa de Takahashi.

Como era possível?

O outro detetive devia ter-lhe entregado o bilhete, que agora ele segurava na ponta dos dedos, livre do invólucro que antes o protegia.

Platt não podia ter mais de trinta anos. Era moço demais para trabalhar como investigador. Kat se perguntou o que ele havia feito para impressionar seus superiores a ponto de ser promovido tão rapidamente.

— Katerina? - ele repetiu. - Lembra-se de mim?

Os olhos frios do detetive John Platt percorreram a sala rapidamente, absorvendo tudo, exceto o olhar desconfiado de Kat.

Então ele amassou o bilhete, certificando-se de que Kat o observava, e guardou a bola de papel no bolso da calça. Mesmo na penumbra, ela captou a mensagem.

Jace voltou lá de fora e, surpreso, estacou no meio do caminho ao ver Platt. Os homens se encararam em silêncio. O detetive devia ter pelo menos um metro e noventa e cinco a julgar pela forma como se avultava sobre Jace, ela concluiu.

— Vocês dois se conhecem? - Jace quebrou o silêncio.

— O detetive Platt está investigando o assassinato de Takahashi. - Kat ainda não havia contado tudo sobre a cena do crime. Nem que havia andado pela casa, usado o telefone e contaminado as evidências. Não planejara fazer isso. Tinha sido uma omissão importante, mas ela não queria mais uma pessoa lhe dizendo o quanto havia errado. Cindy já a repreendera o bastante.

Provavelmente era por isso que Platt estava ali. Devia ter sido notificado quando o outro investigador inserira o nome dela no sistema.

Ela era suspeita agora? Embora educada, a polícia não tinha sido exatamente amigável. No mínimo, ela havia transgredido as regras, ponderou. E, na pior das hipóteses...

Bem, ela não queria nem pensar nisso!

— Importa-se se eu fizer uma vistoria rápida aqui? - Sem esperar por resposta, Platt voltou para o hall e pôs-se a caminhar pelo andar principal.

Os olhos de Jace e Kat se encontraram conforme eles o seguiam até a cozinha.

Platt apontou uma lanterna para a mesa, que, no momento, servia para as refeições e como escrivaninha. Estava uma bagunça, cheia de papéis, com o notebook dela e uma tigela semivazia de pipoca.

— Detetive... tudo aconteceu na entrada. Não é melhor se concentrar lá?

— Já fiz isso. Os rapazes estão cuidando de tudo. Pensei em vistoriar o perímetro, para me certificar de que tudo se encontra em segurança. - O olhar dele trespassou o de Kat. - É sempre bom tomar cuidado.

Ela sentiu-se incomodada. Por que quatro policiais? Seria uma desculpa para dar busca sem nenhum mandado?

Aquela história estava muito mal contada.

Platt e sua escolta finalmente foram embora, à meia-noite. O envolvimento dela com a polícia, naquela semana, fora maior do que ela jamais imaginara na vida. Estava se sentindo como uma daquelas suspeitas de terrorismo que figuravam nas listas de procurados.

— Por que Platt está tão interessado em você? Já não conversaram na casa de Takahashi? - Jace foi até a janela do quarto e fechou as cortinas.

— Não sei. Imaginei que tivesse respondido a todas as suas perguntas. - Ela apanhou uma das camisetas de Jace e foi para o banheiro se trocar.

— Tem alguma coisa a mais acontecendo. Ele não me pareceu

muito interessado em descobrir quem poderia querer prejudicá-la. Parecia mais preocupado em analisar a casa do que investigar a ameaça.

Kat saiu do banheiro e sentou-se na beirada da cama, exausta.

— Jace, por que sempre desconfia de tudo? Por que tem que haver sempre uma motivação oculta? - Ele não precisava saber que suas impressões digitais estavam por toda a cena do crime, decidiu Kat.

— Talvez por causa do jornalista em mim. Aprendi que raramente as coisas são como parecem. Por mais importante que Buddy tenha sido para você, esse sujeito é um pouco velho demais para fazer uma investigação sobre a morte de um animalzinho de estimação.

— Eu sei. Também não gostei nada do modo como ele perambulou por aqui como se fosse o dono da nossa casa. - Mal Kat disse as palavras, ficou arrependida. *Nossa* casa.

— Tenho um mau pressentimento sobre esse cara, Kat. Fique esperta quando ele estiver por perto.

Jace puxou as cobertas e se deitou na cama.

— Não vai vir para debaixo do cobertor?

— ...Não tem outro lugar para eu dormir?

— Não até arrumarmos outra cama para você. Amanhã.

Kat havia deixado a dela no apartamento. Por algum motivo, imaginara que se ela não a tirasse dali, tudo voltaria ao normal. Seu senhorio não a despejaria, e os zeros na fatura do Visa seriam transferidos para sua conta bancária.

Não tinha acontecido.

Jace deu um tapinha na cama, ao lado dele.

— Vamos, está cansada. Prometo ser bonzinho, se você também for.

— Vou tentar. - Ela estava exausta demais para protestar, então apagou as velas e se acomodou no lado oposto.

Tina se instalou a seus pés, aparentemente alheia à ausência de Buddy. Em cinco minutos, a respiração de Jace ficou mais pesada, e ela percebeu que ele adormecera.

No escuro, Kat pensou na reunião de diretoria da Liberty, no dia seguinte. Até pouco tempo, o conselho era presidido por Alex Braithwaite, e agora por Nick Racine, que deixara claro querer demiti-la. O restante do quadro geralmente seguia a liderança deles.

A diretoria esperava um relatório de acompanhamento a respeito de suas primeiras descobertas nos últimos dois dias, mas havia muito pouco a mostrar até o momento. Sua investigação revelara mais perguntas do que respostas. Não o que o conselho queria ouvir.

Também a levara a se aproximar mais do prazo final de Nick - sexta-feira - o que daria ao homem mais uma razão para demiti-la.

Ela precisava arrumar alguma coisa o dia seguinte, mas, o quê? Rastrear o dinheiro até o Líbano não fora suficiente, já que não tinha feito nenhum progresso para recuperá-lo, além de não ter nenhuma pista.

Os dados forjados de produção já eram outra história. Alguma coisa estava acontecendo, mas compartilhá-la com a diretoria sem mais provas, além de uma solução, não seria uma atitude sábia. Até porque uma das evidências poderia implicar um dos membros do conselho.

E se Jace tivesse razão quanto àquela ameaça estar relacionada à Liberty?

Ainda não havia sombra de Bryant, mas isso era o que menos a preocupava. Acabariam por encontrá-lo eventualmente. Bastava ela se concentrar na trilha do dinheiro, e ele estaria lá, ao final.

Entretanto, continuava cheia de dúvidas. Quem havia matado Alex Braithwaite e por quê? O fato estaria relacionado ao assassinato de Takahashi?...

E quem matara Takahashi?

Esconder a produção forjada de uma mina era uma motivação forte para eliminar um antigo geólogo-chefe que poderia dar com a língua nos dentes. Quem quer que o tivesse assassinado, ou conspirado para assassiná-lo, poderia estar na sala de reuniões.

CAPÍTULO 19

Carter & Associados parecia uma colmeia naquela manhã. A reunião do conselho da Liberty aconteceria em menos de duas horas, e Kat se manteve ocupada, dando alguns toques finais na apresentação para atualização do conselho.

Harry a estava ajudando com o *storyboard*, o esboço sequencial, na linha cronológica da produção forjada. A intenção era apontar a correlação entre o aumento da produção e o preço das ações. A subida dos preços dos diamantes no último ano também teria afetado o preço das ações, então ela atualizara esses dados com sua análise. Após presumir o mesmo volume nos preços dos diamantes, no ano anterior, depois deduzir uma quantia equivalente do aumento na cotação das ações, o preço da ação continuava oitenta por cento maior. Isso só poderia ser atribuído à nova mina em Mystic Lake. Portanto, se os números da mina fossem fraudulentos, os investidores provavelmente reagiriam da mesma forma, dessa vez vendendo as ações.

Como o conselho reagiria? Eles precisavam ficar cientes de tudo e tomar uma atitude quanto a qualquer atividade fraudulenta que ocorresse sob sua vigilância. Por outro lado, sua remuneração tinha como base o preço das ações. E ela ainda não sabia quem estava por trás da fraude.

De qualquer forma, aquilo tudo devia estar relacionado ao roubo de Bryant e talvez até aos assassinatos de Braithwaite e Takahashi. Seria muita coincidência se não fosse assim.

Até que ela pudesse provar quem era o culpado, talvez fosse melhor esperar. O prazo de sexta-feira de Nick se aproximava, entretanto, e ela não tinha mais nada à mão. Os membros do conselho demonstravam claro interesse em qualquer coisa que pudesse elevar o preço das ações. E alguns, como Nick Racine, também tinham acesso suficiente para manipular a produção.

Kat refletia sobre tudo isso quando Jace entrou, encharcado pela chuva lá de fora.

— Tenho notícias! - anunciou, deixando um rastro de gotas antes de largar a pasta na cadeira do escritório. — Kat, acho que descobrimos a conexão com os libaneses! Isto aqui acabou de chegar na Reuters. - Ele deixou cair o papel sobre a mesa.

O texto estava manchado pela chuva, mas o nome Bancroft Richardson na manchete saltou aos olhos dela.

Bancroft Richardson Implicada na Investigação Sobre Lavagem de Dinheiro Terrorista

— Cinco bilhões, certo? Bate com as transferências bancárias que você encontrou. Tem que estar relacionado à Liberty.

— Pode ser. Mas como podemos ter certeza de que é o mesmo dinheiro? O fato de não haver muitas transferências significativas entre Líbano e Canadá não significa que os dois casos estejam relacionados. Não temos como provar isso.

— Na verdade, acho que podemos, sim. As autoridades bancárias libanesas forneceram detalhes. A conta bancária no Líbano foi aberta com fundos transferidos das Ilhas Cayman. Até o momento, todos os detalhes se encaixam, inclusive a quantia - cinco bilhões, com a diferença de alguns milhares de dólares. Leia o restante da matéria, Kat.

Ela pegou o jornal e correu os olhos pelo artigo.

Um corretor local está sob investigação após omitir diversas transferências eletrônicas que totalizam aproximadamente cinco bilhões de dólares. Os fundos foram transferidos de um banco libanês e depositados na conta da Opal Holdings, cliente do Bancroft Richardson. As normas contra lavagem de dinheiro obrigam instituições financeiras a declarar transações de vulto ou suspeitas. De acordo com fontes confidenciais, vários depósitos menores foram feitos para driblar os limites relatados para combate à lavagem de dinheiro. Esses depósitos foram descobertos somente depois que autoridades libanesas notificaram oficiais de segurança canadenses. O grande volume de transações desencadeou uma investigação a respeito de uma conta aberta recentemente no Credit Libanais, fonte libanesa das transferências. A conta da cliente do Bancroft Richardson foi bloqueada até o resultado da investigação conjunta de autoridades canadenses e libanesas.

Kat levou apenas um minuto para entender onde Jace queria chegar.

— Isso parece, mesmo, promissor. Se os números das contas baterem, pode dar certo!

Ela ficou exultante com a descoberta, mas também decepcionada. Se não fosse por Jace, ela poderia jamais ter feito aquela conexão. Apesar das boas notícias, sentiu-se um fracasso. Como não tinha descoberto aquilo tudo sozinha?

Harry surgiu na porta do escritório, atraído pela comoção.

— Há uma coisa que não compreendo - ela prosseguiu. — As leis de sigilo bancário do Líbano. Por que eles revelaram que...

— De acordo com o Credit Libanais, o banco libanês, e a polícia libanesa, eles desconfiaram do volume de transações e deram início a uma investigação. Isso acabou conectando tudo ao terrorismo, o que lhes permite driblar as leis de sigilo bancário do Líbano. Por isso eles conseguiram liberar as informações para as autoridades daqui. Contanto que consigam provar que o dinheiro está ligado ao terrorismo, as regras de sigilo bancário do Líbano não se aplicam. Quando o dinheiro apareceu em uma conta de corretagem do Bancroft Richardson, as autoridades canadenses entraram na história. É o ponto onde tudo se encontra no momento. Eles estão interrogando o corretor e exigindo saber por que ele não denunciou as transações suspeitas.

— Você disse Bancroft Richardson? É onde eu tenho conta! - exclamou Harry, incrédulo. - Será que foi o meu corretor?... Provavelmente não. O meu é um fracasso. Nunca atende às minhas ligações e não tem tempo para mim. Qual o nome dele?

— Frank Moretti. Dizem que é o corretor mais atuante deles.

— É ele! Esse é o meu corretor! - Harry rumou para o computador de Kat e entrou na conta do Bancroft Richardson. - Pelo visto, ele está muito ocupado com grandes investidores para se preocupar com velhos como eu... - Ele respirou fundo enquanto examinava a tela. — Espere um pouco. Está diferente do extrato que mostrei há alguns dias. Aqui diz que tenho quatrocentas mil ações da Liberty. Quatrocentas mil! - Harry apontou para a tela. — Isso não pode estar certo. E tem mais coisa errada... Diz aqui que vendi mais cem mil ações a descoberto. Só pode ser um erro. Eu não vendo a descoberto, Kat! Nem sei como isso funciona.

Os três se reuniram em volta do computador para olhar a tela. Estava completamente diferente do extrato que Harry exibira a Kat no início da semana.

Ela pensou por um momento antes de falar.

— Aposto que há todo tipo de discrepância nas contas dos clientes de Moretti. E acho que sei por quê.

— Porque ele é um péssimo contabilista? - Harry não entendeu o 'X' da questão.

— Não. Porque ele está tentando aumentar o estoque. Ele mesmo teria comprado ações antes de adquiri-las para você ou outros clientes. Isso é conhecido como *front running*. Então ele as venderia primeiro, conseguiria um bom lucro, e depois venderia as suas e as dos outros clientes por último. A essa altura, as ações valeriam muito menos, já que haveria mais vendas do que compras.

— Eu nunca dei permissão a ele para investir sem a minha autorização. Ele pode, mesmo, fazer isso?

Kat não respondeu.

— Isso é ótimo para a minha matéria - declarou Jace. — A Liberty não apenas está forjando os números da mineração, como também está manipulando as ações.

— Pode ser ótimo para a sua matéria, Jace, mas é um desastre para mim - declarou Harry. — Agora estou mais encrencado ainda com Elsie. Ela vai me matar! Não tenho esse dinheiro. O que vou fazer?! - ele indagou, em pânico.

— Complicado, Harry. Talvez o estoque se recupere. Ainda pode dar certo... Pessoal, tenho que ir. Tenho uma matéria para escrever.

Jace pegou a jaqueta e já estava na metade do corredor quando Kat largou os papéis e correu atrás dele.

— Jace, espere! Não pode escrever sobre isso! Pelo menos não sobre a produção forjada... Ainda não! Isso vai alertar quem quer que esteja por trás de toda a farsa. Preciso descobrir do que se trata primeiro. Necessito de mais tempo antes que possa escrever um artigo a respeito.

— Desculpe, Kat. Não posso esperar mais. Isso tudo é muito sério. A manipulação dos preços nas ações de Moretti deve estar relacionada à produção forjada. Se eu não soltar esse furo de reportagem, alguém vai soltar.

— Mas ainda tenho que apanhar o acionista interno da Liberty que está forjando a produção da mina! Como vou fazer isso se você colocar a empresa sob os holofotes desse jeito? Por favor, Jace... A fraude na produção está sem controle até que eu consiga mais detalhes. Somos os únicos a par desta história por enquanto.

Estava resolvido. Não haveria nenhuma discussão a respeito de Mystic Lake com a diretoria. Ela precisava arrumar outra coisa para falar na apresentação.

— Está bem, Kat. Mas eu só vou segurar essa matéria até amanhã. Meu editor está no meu pé... Faz tempo que não solto uma boa matéria, e é só uma questão de tempo antes que outro repórter da cidade fique sabendo de tudo.

Jace saiu correndo do escritório e quase trombou com Platt. Lançou um olhar de desprezo na direção do investigador, porém prosseguiu na direção da saída.

Kat gemeu por dentro. Aquela visita inesperada era a última coisa de que precisava no momento. Ela queria esquecer o dia anterior, ao menos até depois da reunião do conselho da Liberty.

Jace estava certo. Uma segunda visita do detetive para esclarecer o caso de Buddy era mais do que desnecessário.

Platt foi direto ao assunto:

— Katerina, precisamos conversar. Ainda não me deu um motivo para estar na casa de Ken Takahashi ontem. O que estava fazendo lá?

— Detetive Platt... Eu gostaria de poder conversar a respeito, mas tenho uma reunião em meia hora. Posso ligar para o senhor mais tarde?

Platt sentou-se em uma das poltronas da recepção, pegou uma revista da mesa e começou a folheá-la. Kat sentiu o sangue ferver.

— É do seu interesse falar comigo, Katerina. Quanto antes, melhor. - Ele apertou os lábios finos em uma linha rígida.

— Por quê? Sou suspeita, por acaso?

— Digamos que esteja sob investigação. Não está sendo honesta comigo quanto aos seus motivos para estar na casa de Takahashi. Quero saber por quê. O que está escondendo?

— Não estou escondendo nada. Acha que estou envolvida nesse assassinato?

Platt nada disse. Em vez disso, colocou os pés sobre a mesa, obviamente tentando irritá-la.

Funcionou.

— Não pode estar falando a sério! - retrucou Kat, perplexa. — Fui visitar Takahashi e, quando ele não me atendeu, decidi entrar para ver o que estava acontecendo. É crime se preocupar com o bem-estar de uma pessoa?!

— Ora, eu não posso *te* descartar... Suas impressões digitais e pegadas estão por toda a cena do crime. E não encontramos nenhuma evidência do DNA de outra pessoa. Isso faz de você a número um na lista de suspeitos. A menos que prove o contrário.

Kat sentiu um aperto no estômago. Ele estava falando a sério! Pelo visto, ela se metera em uma tremenda encrenca.

— E qual seria a minha motivação, detetive? O que eu ganharia assassinando Takahashi? Ele era a minha única fonte confiável de informações a respeito do CFO e do dinheiro desaparecidos. Agora não tenho mais nada.

Platt se levantou.

— Tudo bem. Podemos conversar mais tarde. Mas, não saia da cidade. Não vá a lugar nenhum sem me comunicar primeiro.

— Isso é loucura. Duas pessoas ligadas à mesma empresa foram assassinadas, e está me dizendo que não existem outros suspeitos? Várias pessoas iriam se beneficiar com o assassinato deles, mas não sou uma delas!

— Isso é o que vamos ver.

— Está falando a sério, detetive? Em primeiro lugar, eu nem conhecia essas pessoas até uma semana atrás. Fui contratada pela Liberty para tentar recuperar um dinheiro que desapareceu. Esse é, por si só, o principal motivo. Alguém estava tentando neutralizar Ken!

— Como eu já disse, não vá a lugar nenhum. Vou estar de olho em você. - Platt fez meia volta e saiu do escritório sem olhar para trás.

Harry espiou para dentro do escritório de Kat quando a porta da saída bateu.

— Kat, que diabo está acontecendo aqui? Por que a polícia está atrás de você? Está com problemas?

Kat explicou ao tio sobre o que acontecera na casa de Takahashi.

— Acha que isso está relacionado à Liberty?... Não sei, não, Kat. Esse caso da Liberty pode não valer a pena. Pelo visto, está mexendo com gente perigosa.

Kat olhou as horas. A reunião do conselho seria em vinte minutos.

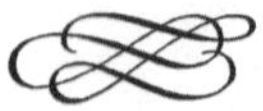

CAPÍTULO 20

*K*at sentiu a tensão no minuto em que entrou no escritório de Susan. Ela e Nick haviam se sentado em lados opostos na mesa de reuniões, cara a cara, tal como dois adversários em um jogo de hóquei decisivo.

— Bom dia, Kat. Mudança de planos. Não vai precisar participar da reunião do conselho. Eles têm assuntos mais importantes para tratar no momento. - Susan lhe empurrou o comunicado de imprensa e fez sinal para que ela se sentasse à mesa.

Uma aquisição. Que outras surpresas a Liberty tinha guardadas? A Porter Holdings, uma empresa da qual Kat nunca tinha ouvido falar, estava se oferecendo para comprar todas as ações em circulação. Ela leu o papel e olhou, espantada, para Nick e Susan.

— Como é possível? Quero dizer, como alguém pode propor uma aquisição sem a maioria das ações? Com Nick e o truste controlando a empresa, como a Porter pode obter o controle? - Kat dirigiu-se a Susan, porém foi Nick quem respondeu.

— Isso não vai acontecer. Não vou perder a empresa que meu pai construiu de jeito nenhum. A Porter não vai a lugar algum com essa droga de oferta. Não vou perder a Liberty! - Ele deu um murro na mesa.

Convenientemente, Nick não citara Henry Braithwaite, o outro cofundador, pensou Kat. Morley Racine, o pai de Nick, não havia fundado a empresa sozinho.

Sem dizer que a Liberty não pertencia apenas a Nick. Todos os acionistas eram donos de uma parte da empresa. Ele possuía apenas uma cota maior do que os demais.

Nick não respondera exatamente à pergunta.

— Mas, como...

— Porque o truste está tentando nos passar a perna. - Susan interrompeu Kat, como se ela fosse do jardim da infância. — Ao menos é o que parece. O truste está alinhado com um comprador generoso o bastante para subornar acionistas de Categoria B suficientes, os quais, em conjunto com o fundo, têm o bastante para alcançar a maioria.

— Mas, mesmo juntos, eles não têm ações suficientes - afirmou Kat.

Ninguém a estava escutando. Tanto Susan quanto Nick a ignoravam.

Nick prosseguiu com seu discurso:

— Suei muito para investir nesta empresa, e não vou abrir mão dela sem lutar - declarou por entre os dentes.

Kat não conseguiu se conter.

— Nick, talvez isso seja uma jogada para aumentar o preço das ações. Esses piratas corporativos são conhecidos por apostar em uma empresa só para tumultuar as coisas. Assim que o preço das ações aumenta por conta do anúncio, eles vendem as ações e passam para outras que lhe deem lucro. Se você, ou o truste, conseguir impedir essa venda, eles terão uma probabilidade muito baixa de sucesso, e uma oportunidade muito boa de ganhar um dinheirinho rápido, livre de riscos. A menos, claro, que você ou o truste quiserem se livrar da Liberty. Você quer?

— Claro que não. Por que, diabos, eu iria querer fazer isso?

— Não estou dizendo que faria isso. É estranho que eles tenham a

Liberty como alvo e não uma empresa maior, onde possam chamar a atenção dos acionistas.

Nick riu de Kat, como se ela fosse um inseto insignificante, então apontou-lhe um dedo com desdém.

— Você deveria se ater aos seus cálculos. Não faz a mínima ideia de como funciona o mundo dos negócios.

Ui.

Não fora ela quem tinha nascido em berço de ouro, pensou Kat. Mas sabia muito mais do que Nick. Ele nunca havia trabalhado em outro lugar além da Liberty.

A raiva que Kat sentiu corroendo a boca do estômago quase transbordou, porém ela se manteve em silêncio. Precisava do pagamento por aquele trabalho.

— Ela tem razão, Nick - interveio Susan. - Não seria nenhuma novidade. Além do mais, por que a Porter tentaria uma ação como essa quando existe um bloco de acionistas que não vai aceitar a proposta? Você não pretende vender suas ações e, pelo que você me contou sobre Audrey Braithwaite, o truste também não. Você sabe que essa aquisição não vai dar certo. Eu também sei, mas o público não sabe. As ações já subiram 20% desde que a bolsa abriu. Não importa o que aconteça, a Porter irá ter um bom retorno sobre o valor do estoque da Liberty. E nós também.

Enquanto respondia, Nick fulminou Susan com o olhar.

— Está certo, você tem suas teorias e eu tenho as minhas. Ao contrário de você, entretanto, não posso me dar ao luxo de pensar nisso o dia todo. Preciso voltar para a reunião do conselho - respondeu, seco, dispensando-a com um gesto enquanto se levantava e deixava o escritório.

Kat esperou que ele saísse, depois se inclinou sobre a mesa na direção de Susan.

— Susan, tem certeza de que Nick votaria contra?

— Você ouviu, Kat. Ele me soou muito convincente.

O murro na mesa também fora muito persuasivo, Kat pensou com cinismo. Para não dizer melodramático.

— E quanto ao truste?

— Os beneficiários do truste são Alex Braithwaite e sua irmã, Audrey. Com Alex fora da jogada, Audrey provavelmente irá concordar com o que Nick e o conselho recomendarem.

— Quer dizer, então, que o conselho está unido e contra a aquisição.

— Bem, pelo menos é o que Nick diz. Parece que eles vão rejeitar a oferta. Nick me parece irredutível quanto a isso.

— Mas, Susan, vamos supor que a Porter não esteja disposta a passar por tudo isso só para aumentar o preço das ações, e que eles saibam que é improvável que tenham sucesso em uma aquisição... por que iriam se arriscar com a Liberty?

Susan fez uma pausa longa demais antes de responder à pergunta de Kat. Inclinou-se, então, na direção dela, e respondeu quase em um sussurro:

— Isso é o que me preocupa, Kat. Aquisições são muito caras e demoradas para se fazer, a menos que a empresa seja séria. Acho que a Porter é. A Porter não iria partir para essa empreitada, a menos que tivesse certeza de vitória. Nick está em negação - ela afirmou. — O conselho está trabalhando em uma estratégia para impedir a aquisição, mas não será fácil. Com esta oferta na mesa, vai haver muita pressão dos outros acionistas para que ela seja aceita. Ou, no mínimo, para que se arrume uma oferta melhor de outra empresa.

Susan entregara a Kat uma cópia da declaração de conflito de interesses da Porter, arquivada com a Comissão de Valores Imobiliários, no dia anterior. As leis de valores mobiliários exigiam a divulgação da intenção da adquirente, uma vez que esta detivesse cinco por cento ou mais do total de ações em circulação. A declaração apontava que a intenção da Porter era ou comprar a Liberty imediatamente ou assumir o controle acionário da empresa.

— Não compreendo. Por que a Porter mentiria na declaração? Isso poderia implicá-los muito seriamente com a justiça.

— Eles não fariam isso, Kat. Alguma coisa está acontecendo.

— Então, apesar de Nick e o conselho estarem aconselhando a

rejeição da proposta, você acha que há um acordo por debaixo dos panos?

Talvez o conselho não estivesse assim, tão unido.

— Uma aquisição deveria ser impossível. - Susan respirou fundo e continuou: — Isto é, a menos que Nick ou o truste da família Braithwaite queiram que algo aconteça. Eles controlam a empresa com suas ações e podem virar o jogo. Quem quisesse assumir a Liberty teria que obter o controle sobre a maioria das ações de Categoria A. E ninguém sabe realmente como Nick ou o truste exerceriam seu direito de voto.

— Não seria óbvio pelo número de ações votando a favor?

— Se setenta e cinco por cento ou mais aceitarem a proposta, significa que ambos votaram 'sim'. Mas só saberíamos depois. Se a porcentagem for menor do que isso, significa que apenas um deles votou a favor da oferta da Porter. Mas, qual deles? Isso pode permanecer um mistério.

Então Nick poderia bancar o bom rapaz, e ainda assim votar a favor da proposta sem que ninguém soubesse.

Kat podia apostar que, o que quer que Nick desejasse, ele iria conseguir.

CAPÍTULO 21

Ortega se levantou de sua poltrona de couro e pôs-se a andar pelo escritório amplo. Era meio-dia e, da janela que ia até o teto, podia ver as pessoas caminhando, apressadas, lá embaixo, na hora do almoço. A voz chorosa de Mohammed soava por meio do viva-voz, em sua ladainha de costume.

— Mohammed, poupe-me das suas mentiras! Já cansei dessas suas desculpas esfarrapadas para o fato de não me entregar a mercadoria. Esses diamantes são uma merda. Está cansado de saber disso e eu também. Por que não admite de uma vez por todas e guarda para si as suas besteiras?! - Ortega ralhou, enfurecido. Estava farto das intermináveis desculpas de Mohammed, pensou, sentando-se novamente.

— Mas, *Señor* Ortega, eu prometo que...

— Já chega! - Ele esmurrou a mesa de mogno entalhado. Fora roubado por Mohammed e seus comparsas libaneses. Simples assim.

— Meus diamantes são da melhor qualidade. Por favor, não sei do que está falando!

— Sabe muito bem! Mandei testar os diamantes. Está me roubando, Mohammed. Não tenho como repassar essa merda! —

Ortega passou a bater com a caneta na mesa. - Mandei testar as pedras, então não queira me enganar!

Os resultados do teste tinham provado que os diamantes eram de uma categoria até inferior à daquela que ele inicialmente suspeitava. Não apenas a quantidade de pedras havia diminuído, como também sua qualidade.

Ortega foi até o sofá de couro, em frente à televisão de tela plana pendurada na parede. Derramou no café um pouco do leite fervido que Luis havia trazido discretamente em uma bandeja, pouco antes. Na tela, podia ver o lado de fora da loja de Mohammed, com os mesmos vagabundos de sempre matando tempo na lanchonete ao lado. Tinha instalado câmeras, no início do acordo, para monitorar as atividades na loja do libanês. Tempos como aqueles exigiam que o máximo de precauções fossem tomadas. Logo ele iria tomar providências para que Mohammed não pudesse mais passá-lo para trás.

— *Señor* Ortega, vou dar um jeito nisso... Terei uma conversa com os meus fornecedores hoje mesmo.

Mohammed continuou choramingando em defesa própria, contudo Ortega não se deixou comover. Sua cadeia de suprimentos fora prejudicada por conta daquela trapaça. Ele precisava de um fornecimento ininterrupto de diamantes, e Mohammed não havia cumprido sua parte no momento mais crítico.

Mudar os planos àquela altura era impossível. Mohammed iria pagar muito caro por sua falha.

Ortega franziu a testa enquanto observava a tela. Estava cansado de esperar. Era hora de acabar com aquilo de uma vez. Contou até cinco e pressionou o detonador.

Observou, impassível, uma bola de fogo explodir de dentro da loja, arremessando janelas e paredes para todo lado. A linha telefônica ficou muda. Homens saíram correndo do bar ao lado, gritando enquanto iam para a rua a fim de escapar à explosão.

Ortega respirou fundo. Sempre preferira rescindir contratos pessoalmente. A menos que ele próprio o fizesse, jamais poderia ter certeza do resultado.

Tomou um gole de café, admirando brevemente as maravilhas da tecnologia. Aquela demonstração de força seria impossível de ser levada a cabo sem qualquer detecção alguns anos antes. Agora ele podia eliminar qualquer inimigo com o apertar de um botão, no conforto do escritório, e a ação nem sequer era rastreável. Tudo muito limpo e descomplicado.

Afinal, ele valorizava a eficiência.

O primeiro motivo para a morte de Mohammed era uma questão de retribuição, decidiu. Ele acreditava no 'toma lá, dá cá', embora aquilo não fosse recompensá-lo por suas enormes perdas financeiras caso ele não fosse capaz de executar rapidamente seu plano de contingência. O segundo motivo era intimidação. Mohammed poderia ser facilmente substituído, mas ele, Ortega, queria que o recado chegasse ao fornecedor seguinte. Não seria negligenciado, tampouco permitiria que outros se metessem em seus negócios. Simplesmente não existia espaço o bastante para todo mundo. E havia muito em jogo. Ou os libaneses negociavam com ele, ou não negociariam com mais ninguém. Não podia se dar ao luxo de manter compromissos.

O próximo item da lista era eliminar o comprador dos diamantes que, teoricamente, deveria estar trabalhando para ele. Pegaria todos de um jeito ou de outro, mas o tempo estava se esgotando.

O celular tocou, interrompendo seus pensamentos. Era Nick Racine, outro que estava precisando de uma lição.

Ortega repassou os últimos acontecimentos na Liberty em pensamento, apenas ouvindo Nick enquanto se servia de uma segunda xícara de café. O investimento na empresa, pouco antes da descoberta de Mystic Lake, tinha se mostrado bom, rendendo dez vezes mais quando ele vendera as ações na alta do mercado. Vender a descoberto pouco antes de o roubo de Bryant chegar ao noticiário lhe rendera mais uma bolada. A venda a descoberto massiva depreciara tanto o preço das ações da Liberty, que agora elas praticamente não tinham valor. O golpe de misericórdia seria sua aquisição da empresa - ainda pendente - a preço de banana.

Agora tudo aquilo estava em risco, uma vez que sua conta de

corretagem canadense, disfarçada de empresa de investimentos, a Opal Holdings, fora bloqueada pelas autoridades canadenses. Ele havia planejado encerrar a conta e usar os recursos para financiar a oferta da Porter. Como se isso não bastasse, Nick Racine o estava traindo, à busca de outro concorrente que superasse a proposta da Porter.

— Escute, Nick, fizemos um acordo. Tirei você de uma enrascada. Em troca, espero que mantenha a sua parte do acordo. Um acordo que não envolve outros licitantes para a Liberty. Conseguiu o dinheiro que queria. Agora quero o que você me deve.

Ortega acendeu um charuto Cohiba e deu uma longa baforada, saboreando as nuances picantes e notas de chocolate. Aquele seria um longo dia.

— Emilio, escute... - retrucou Nick. — Eu sei o que estou fazendo. Quer que tudo pareça legítimo, não quer? Se não houver um segundo licitante, vai parecer que o conselho não atuou com a devida diligência. Os acionistas podem rejeitar a oferta.

Talvez Nick precisasse ser eliminado antes do ele planejara, refletiu Ortega.

— Outro licitante só aumentaria os meus custos. E, para a maioria, você é o acionista majoritário. Tudo o que precisa fazer é garantir as ações da família Braithwaite. As deles mais as suas, e pronto. Temos um acordo. Tenho sido bom para você, Nick. Não queira me passar para trás só para ganhar alguns trocados a mais.

— Emilio, encontrar outro licitante vai eliminar suspeitas. Não posso apoiar publicamente uma aquisição não solicitada. Como diretor, tenho que demonstrar ter avaliado outras alternativas e recomendado a melhor. Se surgirem outras propostas, ao menos vai parecer haver concorrência. A Porter pode aumentar um pouco o lance e você terá a Liberty.

— Nick, tome isso como um aviso... Não vou aumentar o valor da proposta. E trate de se livrar daquela contadora forense. Ela está fazendo perguntas demais.

— Estou trabalhando nisso. Vamos dispensá-la. Mas, antes, precisamos que o relatório dela implique Bryant.

— Você disse que ela não encontraria mais nada.

— Pensei que ela não fosse encontrar, mas parece que ela é melhor do que eu imaginava.

— Dispensá-la não é o bastante. Precisa se livrar dela.

— Do que está falando?... - Houve uma longa pausa do outro lado da linha. — Quer dizer matá-la? Isso não é radical demais? Eu não me dispus a esse tipo de coisa.

— Você não disse nada quando Bryant sumiu. Ficou feliz quando suas dívidas de jogo foram pagas.

— Era diferente. Além do mais, você disse que iria fazê-lo desaparecer... Não achei que fosse matá-lo.

— Nick, o que acha que acontece quando as pessoas somem? Só porque não puxou o gatilho não significa que não seja cúmplice. Envolver Bryant foi ideia sua, lembra-se? É tão culpado quanto eu.

Ele próprio se certificara de que não haveria dúvidas quanto a isso, pensou Ortega. Quando encontrassem Bryant, também encontrariam o DNA de Nick na cena do crime. Ele só precisaria ter paciência por tempo suficiente para que a aquisição da Liberty chegasse ao fim. Depois que tivesse a empresa nas mãos, Nick deixaria de ser importante.

Ortega pôs um fim à ligação. Já estava farto de Nick Racine. Apagou o charuto no cinzeiro de mármore e voltou os pensamentos para Clara. Continuava sem notícias. Até onde sabia, ela vinha atuando de acordo com o plano.

Mesmo assim, aquele silêncio o preocupava. Ela poderia ficar tentada a correr riscos... Riscos desnecessários. Mas, tudo o que ele poderia fazer era esperar por um telefonema.

Envolvera-a naquele negócio a contragosto, por insistência dela. Agora estava arrependido. Ele a conhecia e, mesmo assim, Clara o surpreendia às vezes. Era valente, esperta e invencível; mas também era sua filha.

Preocupava-se com Clara. Aquele mundo era perigoso demais para uma mulher.

CAPÍTULO 22

*J*á eram quase dez da noite. Enquanto dirigia, Kat continuou a pensar no pretexto que poderia haver por trás daquela aquisição hostil. O preço das ações da Liberty estava no patamar mais baixo de todos os tempos, e a empresa encontrava-se imersa em problemas, o que a tornava muito pouco atraente. Seu CFO desviara dinheiro o bastante para levar a Liberty quase à falência, e duas pessoas associadas à companhia tinham aparecido mortas. O *timing* da Porter fora impecável, e nem por um minuto ela imaginava que isso fosse uma coincidência.

Kat analisou as possibilidades enquanto a chuva pingava no para-brisa. Se Nick e o truste votassem a favor da proposta, a Porter ficaria com a Liberty. Apenas Nick, com suas ações, poderia forçar a venda dizendo 'sim'. Se todos os acionistas externos também dessem um parecer favorável, a maioria de dois terços seria concretizada. O truste, a trinta e cinco por cento, não possuía ações suficientes para ser relevante. Mesmo que todos os acionistas externos votassem a favor da oferta da Porter, suas ações, somadas às do truste, totalizariam apenas sessenta por cento, o que não era o bastante para perfazer a maioria de dois terços.

O que faltava descobrir naquilo tudo?

Kat desacelerou ao sair do asfalto liso e deixar as luzes da estrada principal. Sua visão se ajustou devagar à estrada escura, e ela precisou confiar no único farol que funcionava do Toyota Celica. Passar pelos buracos e valetas, e se manter distante do acostamento, com o rio lá embaixo, exigia toda sua concentração.

A chuva agora golpeava com rajadas o para-brisa, e estava difícil enxergar além de uns poucos metros à frente. Por que ela não pegara a caixa de madeira em sua última visita a Takahashi? Encontrar o corpo de Ken fora um choque, mas, mesmo assim, não lhe ocorrera levar a caixa naquele momento. Apenas agora ela se dera conta de que, provavelmente, essa seria a única evidência em que poria as mãos para provar a origem dos diamantes. Quem quer que tivesse plantado aqueles diamantes em Mystic Lake estava diretamente relacionado ao roubo do dinheiro e, ela poderia apostar, aos assassinatos de Takahashi e Braithwaite. A polícia já devia ter confiscado a caixa, mas havia uma chance de que a tivessem esquecido, pensou, torcendo para que ela continuasse no mesmo lugar.

Kat se inclinou para a frente, apertando os olhos para tentar encontrar o caminho da casa de Takahashi em meio à chuva torrencial. Os limpadores varreram o para-brisa em uma fração de segundo, revelando uma vala bem à sua frente, e ela girou o volante com força à esquerda, evitando por pouco um banho de lama.

Encostou o carro, estacionando-o ao lado da casa. Desligou o motor e continuou sentada até que seu batimento cardíaco diminuísse.

Então apanhou a lanterna e cruzou a pegada lamacenta até a porta dos fundos. O silêncio era quebrado apenas pelo pingar constante das calhas nas poças do caminho de acesso. Não havia mais nenhum cachorro latindo, investigador da polícia ou cena de crime. Tudo muito diferente da última vez em que ela estivera li.

Kat se perguntou, por um instante, sobre o destino do labrador de Takahashi. Nem mesmo havia pensado nele até aquele momento!

Outra vítima, pensou com tristeza, enquanto contornava os fundos da casa em direção às escadas.

O cordão de isolamento da polícia fora removido, e todos os vestígios do crime tinham sido eliminados. As persianas encontravam-se abaixadas nas janelas. Quem não estava a par do que havia acontecido poderia imaginar que o dono da casa saíra de férias.

Kat subiu as escadas até a entrada dos fundos e tentou abrir a porta. Estava destrancada, e a maçaneta girou com facilidade. Ela entrou, direcionando o facho de luz para a prateleira de madeira, acima dos ganchos na parede. Prendeu a respiração, quase com medo de olhar. A caixa continuava ali, aparentemente intocada.

Sentiu as mãos tremer ao pegar a caixa e erguer a tampa. Os três diamantes de Mystic Lake, que Takahashi lhe mostrara em sua primeira visita, continuavam no lugar. Um do veio original e dois do novo.

As pedras eram a chave para o mistério da produção forjada, a única maneira de ela conseguir diamantes brutos sem ter que dar nenhuma explicação. Elas provariam ou desmentiriam os números da produção. Sem provas, ela não teria nenhuma credibilidade.

Kat girou as pedras na mão, surpresa com a própria sorte. Precisava levá-las. Era a única maneira de fazer um teste nos diamantes.

Não estava roubando nada, racionalizou. O próprio Takahashi havia dito que alguma coisa estranha estava acontecendo e, agora que ele estava morto, era sua obrigação provar isso.

De volta ao carro, com o aquecedor no máximo, Kat colocou o que havia apanhado na casa de Takahashi no banco do passageiro. Afastou-se da entrada, tomando o cuidado de evitar a vala de ambos os lados.

Seguiu o facho de seu único farol em funcionamento, buscando o meio da estrada. Os limpadores varriam o para-brisa, deixando o vidro embaçado onde haviam se desgastado. Por que não tinha substituído os limpadores antes? Por sorte, não havia trânsito.

Dez minutos depois, estava quase chegando à estrada principal quando um veículo surgiu atrás dela em alta velocidade, a julgar pelos faróis refletindo em seu retrovisor. Kat freou, momentaneamente cega pela luz, e ajustou o espelho.

O sujeito estava rápido demais para aquele tempo, porém ela não tinha como abrir caminho.

As luzes voltaram a cegá-la quando o carro se aproximou outra vez. Uma caminhonete, considerando-se a altura dos faróis. E estava colada à traseira dela.

Kat acelerou, tentando colocar distância entre o Celica e o outro carro. Olhou para o velocímetro. Quase vinte quilômetros acima do limite de velocidade, em péssimas condições meteorológicas. Não era o ideal, mas a estrada principal, bem mais iluminada, ficava a apenas a um ou dois minutos de distância. Quando a alcançasse, poderia dar passagem para aquele imbecil.

Voltou a pensar nos diamantes. Por que Takahashi não mandara testar as pedras se tinha as amostras?... Teria feito isso?

Kat as apanhou no banco do passageiro e as enfiou no bolso.

De repente, o interior do Celica ficou todo iluminado, como se fosse dia. Aquele idiota iria bater na traseira dela!

Ela acelerou mais uma vez, porém mal conseguiu fazer a curva na estrada. Estava trinta quilômetros acima do limite de velocidade e não conseguia ver nem três metros à frente!

Kat agarrou o volante, sentindo os dedos retesados enquanto se concentrava e tentava adivinhar as curvas na estrada desconhecida.

O interior do carro ficou escuro de novo, mas, logo em seguida, a caminhonete abalroou o Celica.

Ela pisou no freio, entretanto as quatro rodas travaram com o peso do veículo atrás dela. O carro derrapou pelo meio da estrada, virando de lado. Ela virou o volante para a direita, porém era tarde. Conforme o Celica saía da pista, ela ainda avistou as lanternas vermelhas da caminhonete escura e pesada desaparecendo na escuridão.

CAPÍTULO 23

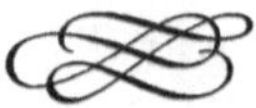

O impacto foi violento, e Kat demorou a entender o que estava acontecendo. O Celica deslizou pelo acostamento, indo na direção do rio. O lado do motorista inclinou-se assustadoramente, e ela jogou o próprio peso para o banco do passageiro, tentando manter as mãos no volante. Em pânico, virou a direção no sentido do cais, tentando ganhar algum terreno e parar o carro antes que este caísse na água.

Não adiantou.

Kat sentiu um aperto no estômago quando o Celica derrapou na superfície de madeira úmida, ficou de lado e despencou barranco abaixo.

Então, veio a escuridão. Nada além do escuro e do som da água ao redor enquanto o carro mergulhava nas águas geladas do rio. O Celica flutuou por um momento, depois começou a afundar, o motor sob o capô silenciando em meio à água turva.

Ela se debateu por detrás do cinto de segurança, contudo a fivela tinha travado. Sentiu a água penetrando no sapato esquerdo e continuou tentando soltar a fivela, sem sucesso.

Uma onda de pânico a invadiu. Ninguém sabia que ela estava ali.

Alguém a encontraria a tempo?...

Tentou frear os próprios pensamentos na tentativa de fazer alguma coisa. A água gelada já começava a afetá-la, entorpecendo suas mãos e impedindo-a de soltar o cinto.

Kat sentiu o coração martelar no peito quando se deu conta de seu destino. Iria sucumbir naquelas águas geladas, a menos que conseguisse se concentrar o bastante para se livrar do cinto.

Obrigou-se a ficar calma, então, e tentou soltar a fivela mais uma vez. Conseguiu, finalmente, quando a água já estava quase em seus joelhos. Fez de tudo para abrir a porta, no entanto esta não se moveu.

Ela precisou lutar contra uma nova onda de pavor. Se não conseguisse raciocinar, não sairia dali. A água gelada já começava a paralisar seus braços e pernas. Suas calças estavam ensopadas, e em minutos o interior do carro seria inundado.

Ainda havia ar ali dentro, contudo o nível da água não parava de subir. Já estava na

cintura, engolindo-a lentamente.

Kat chutou as janelas laterais com força, porém a água gelada parecia ter minado suas forças.

De repente, ela se deu conta. Havia muito mais água do lado de fora, criando pressão. Não havia como quebrar os vidros, a menos que a pressão do lado de dentro fosse igual à do exterior. Isso não estava acontecendo, porque o interior continuava apenas parcialmente cheio de ar. Ela nunca conseguiria abrir a porta, a menos que esperasse...

Teria que esperar até que a água preenchesse o interior do veículo. Só então poderia tentar novamente.

Kat se arrastou para o banco de trás, que agora formava um ângulo de quarenta e cinco graus em relação à água. O bolsão de ar na parte traseira lhe daria algum tempo, mas apenas alguns minutos.

Ela sentiu-se fraquejar. Poderia acabar presa na parte de trás do carro...

Ainda assim, era sua única esperança de conseguir sair dali.

A água subiu até a parte de cima dos bancos, e Kat precisou esticar o pescoço para manter o rosto acima da superfície. A água gelada a envolvia por inteiro, tornando quase impossível expandir o peito para respirar. Em menos de um minuto, o carro inteiro estaria submerso.

Ela buscou o botão da janela, praguejando ao se dar conta de que janelas elétricas não funcionavam sob a água. Virou o corpo de lado e armou as pernas para um chute, mas, em vez de força, sentiu-as adormecidas. Estava fraca demais!

Tentou uma segunda vez, contudo a escuridão a envolveu quando o último bolsão de ar foi engolido pelas águas frias.

CAPÍTULO 24

Alguém estava chamando. Uma voz, ainda fraca, ficou mais alta e mais próxima. Ela se concentrou na luz à distância enquanto esta aumentava e diminuía. Sentiu uma dor percorrendo o corpo quando tentou se mover na direção dela, começando na cabeça, descendo pelas costas e depois pela perna direita, até os dedos dos pés, tal qual uma descarga elétrica. A dor latejava em cada centímetro de seu corpo.

Dor?... Então ela não estava morta, afinal! E se não estava morta, onde estava?

— Kat? Está me ouvindo? - A voz parecia mais próxima agora, e ela abriu os olhos devagar. Harry e Jace curvavam-se sobre ela, seus rostos entrando e saindo de foco. Estava deitada em uma cama com grades laterais, em uma sala cinzenta. Os únicos outros móveis que pôde discernir foram uma cadeira e um carrinho de apoio com rodas, onde descansavam pratos plásticos.

— Onde estou? Que horas são?...

Uma onda de náusea a invadiu quando ela tentou se sentar. De repente, tudo no quarto começou a girar e ficar embaçado.

Kat sentiu a cabeça latejar na tentativa de se concentrar em Harry e Jace. Fez uma careta e tornou a deitar a cabeça no travesseiro. Agora se lembrava: o acidente... o carro afundando nas águas geladas do rio Fraser.

— Está no hospital, Kat. São dez e meia, e o médico falou para ficar quietinha. - Harry deu-lhe um tapinha no braço. — Relaxe e volte a dormir. Assim irá se sentir melhor.

Dez e meia? Da manhã?

Uma onda de pânico a envolveu. Precisava levar as pedras até Cindy para análise, e tinha uma tonelada de trabalho para fazer, como verificar a conexão libanesa do Bancroft Richardson. A oferta de aquisição hostil da Porter também dava uma nova dimensão aos acontecimentos estranhos na Liberty, e o prazo de Nick para recuperação do dinheiro estava se esgotando.

Não havia tempo a perder. Ela precisava sair daquele hospital imediatamente!

— Eu tenho que sair daqui. Tenho trabalho para fazer e...

— Não vai a lugar nenhum, mocinha. - A voz de Harry assumiu um tom de censura. — O doutor disse que vai levar ao menos mais vinte e quatro horas para que eles cogitem lhe dar alta. Está com uma concussão, com as costelas feridas e um monte de cortes e arranhões. O que aconteceu, afinal? A polícia disse que você dormiu ao volante. Lembra-se de alguma coisa da noite passada?

— O quê?... Eu não dormi coisa nenhuma! Alguém me jogou para fora da estrada! - Kat se defendeu, indignada. — Eu estava dirigindo pela River Road quando uma caminhonete enorme me abalroou por trás, e então...

— Uma caminhonete bateu em você? - indagou Harry.

— Isso mesmo. Uma caminhonete.

— Como pode afirmar que era uma caminhonete? Não estava escuro?

— Eu vi. Quer me deixar terminar, por favor? - Kat buscou o controle da cama do hospital com a mão direita. Encontrou-o, por fim, e o apertou de modo a poder erguer a cabeça.

— Está bem, está bem... Continue.

— Quando eu derrapei, perdi o controle do carro e ele caiu no rio. A última coisa de que me lembro é estar presa dentro do Celica enquanto ele afundava.

— Conseguiu ver o motorista? - Harry quis saber.

— Não. Tudo o que vi foram os faróis no espelho retrovisor.

Ela recordou o momento anterior ao acidente: o interior do Celica momentaneamente iluminado pelos faróis da caminhonete. Depois, de estar presa pelo cinto de segurança enquanto o carro caía do cais.

Kate sentiu um arrepio.

— Tem certeza, Kat? A testemunha disse que não havia mais ninguém lá. O impacto deve ter acontecido quando bateu no cais antes de cair na água.

— Que testemunha? O motorista da caminhonete?

— Um motorista de táxi - afirmou Jace.

— Não havia nenhum motorista de caminhonete - emendou Harry.

— Não acredita em mim? Estou lhe dizendo, tio Harry, alguém me tirou da estrada! - A voz dela subiu um tom com a frustração. — Você não estava lá... eu estava!

— Não duvido de que pense ter acontecido isso, Kat. É fácil cometer erros quando se está cansado.

— Eu sei o que aconteceu! Pode ver a prova no meu carro.

— Bem, seu carro está no rio. A polícia nem tem certeza de que poderá tirá-lo de lá.

— Deu muita sorte, Kat - interveio Jace. — O taxista vinha na direção contrária quando viu você saindo da estrada.

— Mas não havia mais ninguém lá. Ninguém!

— Foi ele quem chamou a polícia. Disse que você estava serpenteando com o carro, como se estivesse alcoolizada. É o que acontece quando se está com sono. É a mesma coisa que beber e dirig...

— Eu estou dizendo que fui jogada para fora da estrada! Era uma caminhonete enorme! Não sei como ninguém viu! Alguém está tentando me matar! - Kat ergueu-se rápido demais e tornou a se deitar quando uma onda de dores lhe assaltou o corpo.

— Claro, Kat... - contemporizou Jace. — Agora, deite-se.

Ela sentiu o rosto vermelho de raiva enquanto se concentrava no ex-namorado.

— Estava certo sobre Buddy. Alguém está tentando me impedir de descobrir o que se passa na Liberty.

— Talvez esteja na hora de você pular fora dessa história, Kat. Se alguém está realmente ameaçando sua segurança, não vale a pena.

— Não posso fazer isso. Não agora, quando estou tão perto de encontrar Bryant e o dinheiro, e de descobrir a fraude em Mystic Lake. Preciso voltar para o escritório! - concluiu, horrorizada. Quem tinha se dado ao trabalho de tirá-la da estrada devia saber o que ela havia descoberto... que ela já sabia da produção forjada. E faria qualquer coisa para destruir tanto ela quanto as provas encontradas.

— Deixe comigo, Kat. Vou cuidar disso — insistiu Harry.

— Não, vocês não estão entendendo! Preciso parar esses caras antes que eles deem fim na trilha do dinheiro!

— Kat, não vai sair do hospital! A enfermeira e o médico foram muito claros. Deixe que Harry cuide das coisas por você. - Jace puxou a bandeja do carrinho para cima da cama. - Tome o café da manhã pelo menos.

— Está bem - ela concordou a contragosto, e pediu que o tio lhe trouxesse uma lista de pastas, além do notebook. Pedir a Harry qualquer coisa além de atender ao telefone e mexer no arquivo seria um convite ao desastre. Por outro lado, ninguém além do tio dela seria capaz de encontrar aquelas pastas naquele sistema maluco de arquivamento dele.

Kat mordeu a torrada. Estava mole e fria.

Recuperar o dinheiro seria impossível estando presa naquele hospital. Mesmo que conseguisse rastrear a conexão com os libaneses, os bancos de lá já estariam fechados.

— Inacreditável. Quando eu consigo descobrir uma conta e começo a fazer progressos, alguém tenta me matar! Meu carro está destruído, não tenho dinheiro para comprar outro - o que preciso fazer desesperadamente -, e agora estou sendo mantida prisioneira em um hospital! O bandido que estou perseguindo deve estar destruindo todas as evidências possíveis a esta altura, e ninguém acredita em mim. E o pobre Buddy está morto por minha causa... É o pior dia da minha vida!

— Não é o pior dia da sua vida, Kat - Jace discordou delicadamente.

— Não? - Ela sentiu um lampejo de esperança.

— Não. É só o pior dia da sua vida *até agora*.

— Jace, não está conseguindo me fazer gostar muito de você no momento... Isso não foi nada animador.

— Kat, só estou dizendo que nunca se sabe o que o futuro nos reserva. O que me fez lembrar... apareceu outro bilhete.

— Hã?

Ele entregou-lhe um pedaço de papel dobrado.

— Estava na varanda.

— Não quero ler isso. - Kat empurrou a mão dele quando imagens de Buddy passaram por sua mente. Talvez Jace estivesse certo. A Liberty não valia a pena.

— Sinto muito, mas é diferente do bilhete do Buddy. Este foi escrito à mão, e me parece letra de mulher.

Kat abriu o papel devagar, ainda com medo de olhar. A caligrafia era pequena e bem-feita, porém levemente trêmula.

Adubar as rosas, cobrir suas raízes.
A hortelã dá fácil... Eu o vi mexendo nela.

— VIU QUEM? - perguntou-se Kat.

E ela não havia notado nenhuma hortelã no jardim. A hortelã era de fácil cultivo, realmente, mas também morria na primeira geada. Definitivamente, não era algo que exigisse muita atenção.

— Não sei, Kat. Imaginei que soubesse.

Ela não sabia. E sentia a cabeça latejar agora.

Kat sentiu o peso do sono uma vez mais. Mas não antes de perceber Jace se inclinando para beijá-la na testa.

Foi a última coisa que sentiu antes de voltar ao sono profundo da inconsciência.

CAPÍTULO 25

at acordou sobressaltada, sentindo o pânico, agora familiar, envolvê-la mais uma vez. Tentou libertar as pernas, mas não conseguiu, mas, em poucos segundos, tudo lhe voltou à mente e ela estremeceu. O acidente com o carro, o hospital, a cama em que ainda estava deitada...

Soltou um suspiro de alívio ao abrir os olhos. Seus pés estavam apenas presos sob as cobertas, e não chutando inutilmente a janela lateral do Celica. As últimas vinte e quatro horas pareciam um filme.

A luz do sol penetrava pela janela e incidia sobre o piso, realçando as partículas de poeira no caminho e iluminando as paredes bege da enfermaria. Vozes e passos rápidos soavam no corredor, assim como a conversa das enfermeiras acerca de seus finais de semana.

Kat fez uma conta de cabeça. Segunda à noite estivera na casa de Takahashi. Era manhã outra vez, o que significava que devia ser terça-feira. O tempo estava se esgotando, e quanto antes ela saísse dali, melhor.

Olhou para a mesa de cabeceira, onde seu notebook descansava em segurança. Harry havia cumprido o prometido.

Ela rolou de lado e sufocou um gemido quando um espasmo lhe

cortou as costelas. Abriu a gaveta à procura do celular. Ele estava ali, junto com alguns recibos ainda úmidos, seu relógio e um punhado de moedas. Deviam estar em seus bolsos quando fora tirada do carro.

De repente, ela se lembrou. Os diamantes! Onde estariam!? Teriam caído com o impacto do acidente? Se assim fosse, as pedras de Takahashi estavam perdidas para sempre!

Kat sentiu o coração afundar no peito. Os diamantes eram sua última chance. Deviam estar no rio, junto com o carro e o restante das coisas... impossíveis de serem recuperados. De que outro modo ela poderia obter outras pedras da Liberty e testar sua autenticidade? Aquela era a única maneira de ela conseguir provar sua teoria sobre a produção forjada.

Tentou digitar no teclado do celular, porém este nem sequer deu sinal de vida. A água o danificara permanentemente. O telefone poderia ser substituído, mas os diamantes, não.

Kat jogou as pernas para a lateral da cama e usou os braços para se levantar, fazendo uma careta com a dor que lhe cingiu o corpo. Sua cabeça latejou quando ela se pôs em pé, fazendo-a segurar a testa. Só então ela percebeu o galo enorme. Quando se endireitou, outra pontada de dor a fez se dobrar mais uma vez.

Kat gemeu. Sentia-se como uma ferida de guerra, e tudo o que queria fazer era se deitar outra vez até a dor diminuir.

Mas essa não era uma opção. Estava ficando sem tempo e precisava encontrar algum diamante da Liberty.

Vasculhou o quarto, a camisola do hospital e os chinelos, à procura das próprias coisas. Onde estariam suas roupas? Tinham que estar ali no quarto, em algum lugar!

Nova pontada de dor a varreu quando ela avançou pelo cômodo, procurando por qualquer sinal de seus pertences. Havia um pequeno armário atrás da cama, que ela não notara antes. Nele estavam os jeans e a camisa que usava no momento do acidente.

Kat procurou nos bolsos, na esperança de encontrar os diamantes. Nada.

Também não encontrou nenhum sapato. Isso significava que

continuava presa naquele hospital, ao menos até conseguir algum calçado e recuperar parte da mobilidade.

Outra pontada rasgou suas costas enquanto ela retornava para a cama, exausta.

Ligou o notebook e acessou os e-mails. Vasculhou a caixa de entrada, excluindo promoções de férias gratuitas, receitas baratas e dinheiro de banqueiros nigerianos. O único e-mail relevante era o de Susan Sullivan, da Liberty, datado do dia anterior. Ela o abriu e paralisou enquanto lia a mensagem na tela. Estavam ali, bem à sua frente: três frases, preto no branco, dispensando-a de seus serviços.

Que diabo estaria acontecendo? Susan não dera sinais de que pretendia dispensá-la em seu último encontro. Na verdade, até fizera confidências acerca de Nick.

Na certa aquilo era um engano. Precisava telefonar para Susan e esclarecer as coisas.

Com um esforço, tornou a se levantar e sair da cama. Enquanto se erguia, analisou a si mesma com cuidado. A dor era tolerável desde que se movesse devagar.

Calçou um par de chinelos do hospital e se arrastou pelo corredor tal qual uma detenta, evitando o contato visual com quem quer que estivesse calçando sapatos de verdade à medida que passava pela enfermaria vestida com a camisola horrível. Por sorte, as enfermeiras continuavam absortas em sua conversa e nem sequer a notaram.

Precisava encontrar um telefone público!, Kat pensou.

Encontrou um, por fim, do lado de fora das portas da Emergência, próximo ao estacionamento. Um grupo de fumantes conectados a soros e outros tipos de aparelhos a observou com curiosidade, deixando claro que ela não devia estar ali naqueles trajes.

Kat os ignorou e discou o número de Susan, utilizando uma das moedas que, de alguma forma, lhe restara no bolso dos jeans. Decidiu, entretanto, não dizer à mulher de onde estava telefonando.

— Susan Sullivan.

— Susan? Sou eu, Kat. Sei que você me afastou do caso, mas há algo que preciso lhe contar. É importante.

Uma longa pausa se fez do outro lado da linha.

— Kat, sinto muito por não ter dado certo. Sinto, mesmo... Mas agora tenho que desligar. Estou atolada em trabalho por conta dessa aquisição.

— Mas, Susan, o dinheiro é apenas parte dessa história! Tem uma coisa que você precisa saber sobre Mystic Lake.

— Sinceramente, Kat, não estou com tempo para ouvir mais uma de suas teorias infundadas, que podem ou não ter algo a ver com o dinheiro desaparecido. Agora que nós rastreamos o dinheiro até o Líbano, na certa vamos conseguir recuperá-lo. Preciso desligar... Tchau.

Nós?, perguntou-se Kat. *Ela* havia rastreado o dinheiro até o Líbano! Não Susan, nem qualquer outra pessoa na Liberty!

Com a ajuda de Jace, claro, mas a outra mulher não sabia disso.

Que conveniente para Susan levar o crédito por algo que não havia feito!...

— Susan, por favor, não desligue! - Kat quase gritou ao telefone.

Uma mulher obesa, do grupo dos fumantes, parou no meio de uma frase, encarando-a como se ela fosse maluca.

— Precisa mandar analisar seu anel, Susan. O diamante não é de Mystic Lake. Tenho como provar... Alguém está forjando a produção da mina com diamantes ilícitos.

— Kat, isso é loucura. Claro que ele veio de Mystic Lake. Esta foi uma das primeiras pedras que saíram do veio. Sinceramente, não sei do que está falando. Preciso, mesmo, desligar.

Kat decidiu arriscar. Não havia como provar nada sem pedir que o anel de Susan fosse analisado. Não tinha escolha.

— Susan, o diamante do seu anel veio de uma mina na África. Tenho acesso aos testes que podem comprovar isso.

Houve silêncio do outro lado da linha, depois um clique.

Susan havia desligado!

Kat se arrastou pelo corredor, as costelas feridas doendo a cada passo do caminho de volta. Seu senso de urgência fora substituído pelo desânimo. Tecnicamente, ela havia feito o que tinha sido contratada para fazer, mesmo que o dinheiro roubado ainda não houvesse retornado para a Liberty.

Esquecer Susan e a Liberty deveria ser um alívio. Agora ela poderia encontrar um cliente menos problemático: alguém por quem ela não precisasse arriscar a própria vida. E teria tempo para ajudar Jace a arrumar a casa para a venda.

Entretanto, não acabar morta fora um simples golpe de sorte. Quem estava por trás de seu acidente também era responsável pelos assassinatos de Takahashi, de Braithwaite e, provavelmente, de Buddy. Ela devia a eles todos descobrir quem os havia matado. O fato de haver bilhões em jogo significava que nada deteria os assassinos e, tendo sido dispensada ou não, ela ainda poderia ser silenciada.

Alguém tinha que apanhar aqueles bandidos e garantir que a justiça fosse feita. Susan seria tão cega a ponto de não enxergar?... Ou também seria cúmplice daquela farsa?

As enfermeiras nem sequer se deram conta de seu retorno, percebeu Kat. Quando ela entrou no quarto, foi recebida por tia Elsie, e um cheiro estranho que ela não conseguiu discernir a princípio. Sândalo.

— Tia! Não pode queimar incenso aqui! Jogue isso fora!

— Não posso, querida. Agora que começou, preciso deixar queimar até o fim. - Elsie se ergueu da poltrona ao lado da cama e caminhou em sua direção, agitando o incenso no ar. Usava um casaquinho de brocado turquesa com bordados de crisântemos, bem ao estilo oriental que estava na moda. Um vestido preto básico e escarpins de salto baixo completavam o *look*. Aquela era a única área de sua vida em que ela extrapolava o senso prático, combinando achados em brechós *vintage* com itens básicos de guarda-roupa. Tia Elsie sempre afirmara que qualquer pensionista poderia se vestir como uma milionária.

— Mas isto aqui é um hospital. Não pode sair por aí queimando coisas!... Jogue isso na pia do banheiro. Coloque debaixo da torneira - ordenou Kat. Já estava difícil não arrumar encrenca com a equipe médica! Ao menos o hospital não estava tentando se livrar dela.

Elsie lançou-lhe um olhar magoado.

— Sinto muito, Kat. Estou apenas tentando melhorar um pouco a atmosfera. Este lugar parece tão frio e impessoal! Não sou mestre em Feng Shui, mas está faltando alguma coisa neste quarto, e o incenso purifica o ambiente. Aqui... beba um pouco de chá.

Duas xícaras de porcelana contendo chá Earl Grey recém-coado descansavam sobre a mesa de cabeceira, e Kat decidiu não indagar sobre a logística que fora utilizada naquilo.

— Eu não fazia ideia de que contabilidade pudesse ser tão perigosa, querida! Devia ter feito enfermagem, como eu - concluiu Elsie.

— Ora essa, tia, seu comboio não sofreu uma emboscada quando estava na África?...

Elsie tinha sido professora de enfermagem da UNESCO antes de se casar com Harry.

— Bem, sim. Mas ao menos sabíamos com quem estávamos lidando.

Kat não conseguiu entender por que ser baleado por alguém que se conhecia era diferente de levar uma bala de um estranho; porém, decidiu não seguir a lógica da tia.

— Tia Elsie, você esteve em Serra Leoa nos anos cinquenta. Já existia mineração de diamantes nessa época? - Elsie havia trabalhado na região antes de conhecer e se casar com Harry.

— Havia, sim, meu anjo. Nunca lhe contei que Claude negociava diamantes?

— Verdade?!

Claude era o antigo namorado de Elsie, antes de Harry. Kat ouvira falar um pouco sobre o homem, mas imaginou que ele também trabalhasse na Unesco.

— Ele comprava pedras brutas e as vendia para os lapidadores de diamantes da Antuérpia. Ganhava dinheiro como intermediário.

— E onde ele conseguia as pedras? - Kat engoliu com dificuldade quando o chá quente lhe queimou o céu da boca. Tinha sido pega de surpresa por aquele detalhe até então desconhecido.

— Às vezes das minas, mas normalmente de mineiros autônomos. Em Serra Leoa, há muitos deles atuando. Pelo menos havia naquela época. A maioria dos diamantes era extraída dos leitos dos rios. Eles chamam de 'garimpo de aluvião'. De qualquer forma, Claude se dava bem. Ele arrumava mercado para os mineiros, e estes lhe forneciam o produto. Nunca mostrei o anel de diamante que ele me deu?

— Não. Deve ser lindo, mas eu gostaria de saber se...

— Ah, Kat, é maravilhoso! Será seu um dia. É um diamante amarelo, de corte brilhante, de um quilate, originário do distrito de Kono, em Serra Leoa. Claude me deu o anel pouco antes de ser baleado.

— Baleado?... Por quem?!

— Por um capitão do exército. Ele queria um brilhante, assim como todo mundo. Claude se recusou, então ele o matou.

— Ele o matou?! E você?...

Elsie enxugou uma lágrima.

— Não pude fazer nada. Foi quando voltei para casa.

— Claude trabalhava legalmente? Ele fazia parte do comércio legal ou do mercado negro?

— Naquela época, todos faziam ambas as coisas. Não existiam leis como as de hoje em dia. E não havia um mercado negro propriamente dito. Tudo passava pelos mesmos canais. As pedras podiam ser extraídas pelas empresas durante o dia, ou por trabalhadores noturnos que subornavam os guardas para se esgueirar e garimpar à noite. Ninguém pensava na atividade como sendo ilegal. Eu até tenho algumas pedras brutas... Na verdade, elas até se parecem um pouco com as suas pedras.

— Minhas pedras?

— Você sabe, aquelas que estavam com você ontem. São muito parecidas.

— Você as viu?! - O coração de Kat pulou uma batida. Talvez houvesse esperança, afinal! — Sabe onde elas estão?

— Claro, querida. Eu as guardei. Você sabe como são as coisas nos hospitais. Basta deixar uma coisa fora do lugar e, antes que a gente se dê conta, ela desaparece. Decidi guardar as pedras por questão de segurança.

— Oh, tia Elsie!... Não faz ideia de como elas são importantes! Pode me devolvê-las agora?

— Sim, querida. Assim que estiver fora do hospital e em segurança, em casa, eu as devolverei. Agora, onde foi que eu as coloquei?... *Hum...* No cofre ou na minha caixa de joias? Não me lembro.

— Tente se lembrar, tia Elsie! Por favor! É importante de verdade!

— Pode deixar, meu anjo, eu vou me lembrar. Vai me dar um *estalo.* Pode demorar alguns dias, mas vou me lembrar. As coisas ficam mais difíceis quando se tem a minha idade, mas, uma hora eu me lembro... Você vai ver.

Contra toda lógica, Kat decidiu envolver Jace e tio Harry na história. Precisava levar aqueles diamantes para Cindy o mais rápido possível. Seu futuro dependia disso.

CAPÍTULO 26

A alta hospitalar do dia anterior tinha ficado para trás, e Kat sentia-se feliz por ter saído de lá. A casa de Verna estava começando a lhe seduzir. Tina ronronava a seu lado, e a cozinha recém-limpa e pintada ostentava uma geladeira cheia de comida graças a Jace. Tigelas lotavam a bancada, cheias de farinha, açúcar e outros ingredientes, inclusive o essencial da culinária francesa - a manteiga. Cada prato, utensílio e centímetro do cômodo encontrava-se em uso. O layout da cozinha, contudo, não fazia parecer uma bagunça.

Ela havia encontrado receitas de Verna enquanto limpava os armários, na segunda-feira, e escolhera algumas para seu cardápio à francesa. Ela e Cindy haviam planejado aquele jantar semanas atrás, antes do caso das minas de diamantes da Liberty, e antes de ela perder o apartamento e ganhar a casa de Verna. Fazer tudo o que os franceses faziam nas semanas que antecediam a corrida era parte do plano multifacetado de treinamento de ambas para a maratona de Paris. Tudo, exceto fumar Gitanes ou comer escargot.

Pesquisar Verna no Google não havia lhe revelado nada sobre a mulher que, a julgar por aquela casa, deixaria Martha Stewart no chinelo. Jace também não tinha descoberto muita coisa a respeito dos vizinhos, uma vez que a casa já se encontrava vazia quando estes tinham se mudado havia dois anos.

Colecionadores de porcelanas Limoges e de livros de culinária de Julia Child não costumavam desaparecer sem deixar rastro, muito menos perdiam as próprias casas em leilões. Colecionadores eram donos de um vasto conhecimento. Podia até estar dentro da lei comprando aquela casa em um leilão, mas era como ter roubado a existência de outra pessoa, concluiu Kat. Sem fazer ideia das causas para Verna ter desaparecido, ela era como uma espécie de guardiã temporária, que tinha ciência do valor das porcelanas caras, dos cristais Baccarat e da mobília centenária. Ela e Jace não poderiam vender a casa com todos aqueles tesouros dentro, então, o que fazer?

Kat decidiu encontrar bons donos para tudo, como se lidasse com uma ninhada de gatinhos.

O *timer* de ovo zuniu (o do fogão não funcionava mais), e ela colocou as luvas de forno. Era uma multitarefa: havia um suflê esperando para entrar no forno assim que a sopa de cebola gratinada saísse. Uma salada de folhas recém-lavada aguardava pacientemente o molho vinagrete.

Kat experimentou a sopa e pôs o *timer* para funcionar por mais dez minutos. Cindy iria chegar a qualquer momento. O treinamento para a maratona fazia cada segundo de seu dia ser gasto pensando em comida: comprando-a ou preparando-a. Claro que ter sido dispensada da Liberty a deixara livre, e aquele era um dia em que não se importaria nem um pouco com aquela trabalheira toda. Já bastava daqueles purês e mingais sem graça de hospital. Passar fome era melhor que engolir aquelas pastas sem gosto.

Ela ainda estava esperando a sopa de cebola gratinada sair do forno quando Cindy entrou pela saída dos fundos. Kat ergueu a cabeça bem a tempo de ver Tina disparando pela porta antes que esta fosse fechada. Sua atenção se voltou, então, para os presentes que Cindy trazia nos braços: uma baguete, uma garrafa de Pinot Gris e uma caixa da padaria que deveria conter alguma sobremesa maravilhosa.

— *Hum...* O cheiro está ótimo, Kat! - a moça entusiasmou-se enquanto lhe dava um abraço. - E você não parece muito diferente. Conseguiu recuperar o carro?

— Não. A companhia de seguros disse que pode levar semanas, talvez meses, antes que ele seja tirado do rio. Portanto, além de ser uma sem-emprego, agora também sou uma sem- carro!

Cindy largou as sacolas na bancada e serviu-se de um cogumelo recheado.

— Está uma delícia - declarou, antes de colocar outro na boca. — De qualquer forma, é mais barato não dirigir. Nada de gasolina, revisões ou lavagens. Corra para todos os lugares em vez disso tudo.

— Isso é meio impraticável, não? Não posso chegar suada em todos os lugares. Além do mais, corrida só me faz comer mais. Estou gastando em mantimentos tanto quanto costumava gastar em gasolina.

— Por que tem sempre que fazer uma análise do custo-benefício? Ao menos estaria beneficiando o meio ambiente. Onde está Jace?

— Saiu de novo para uma busca. Um esquiador de fundo desapareceu no Monte Seymour, na noite passada. Ele foi chamado às quatro da manhã, quando uma patrulha encontrou o carro do homem ainda no estacionamento.

Jace era membro da equipe de Busca e Salvamento de North Shore. Chamados sempre aconteciam tarde da noite, quando familiares e amigos comunicavam sobre alguma pessoa desaparecida, ou de manhã cedinho; ou quando a patrulha de esqui encontrava algum carro ainda no estacionamento.

— E a que horas ele vai voltar?

— Não sei. Ele nem telefonou, então, duvido que volte a tempo para o jantar.

Uma busca poderia levar de algumas horas a vários dias. Até mesmo esquiadores e andarilhos experientes subestimavam a região de North Shore, o que os levava a cometer erros por conta da proximidade com a cidade.

— Espero que ele volte logo - declarou Cindy. — Ouvi dizer que o risco de avalanche está alto.

Kat nem quis pensar no assunto. Os membros da Busca e Salvamento muitas vezes se viam em perigo para salvar esquiadores que, conscientemente, ultrapassavam os limites à procura de aventuras.

Ela decidiu mudar de assunto.

— Pegou os diamantes? - Harry tinha ficado de entregá-los a Cindy depois que Elsie finalmente se lembrasse de seu esconderijo.

— Sim, estão aqui. - Cindy tirou um pequeno envelope de papel vegetal da bolsa e o estendeu. — Tome, quero que você os leve de volta.

— Não! Você tem que levá-los para análise. Preciso provar que são diamantes de baixa qualidade, Cindy. Você é a única que pode me ajudar.

— Não sem saber de onde eles vieram. Quem os deu a você?

— Bem, eu... posso fornecer os detalhes depois. O fato de serem ilegais é que é importante. Quer pegar os criminosos, não quer? Juro que isso nos levará a quem quer que eles sejam.

Kat tirou as tigelas de sopa de cebola do forno e as colocou em uma prateleira para que esfriassem um pouco. O queijo estava derretido e bem dourado, assim como na foto do livro de Betty Crocker. Ela preparou o suflê de queijo e o colocou no forno.

— E quem seriam eles?

— Bem, eu consegui chegar a algumas pessoas na Liberty, mas ainda não posso afirmar com certeza. Só sei que os diamantes não são legítimos. E sei de onde eles *não* vieram. Você é quem vai me dizer a origem deles depois que os mandar para uma análise em laboratório. Tenho certeza de que essas pedras não são de Mystic Lake.

— Mas, Kat, não posso simplesmente levar um punhado de diamantes e pedir que eles sejam testados sem nenhuma razão.

— Há muitas razões. Tenho provas de que números foram fraudados, duas pessoas foram assassinadas, e de que eu seria a próxima... Não é o bastante?

— O acidente? Harry disse que você dormiu enquanto dirigia para casa.

— Não é bem assim. Uma caminhonete bateu em mim. Se tirassem meu maldito carro do rio, o estrago ficaria evidente. E, antes disso, o pobre Buddy foi morto. Foi quando recebi aquele bilhete horrível. Precisa me ajudar, Cindy. Há muita coisa acontecendo na Liberty, mas, sem que esses diamantes sejam analisados, não posso provar nada.

Cindy suspirou.

— Tem certeza? Porque, se não der certo, ficarei em maus lençóis por desperdiçar recursos tão preciosos. Existem restrições orçamentárias, etc. Você sabe como é.

— Estou certa de que esses diamantes não vieram da Liberty, portanto, vieram de outro lugar. Você mesma me contou sobre o Processo de Kimberley e o sistema de certificação. Todo diamante precisa ter sua proveniência documentada. Tendo isso como base, essas pedras só podem ser ilícitas.

Cindy soltou novo suspiro e olhou para Kat com resignação enquanto abria o vinho.

— Está bem, vou dar uma checada. Vai ficar me devendo uma.

— Eu sei. Mas, você vai ver... Vai se dar bem quando encontrarmos quem está por trás dessa tramoia.

Tina miou aos pés de Kat. Estranho, já que a gata havia saído quando Cindy chegara, Kat se lembrou. Talvez ela tivesse deixado uma janela aberta.

A bichana desprezava comida para gatos. Preferia comida de gente. Ela já tentara todas as marcas de ração para gatos, porém, Tina simplesmente fazia greve de fome até que ela concordasse em entregar o que estava comendo. Principalmente queijo.

Kat estava ocupada, ralando um punhado de *gruyère* para Tina, quando o celular de Cindy tocou. A moça deixou os diamantes na bancada e rumou para o quintal a fim de atender à ligação.

Kat respirou fundo. Já estava acostumada com aquilo. O trabalho secreto de Cindy exigia que ela não deixasse ninguém ouvir suas conversas por questão de proteção, não apenas dela própria, mas também dos outros.

Estranho. Não conseguia se livrar da sensação de estar sendo observada.

Olhou para além da porta do quintal, porém só viu Cindy de costas para ela enquanto falava ao telefone.

Tirou a sopa de cebola gratinada do suporte onde a deixara esfriando e a colocou na mesa. Cindy continuava do lado de fora, e ela só esperava Jace para dali a cerca de duas horas. Isso se ele viesse.

Estava ocupada, cortando a baguete, quando percebeu um movimento pelo canto do olho. Parado na porta da sala de jantar, observando-a, estava o detetive Platt.

Como ele havia entrado ali?, perguntou-se Kat, sobressaltada. Poderia jurar que a porta da frente estava trancada!

Cindy continuava recostada à porta dos fundos, bloqueando-a. Se ela não estivesse acordada, diria que aquilo era um pesadelo.

Exasperada, ela decidiu dispensar quaisquer delicadezas. Aquele sujeito estava indo longe demais.

— Você sempre entra sem bater?... O que quer agora?

— Não precisa ser indelicada, Katerina.

Kat o encarou, mal conseguindo conter a própria raiva. Platt teria ouvido a conversa sobre os diamantes?

— Diga o que quer de uma vez. Pergunte o que quiser. Faça uma acusação ou me deixe em paz! Não fiz nada errado e já estou farta de ser tratada como uma criminosa!

— Quero que diga a verdade. Por que voltou para a casa de Takahashi?

— ...Do que está falando? Por que eu voltaria lá?

— Diga você, Katerina. Foi até lá na segunda à noite. Nós a vimos.

— Viram? Estão me seguindo, agora? O que lhes dá o direito de me importunarem dessa forma?

Nesse momento, ela decidiu que não apenas não gostava de Platt, como o odiava!

Cindy, ao ouvir vozes alteradas, voltou-se para Kat do outro lado da cozinha. Kat fez sinal para que ela entrasse.

— Responda à pergunta, Katerina. Por que foi até lá? - Platt cruzou os braços, os olhos azuis e frios penetrando os dela. Evidentemente, não iria a lugar nenhum enquanto ela não lhe desse uma resposta.

Cindy entrou na cozinha, contudo permaneceu em silêncio. Platt nem sequer se importou com sua presença. Em vez disso, manteve os olhos fixos em Kat, esperando por uma resposta.

— Esse interrogatório todo sobre Takahashi está beirando o assédio.

— Não vou embora sem uma resposta. - Ele continuou a encará-la sem, no entanto, revelar o que lhe ia na mente.

— Eu tive que ir até lá. Estava investigando uma coisa.

Os diamantes! O envelope de papel vegetal continuava sobre a bancada, onde Cindy o havia deixado. Kat tentou não olhar na direção do envelope, na esperança de que o detetive não o notasse.

— Eu a vi colocando alguma coisa no bolso enquanto saía da casa. Invadir propriedade alheia e retirar objetos sem permissão é crime. Eu deveria prendê-la agora mesmo.

— Não pode me prender porque não roubei coisa alguma. Comi uma bala e coloquei a embalagem no bolso, só isso.

— Kat é suspeita, Detetive Platt? - Cindy exigiu saber.

— Digamos que ela seja uma pessoa de interesse. Não se pode obrigá-la a nada sem sua expressa cooperação.

— Então ela é uma suspeita.

Platt não respondeu. Apenas continuou encarando Kat.

Ela se sentiu como um sapo sendo dissecado na aula de biologia sob um microscópio.

— Detetive Platt, pessoas inocentes estão sendo mortas. E alguém tentou me matar no domingo. Mas já deve saber disso se andou me seguindo. Também tenho algumas perguntas a fazer... Se estava na minha cola, por que, diabos, não fez algo a respeito da caminhonete que bateu no meu carro e o jogou no rio?

— Não estávamos seguindo você. Estávamos vigiando a casa de Takahashi, e vimos quando entrou e saiu. Ainda não respondeu à minha pergunta... Por que foi até lá?

— Estava apenas tentando encontrar alguma evidência que vocês podiam ter deixado passar. Provas que pudessem ter ignorado. O pobre homem foi assassinado, e vocês mirando a pessoa errada! Eu sei que não sou a assassina, mas vocês não parecem pensar dessa forma. Se não conseguem fazer bem o seu trabalho e encontrar o assassino, preciso fazer isso, pelo bem de Ken. Já perderam tempo demais!

— Além do fato de estar invadindo propriedade alheia, não tinha permissão para pisar na cena do crime.

Kat viu o lampejo de raiva cruzando os olhos azuis e gélidos de Platt. Ela finalmente o tirara do sério.

Que bom. Estava começando a gostar do jogo.

— Espero que esteja dizendo a verdade, Katerina. Se tirou alguma coisa da casa, eu vou descobrir.

Cindy deixou cair o queixo ao se dar conta da origem dos diamantes. Tornou a fechar a boca com a mesma rapidez com que a tinha aberto, e assumiu uma expressão aborrecida de novo. Permaneceu em silêncio e não se intrometeu mais na conversa.

— E se eu pudesse provar que Takahashi foi assassinado para acobertarem o que acontece na Liberty?

— Vá em frente.

— Ainda estou trabalhando nos detalhes. Aviso quando os tiver.

— Trate de não demorar. Vou lhe dar uma última chance... tirou alguma coisa daquela casa? - A postura fria de Platt se desfez, e seu rosto ficou vermelho.

Kat decidiu tirar partido da situação.

— E se eu tirei? O que pode fazer?

Cindy lançou-lhe um olhar de advertência.

— Adulteração de provas é coisa muito séria. Além do fato de ter invadindo a propriedade, não podia remover nada da cena do crime.

— Você não me pareceu se importar com isso antes.

— Vamos ser claros... Isso *é* crime. Se eu descobrir alguma coisa, será processada.

— Tudo bem. Mas você deveria estar investigando todas as pessoas que tinham motivos para matar Takahashi. Ele foi assassinado porque fez perguntas demais.

— Ele foi demitido da Liberty há muito tempo. Se isso tivesse alguma coisa a ver com essa história, Takahashi teria sido morto antes. Não tente mudar de assunto. Você ainda é a minha principal suspeita.

— A Liberty era cinco bilhões de dólares mais rica há alguns meses, não estava à beira da falência e não enfrentava um escândalo com um CFO. Está na pista errada, Platt. Enquanto perde tempo me vigiando, o assassino continua livre para matar outras pessoas. Ele já deu cabo de Takahashi, de Braithwaite e provavelmente de Bryant. Quem será o próximo?

— Espere um pouco... Não temos nenhuma prova de que esses assassinatos estão interligados. E Bryant está desaparecido, ainda não foi dado como morto.

— Ora, detetive Platt. Braithwaite foi assassinado porque falou demais. Ele e Nick Racine estavam brigando pelo poder. Takahashi foi morto porque alguém ficou com medo de que ele me contasse a respeito da produção forjada em Mystic Lake. Mais uma vez, um conflito com alguém da Liberty. Ele foi obrigado a deixar seu trabalho na empresa. E eu quase fui morta enquanto batalhava para descobrir tudo sobre a fraude da Liberty. É óbvio que tudo está relacionado à companhia. Bryant serviu de laranja para justificar o dinheiro desaparecido, mas não pegou dinheiro nenhum. Foi um pagamento pelos diamantes. A Liberty está servindo de fachada para o comércio de diamantes ilegais.

Kat não esperava que Platt fosse acreditar nela, e ele não acreditou.

— Eu não deveria estar sob suspeita. Estou em perigo. Alguém me jogou dentro de um rio logo após eu receber um bilhete ameaçador que encontrei junto do meu gato morto! O que pode acontecer comigo?

— Trate de tomar cuidado. Está ultrapassando todos os limites. - Dizendo isso, Platt fez meia-volta e saiu pela porta do quintal.

Um cheiro de queimado exalou do fogão.

Kat abriu a porta do forno e praguejou. O suflê tinha murchado e queimado.

Mas isso não foi nada comparado à ira de Cindy.

— *Kat!* Como pôde fazer isso?! Agora sou cúmplice de seus 'crimes em série'... Não guardou papel de bala no bolso coisa nenhuma. Roubou os diamantes da casa de Takahashi! Não acredito que fez isso. - Cindy espetou um cogumelo com mais força do que o necessário, e quebrou o palito ao meio.

— Eu sinto muito. Você sabe que eu não meteria você nessa confusão, a menos que não tivesse escolha. Quando os diamantes forem analisados, terei uma prova.

— Posso perder meu emprego por isso. Se Platt descobrir que estou envolvida, nunca mais vou poder trabalhar como policial.

— Não, você será perdoada! Você vai ver. Espere até chegarem os resultados. Juro que eles vão provar a lavagem dos diamantes. Isso vai tirar Platt do meu pé e levá-lo ao verdadeiro responsável pelo assassinato de Takahashi.

Kat remexeu a sopa de cebola gratinada, agora fria. Sem dúvida, era uma enganação levando-se em conta a receita original de Paris... Mas servia.

— Platt tem a reputação de nunca largar o osso - comentou Cindy.

— É mesmo?

— Estou falando a sério. Minha carreira *já era* se isso estragar a investigação de assassinato dele. - A moça tirou duas taças de vinho do armário e serviu o Pinot Gris. O clima parisiense amistoso, de momentos antes, tinha evaporado.

— Platt não é tão bom assim nesse trabalho, Cindy. Ele nem tirou os diamantes de lá! Por que só eu estou ligando os pontos? Se Platt fosse esperto, iria se concentrar em gente com motivos para assassinar Takahashi. Eu não tinha razão nenhuma para fazer isso.

— Roubo.

— O quê?

— Roubo! Você tirou os diamantes da casa dele. Isso configura roubo.

— Mas, quando você mandar analisar os diamantes, vai ver que...

— Kat, está me colocando em uma situação complicada. Primeiro você contamina a cena do crime. Depois gera uma prova em potencial do local do crime - que você roubou, sem me dizer como. Está me incriminando, Kat. Por que eu deveria *te* ajudar?

— Pensei que estivesse lhe fazendo um favor.

— Chama isso de favor? Sou eu que estou lhe fazendo um favor, tirando a sua bunda da reta! Em detrimento da minha, devo acrescentar.

— Tudo bem, acho que tem razão. Eu devia ter lhe contado. Mas tenho certeza de que a análise vai provar que são diamantes de sangue. Isso não deveria me tirar da lista de suspeitos?

— Não sei se isso vai limpar a sua barra. Há DNA seu espalhado por todos os cantos da casa de Takahashi. Mas isso levaria, sim, a outro motivo, ou outros suspeitos. Há uma coisa que Platt parece não ter considerado.

— O quê?

— É estranho que você possa ter ganhado uma luta contra Takahashi.

— Porque sou mulher?

— Sim. Apesar de você ter mais do que o metro e setenta e três de altura de Takahashi, não possui a força que a maioria dos homens tem na parte de cima do corpo. Em uma luta corporal de vida ou morte, duvido que ele fosse perder de você.

— Eu faço levantamento de peso... Sou mais forte do que imagina.

— Não estou criticando você, Kat. Apenas constatando um fato. Se tivesse se envolvido em uma luta de vida ou morte com uma faca, no mínimo teria algumas marcas no corpo também. Fico surpresa por

Platt não ter levantado essa questão. Talvez até tenha feito isso... mas não tem outras pistas no momento.

— É exatamente esse o meu ponto. Ele nem está tentando obter outras pistas.

— Kat, estou do seu lado. Só não gosto de como faz as coisas, às vezes. Sei que não é nenhuma assassina... Vamos resolver essa parada. Vou mandar testar os diamantes.

— Tem certeza? Fique à vontade para desistir a qualquer momento.

— Não agora. Não posso fazer isso. Mandar analisar os diamantes é a única maneira de eu sair limpa dessa história. Se Platt descobrir que eu estava com os diamantes e não fiz nada, *já era*.

Kat remexeu o suflê à procura de alguma parte aproveitável. Não havia nenhuma. Nem Tina chegaria perto dele.

Conformada, ela jogou tudo no lixo e colocou água no fogão para ferver. Elas teriam que se contentar com um macarrão com queijo.

— Ah, quase me esqueci - comentou Cindy enquanto lhe entregava um pedaço de papel dobrado. — Encontrei isto na varanda dos fundos.

Kat o desdobrou. O bilhete fora escrito com a mesma letra trêmula da nota que Jace lhe mostrara no dia anterior, mas com uma diferença importante: estava assinada.

Cara zeladora,

Minha turnê foi prolongada. Por favor, fique à vontade. O jardim parece ótimo, mas os rododendros estão precisando de fertilizante.

Atenciosamente, Verna

CAPÍTULO 27

$\mathcal{K}$at bufou, impaciente. Audrey Braithwaite estava quarenta e cinco minutos atrasada.

O garçom se aproximou e encheu o copo de água com um floreio.

— Ainda esperando pelos amigos?

Ele não iria ganhar grandes gorjetas com aqueles refis de água da torneira, ela pensou.

Faltava pouco para as onze, o Carlisle estava lotado de gente para almoços de negócio, e o garçom parecia ansioso por liberar a mesa para um cliente mais lucrativo. Logo ela seria obrigada a ir embora, ou então a pedir alguma coisa daquele cardápio exorbitante.

Decidiu dar mais cinco minutos a Audrey.

Espiou os pratos nas mesas próximas. Eram interessantes. As entradas eram minúsculas. Artisticamente montado ou não, o escargot na mesa ao lado a fez se lembrar dos bichinhos que ela vira no calçadão naquela manhã. Só poderia justificar a despesa se valesse a pena.

Kat pensou no bilhete do dia anterior. Tinha sido escrito por Verna, mesmo, ou não passava de uma brincadeira? A caligrafia se parecia com a de uma senhora, mas isso poderia ser forjado. Fora Verna que ela vira no quintal das outras vezes?

Se conseguisse interceptar quem estava deixando os bilhetes, teria uma resposta. Talvez conseguisse descobrir mais sobre Verna e o motivo pelo qual a casa da mulher fora a leilão.

— Ela está aqui.

A voz do garçom chamou a atenção de Kat, que olhou por cima do cardápio, vendo o insolente se aproximando com Audrey. Todos os traços de arrogância tinham sumido, e ele agora sorria largamente enquanto acompanhava a mulher até a mesa, na parte de trás do restaurante. A julgar pela conversa, eles se conheciam, o que não era nenhuma surpresa, já que Audrey escolhera o local do encontro.

Audrey aparentava pelo menos sessenta anos, mas era bem conservada. Kat imaginou o exército de *personal trainers*, cirurgiões plásticos e outros profissionais a que os mais ricos costumavam recorrer para comprar juventude. Enquanto se sentava, a mulher abriu um sorriso exageradamente branco.

— O que vai ser, Srta. Braithwaite? O de sempre? E quanto a você, senhorita? Outra água?...

Audrey pediu gim-tônica duplo para ambas antes que ela pudesse protestar. E pensar que ela ainda estava se recuperando do Pinot Gris da noite anterior!... Álcool costumava deixá-la tonta, lembrou-se Kat, portanto ela precisava agir rápido antes que este fizesse efeito. Era matar ou morrer.

No fundo, ela ficou otimista. As bebidas poderiam ajudar. Um bom bate-papo talvez pudesse impedir outro ato criminoso.

Bebericou o gim-tônica e quase engasgou. Era basicamente álcool, além de sua primeira experiência com gim. O drinque não era exatamente gostoso, porém ela estava determinada a cair nas graças de Audrey de qualquer maneira. Se, para isso, ela era obrigada a tomar um destilado com o estômago vazio, que assim fosse.

Audrey consumiu a própria bebida em dois goles.

— Então você é a garota que está trabalhando no caso de Bryant. Ouvi falar muito sobre você.

Pelo visto, não muito, ou a mulher saberia que ela já fora dispensada.

Sem dizer que dificilmente ela era uma garota.

Kat decidiu não se ofender com o comentário de Audrey, entretanto. Pessoas mais velhas sempre subestimavam idades. Era uma forma de autonegação.

— Agora diga... o que está acontecendo?

Kat começava a contar a Audrey os detalhes da oferta da Porter, quando o garçom tornou a se aproximar delas com um novo drinque para a mulher.

— Então, acha que aceitar a proposta da Porter é má ideia?

— Sim. Creio que estejam explorando vocês. Alguém está prejudicando a Liberty em grande escala, baixando o preço das ações. Provavelmente, isso está sendo orquestrado pelas mesmas pessoas que estão tentando comprar a empresa a preço de banana.

— A Porter? Mas essa é a nossa única chance de conseguir dinheiro. Aceitamos a oferta para a Liberty ou falimos. A dívida por conta do roubo de Bryant é tão grande, que não temos escolha. As ações já não estão valendo quase nada. O que mais podemos fazer?

— Não aceitem a proposta. Conceder suas ações fará o jogo da Porter. Não percebem? Primeiro eles manipulam o preço das ações para baixo, depois tentam tirar a empresa de vocês. Além do mais, a dívida da Liberty foi refinanciada no curto prazo, portanto não há risco de falência, ao menos por alguns meses. Só precisamos de um pouco mais de tempo para recuperar os cinco bilhões de dólares.

O garçom trouxe mais dois copos de gim-tônica, um para cada uma, e Kat ainda tinha três quartos do primeiro drinque. Nem o garçom, nem Audrey, pareciam apressados para efetuar o pedido. Um pouco de pão para absorver o álcool em seu estômago cairia muito bem, pensou Kat.

Audrey tomou um bom gole da bebida e se inclinou para a frente.

— Não gosta de gim? - perguntou num sussurro. - Posso mandá-lo de volta se não gostar.

— Ah, não... É suave, muito bom. Eu só estava saboreando.

— Tem de sobra aqui. Não se acanhe.

Como Audrey conseguia? Era uma fração dela! Não devia pesar mais do que quarenta e seis quilos. Era a típica representante da Associação Nacional da Anorexia Nervosa em tamanho 36, contrastando com seu tamanho 44.

Kat rezou em silêncio pelo próprio fígado e tratou de engolir a bebida. Iria se preocupar com as consequências mais tarde. O mais importante no momento era convencer Audrey a não submeter as ações do truste da família Braithwaite à proposta. No momento, o gim era seu elo.

— Preciso admitir - Audrey prosseguiu, ignorando seu dilema com o álcool. — Negócios são um tédio para mim. Alex sempre cuidou de tudo, e agora ele se foi. Nick tem sido muito útil, o que foi uma grande surpresa, considerando o quanto ele odiava meu irmão.

— Verdade?... E Nick lhe deu algum conselho?

— Disse que não importa o que vamos fazer. Afirma que as ações dele é que vão decidir o destino da empresa. E está certo. O que quer que Nick queira, ele consegue. Alex vivia se desentendendo com ele. Aqueles dois nunca concordavam em nada.

— Por que acha que Alex foi assassinado?

— Não sei. Meu irmão era meio temperamental. Tinha inimigos por conta disso. Muita gente o queria fora do caminho. Mas, assassinato?... Nunca imaginei que alguém fosse chegar a esse ponto.

— Nick chegaria? Você falou que ele odiava Alex - ponderou Kat, percebendo que colocara os pensamentos em palavras. Era o álcool falando.

— Nick? Ele pode ter muitos defeitos, mas não é nenhum assassino. Homens como Nick não gostam de sujar as mãos. Ele não faria isso... Mas poderia arrumar alguém para fazê-lo, claro. Pode-se delegar um assassinato?

— Pode-se comprar qualquer coisa se o preço for bom.

Audrey lançou um longo olhar na direção de Kat.

— Não acha que o assassinato de Alex tenha algo a ver com essa aquisição, acha?

Mesmo em meio à bruma provocada pelo álcool, Kat percebeu que estava começando a influenciar Audrey.

— Bem, o *timing* nesse caso é interessante... Eu não descartaria essa hipótese - arriscou, certa de que tudo estava relacionado. Ela só não havia ligado os pontos ainda.

— Nick não irá se opor, agora que Alex se foi.

— É o que parece. A menos que você e o truste da sua família decidam fazê-lo.

— O que podemos fazer? Os outros acionistas estão convencidos de que não receberão um centavo, a menos que vendam suas ações. As ações deles somadas às de Nick são suficientes para uma aquisição.

— Nick tem razão sobre as próprias ações. Ele pode influenciar a votação. Mas há uma coisa que ele esqueceu de lhe dizer... Embora o truste da sua família não tenha a maioria das ações para votar pela aquisição, ele é dono de ações suficientes para impedi-la. É necessária uma maioria de dois terços para que a aquisição aconteça. O truste possui trinta e cinco por cento. Cem por cento menos trinta e cinco, dá sessenta e cinco por cento - menos do que a maioria de dois terços de sessenta e seis por cento.

— O suficiente para invalidar a aquisição e deter Nick.

— Exato.

Kat tomou outro gole de gim. As coisas estavam indo na direção certa.

Audrey engolia o restante em seu copo quando o garçom apareceu outra vez e colocou mais dois gim-tônica sobre a mesa.

— Audrey, o que Alex diria sobre uma eventual venda?

— Ele jamais a consideraria. Alex sempre disse que a Liberty estava apenas no começo, e que ele também ficaria por muito tempo. Achava que havia muito potencial inexplorado no norte canadense, e que a Liberty ocupava a melhor das posições para tirar proveito disso. Era o que papai costumava dizer também. - A mulher se mostrou melancólica por um momento.

Assim como Bryant, Kat pensou.

— Lembre-se, Audrey, você tem uma escolha. Mesmo que a

Liberty esteja passando por dificuldades no momento, não significa que está tudo perdido. Temos um escritório de advocacia trabalhando para recuperar o dinheiro.

— Bem, Nick disse que essa seria nossa última chance. O conselho também recomendou que aceitássemos a oferta da Porter. Eles não fariam isso se a oferta não fosse razoável nas circunstâncias. Não quero vender a empresa do meu pai, mas também não quero que suas ações percam todo o valor.

Kat sabia que Audrey Braithwaite não tivera que trabalhar um só dia na vida. Sua riqueza viera sem qualquer esforço. Alex tomava todas as decisões, e profissionais contratados executavam todos os detalhes. Aquela era, provavelmente, a primeira vez que a mulher tinha de decidir algo mais complicado do que a tonalidade de esmalte que iria usar. Devia ser assustador para ela.

— Você pode impedir isso, Audrey. Seu irmão teria feito a mesma coisa. Não precisa entregar a empresa para a Porter.

— Eu queria que Alex estivesse aqui. Ele saberia o que fazer. Ele sempre fazia a coisa certa, embora fosse meio ousado demais nessas coisas.

— Audrey, só depende de você. Sem o seu 'não', os outros acionistas não têm força. Não deixe que a Porter se aproveite de um momento de fragilidade da empresa.

— Eu não sei... Talvez esteja certa. Dê-me um dia para pensar a respeito.

A votação dos acionistas aconteceria em dois dias.

Audrey ergueu-se da mesa e se afastou, aparentemente inalterada após quatro gins-tônicas.

E com o mesmo peso na carteira, Kat percebeu, horrorizada.

Audrey acabara de deixar a conta para ela.

CAPÍTULO 28

Kat atendeu ao telefone no primeiro toque. A chamada era para Harry, não para ela, o que não constituía nenhuma surpresa. Nos últimos tempos, Harry vinha recebendo mais chamadas no escritório do que ela.

Deprimente.

Ela se animou, no entanto, ao ouvir quem era do outro lado da linha.

— Bancroft Richardson?... - Kat levantou-se da poltrona de um salto, derramando o café pelo teclado.

Mas não importava. Não naquele momento. Provavelmente o teclado poderia ser recuperado, sem dizer que aquela era a pausa de que ela precisava.

— *Sim. Por favor, peça ao Sr. Denton que me retorne a ligação. É a respeito da conta dele.*

Kat detectou um tom levemente condescendente na voz da mulher. Na certa, esta imaginava que ela era a recepcionista.

— Tem alguma coisa a ver com a Opal Holdings, Frank Moretti ou a Liberty? - Harry devia ter dado o número do escritório para evitar que Elsie ficasse sabendo de alguma coisa.

171

Houve silêncio por um momento.

— *Receio que sim. Preciso conversar com o Sr. Denton para lhe garantir que estamos fazendo tudo o que podemos para resolver o problema.*

— Pode conversar comigo também. Estou trabalhando no caso da fraude envolvendo a Liberty. Podemos trocar algumas ideias.

Kat não viu mal nenhum em mentir. O fato de ter sido dispensada não a impedia de trabalhar no caso por conta própria. Ela devia ser a primeira contadora forense voluntária do mundo!

MENOS DE DUAS HORAS DEPOIS, Kat encontrava-se sentada em frente a Rashida Devane, no escritório luxuosamente mobiliado da moça. O Bancroft Richardson ficava em um arranha-céu bem em frente à Liberty, de onde ela poderia enxergar o escritório de Susan, não fosse as janelas escuras do edifício.

— Então a Liberty contratou você para trabalhar na fraude...?

— Sim. - Tecnicamente era verdade. Rashida não lhe perguntou se a Liberty a tinha dispensado, então ela se manteve discreta. — Como mencionei ao telefone, desconfio que o preço das ações está sendo manipulado.

— E é aí que entram Frank Moretti e a Opal?

— Exatamente - Kat assentiu enquanto olhava ao redor da sala. Era possível dizer muito sobre uma pessoa levando-se em consideração o seu escritório. O de Rashida era opulento, decorado em tons de bordô e madeira escura. A escrivaninha de mogno antiga entre elas ficava no centro da sala, e as janelas do chão ao teto eram adornadas com pesadas cortinas na cor damasco. Duas luminárias de piso da Tiffany emprestavam um brilho dourado ao ambiente. Se eram legítimas, tinham sido um grande investimento em iluminação.

Sem dúvida, a moça gostava de luxo. E, definitivamente, não estava alinhada ao padrão corporativo que ela, Kat, vislumbrara na entrada do Bancroft Richardson.

Ela tirou um sapato e sentiu com o pé a lã macia do tapete Kashan.

— Fale-me sobre as transações - incitou com naturalidade.

— Bem, não posso falar nada sobre as contas dos nossos clientes... É confidencial. Mas podemos discutir os aspectos públicos do caso.

Rashida contou a Kat sobre o enorme volume de compras da Liberty, que Frank efetuara por meio dos três fundos que ele gerenciava, assim como o das transações via Opal. As últimas negociações dos fundos eram aquisições. Não havia compras ou vendas para a Opal desde a venda a descoberto anterior ao desaparecimento de Bryant. Antes disso, as transações da Opal e a dos fundos eram idênticas. Ambos haviam comprado uma quantidade significativa de ações da Liberty pouco antes da descoberta de Mystic Lake, e vendido a descoberto pouco antes do desaparecimento de Bryant. O *timing* era coincidência demais para Kat.

— Já encontrou as contas *offshore* dele?

— Que contas *offshore*?

— A única razão pela qual ele se arriscaria a entrar nessa *roubada* com os fundos mútuos seria aumentar o preço das ações. E, por quê?... Para poder vender suas próprias *holdings* - sugeriu Kat, apostando as fichas nas contas no exterior. O problema era que tinha de parecer convincente para Rashida. — Aposto que ele tem muito dinheiro investido em ações da Liberty e precisa impedir que o preço das ações continue caindo. Está usando uma *offshore* para se manter incógnito, provavelmente uma *holding*, de modo que o nome dele não apareça. Desconsidere a personalidade jurídica e verá que tudo está relacionado a Frank Moretti.

— Mas, pelas regras de conformidade do Bancroft Richardson, ele é obrigado a divulgar todos os seus investimentos. Nenhuma conta no exterior foi listada.

— Ele não é exatamente um sujeito honesto, como você mesma disse. - Kat se perguntou se a estupidez de Rashida era genuína ou apenas teatro.

— Verdade - concordou a moça. - Supondo que ele tenha, mesmo, feito um investimento considerável na Liberty, devia estar vendendo por conta própria enquanto comprava em grande quantidade para os fundos, certo?

— Imagino que sim. Há algum modo de verificarmos?

— A comissão de valores mobiliários está revendo todas as transações. Mesmo que elas tenham sido feitas no exterior, devem ter passado obrigatoriamente pela bolsa de valores. É possível rastrear um grande volume de transações por meio do histórico de operações. Mas, na certa, será necessária uma ordem judicial.

— Isso não é problema. A investigação já se encontra em andamento. É só mais um item a ser verificado.

Kat observou enquanto Rashida tirava uma pasta grossa da gaveta da escrivaninha. Quando a moça a abriu, uma foto caiu e veio parar na mesa, à sua frente.

Ela deixou cair o queixo. Conhecia aquele rosto, por mais que o penteado e a cor dos cabelos estivessem diferentes. Kat pegou a foto e a devolveu a Rashida.

— Você tem as fotos dos executivos das empresas nas quais investe?

— Esta é Clara de la Cruz, secretária da Opal Holdings. Somos obrigados por lei a ter fotos dos titulares das contas em nossos arquivos.

Kat sorriu por dentro. Acabara de encontrar uma enorme peça daquele quebra-cabeça. A foto era de Susan Sullivan.

CAPÍTULO 29

Caia uma garoa fina enquanto Kat caminhava pela Denman Street, a caminho do supermercado. A precipitação era bastante para umedecer sua pele, mas não o suficiente para um guarda-chuva. Eram quatro horas da tarde, e ela estava louca por um pouco de carboidrato depois da maratona de exercícios com Audrey, na hora do almoço. Macarrão, ou até mesmo um pedaço de pão com manteiga, ajudaria em sua concentração.

Ela prometera ligar para Rashida na manhã seguinte, fingido ter-se esquecido de um compromisso. Sentia-se culpada por guardar para si sua descoberta, contudo não podia correr o risco de a moça expor Clara antes que tivesse um plano de ação. A conexão Susan/Clara pusera tudo em seu devido lugar. Agora ela precisava de um projeto para denunciar Clara sem que esta desse um jeito de escapar. Também tinha que descobrir uma maneira de tirar Platt de sua cola e fazê-lo ir atrás da mulher.

Abriu o celular e ligou para Jace, pressionando o teclado enquanto andava. Olhou os manequins nas vitrines das lojas, pensando na identidade secreta de Susan.

— Cuidado!

Ela não havia reparado no idoso. Sua capa de chuva cinza o deixara quase invisível contra a parede de concreto. Quando eles trombaram, a bengala do homem escorregou para o lado, e ele caiu contra a parede, bem debaixo de uma calha que vazava.

— O que deu em você?! - ele ralhou, ainda apoiado na parede, a careca molhada com a água que respingava. Ergueu a bengala até a cintura e a apontou para ela. - Veja se anda mais devagar!

Kat murmurava um pedido de desculpas quando Jace atendeu à ligação. Entrando rapidamente no supermercado, ela contou ao rapaz o que descobrira sobre Susan/Clara.

— *Uau!... Como é mesmo o nome dela?*

— Clara. Clara de la Cruz.

Kat parou para pegar uma cesta de compras. Ao menos poderia fingir ser uma compradora enquanto percorria os corredores em busca de amostras grátis. Qualquer centavo economizado valia o não acúmulo de juros em seu saldo, no Visa. Sem dizer que pechinchar poderia até ser divertido.

Jace digitou em algum teclado, do outro lado da linha.

— *Interessante... Há uma Clara de la Cruz na Argentina, que foi investigada por lavagem de dinheiro. Há um link para um artigo, aqui. Diz que ela nunca foi incriminada.*

— Lavagem de dinheiro? Definitivamente, é a praia dela.

— *Tem mais. Ela é parente de um negociante de armas de grande porte, na Argentina. O nome do sujeito é Emilio Ortega Ruiz. Pai dela.*

— Parece que Clara é, mesmo, muito bem relacionada. Mas não da maneira que eu pensava - ironizou Kat, enquanto seguia direto para a padaria.

— *Esse Ortega praticamente controla o tráfico na Tríplice Fronteira. Ele negocia mais armas e munições do que qualquer outro por lá.*

— Tríplice Fronteira?

— *É na América do Sul* - explicou Jace. - *Onde as fronteiras do Brasil, Paraguai e Argentina se encontram. É um importante ponto de distribuição para tudo, desde eletrônicos falsificados até carros roubados, principalmente no Paraguai. Brasileiros e argentinos costumam ir para Ciudad del Este, nos fins de semana, à procura de pechinchas, mas a grande maioria dos produtos é roubada ou falsificada.*

— Já ouvi falar desse lugar. Também é um dos maiores centros para espiões internacionais, terroristas e criminosos do mundo inteiro. - Kat sorriu para a recepcionista e espetou uma amostra do pão de banana com um palito.

— *Kat, essa história toda é séria. Eu sabia que a coisa era grande, mas não imaginava que fosse tanto.*

— É maior do que você imagina. Clara está vendendo as ações da Liberty a descoberto por meio da Opal Holdings. Os cinco bilhões foram usados para vender ações da empresa pouco antes de o desaparecimento de Bryant ser anunciado. Depois que o roubo de Bryant se tornou público, as ações da Liberty ficaram quase sem valor. Foi quando a posição vendida foi fechada e gerou um enorme lucro. - Kat contou a Jace o que ficara sabendo sobre os negócios da Opal por intermédio de Rashida.

— *Uma CEO vendendo ações de sua própria empresa a descoberto?*

— Pois é - comentou Kat. - A Opal é só uma fachada. Acho que Clara e o pai estão por trás do desaparecimento de Bryant e dos cinco bilhões roubados. É óbvio que as vendas a descoberto da Opal aconteceram pouco antes de Bryant desaparecer. Por que mais ela faria o preço das ações baixar e abriria mão dos bônus?

— *Verdade. Ela perde milhões em bônus, mas ganha bilhões com as vendas a descoberto.*

— Exato. Ela programou as vendas a descoberto para pouco antes de anunciar o roubo de Bryant, sabendo que as notícias fariam as ações ficar praticamente sem valor. A Opal vendeu ações da Liberty por cerca de cem dólares cada antes do comunicado à imprensa. Em seguida, comprou-as de volta por centavos e fechou sua posição.

— *Quanto imagina que eles ganharam nessa?*

— Rashida quase não me deixou ver os registros, mas meu palpite é de bilhões. Sabemos que cinco bilhões foram transferidos para a conta do Líbano. Tudo o que Rashida pôde dizer foi que a Opal lucrou muito. O que seria um bom lucro além de cinco bilhões?

— *Não foi à toa que Susan se dispôs a ficar por aqui por dois anos* - ponderou Jace.

Kat parou ao final do corredor das sopas, onde pequenos copos de papel contendo sopa de abóbora e de pimenta vermelha encontravam-se dispostos em uma bandeja prateada. Havia até um pouco de *crouton* no centro de cada copo.

Ela pegou um deles e tomou um gole com a pequena colher de plástico, tentando não sorver o líquido.

— *O que foi esse barulho?*

— *Ahn*, nada... Também encontrei a peça final desse quebra-cabeça.

— *Qual?*

— Porter. Empresas quase falidas como a Liberty não costumam receber propostas de aquisição. Por que a Porter iria querer a Liberty?

— Bem, o preço está bom - arriscou Jace.

— Está ótimo, mas qual seria a vantagem? A Liberty está sem dinheiro, atolada em dívidas, e suas ações não valem praticamente nada.

— *Tem que haver uma explicação.*

— Há uma explicação. Acho que a Porter está relacionada à Opal de algum jeito. A base da Opal fica nas Ilhas Cayman. De acordo com a circular de oferta da Porter, ela também tem base nessas Ilhas. Talvez elas não tenham somente isso em comum.

— *Acha que a Porter é controlada por Clara ou pelo pai dela? Por que eles iriam querer a Liberty depois de tê-la afundado?*

— Para lavar diamantes de sangue. Lembra-se dos dados da produção? Eu sabia que os números haviam sido inflacionados, mas não entendia por quê. Uma vez comercializados por meio da Liberty, os diamantes podem se passar por legítimos. É óbvio que o maior desafio para Clara e o pai era receber pelos diamantes. Os cinco bilhões pagaram por alguns, mas deu tão certo que eles quiseram prosseguir com essa operação. Comprar a empresa significa recuperar seu lucro.

Kat ouviu uma digitação mais rápida do outro lado da linha.

— Jace, por favor, não me diga que já está escrevendo sobre isso!

— *É só um rascunho. Depois fica mais fácil juntar tudo. Não se preocupe, nada vai para o jornal ainda.*

— Espero que não! Não quero que Clara fuja antes de ser pega e processada... Isso tudo mudou a cara da história.

— *E reforça o que você vinha dizendo o tempo todo... que Bryant deve ter caído em uma armadilha. Já se perguntou por que ela contratou você para o caso? Acho que não imaginava que você fosse capaz de rastrear o dinheiro desaparecido.*

— Puxa... Obrigada pelo voto de confiança, Jace.

— Bem, você mesma disse que Nick queria fazer tudo com uma empresa de contabilidade grande, mas Susan - quero dizer, Clara - não quis. Só estou raciocinando aqui... Primeiro ela lhe contrata e, quando você começa a descobrir coisas, ela *te* demite.

— Pois Clara não vai se livrar de mim assim, tão fácil. Vou provar que ela está errada.

CAPÍTULO 30

Kat se esgueirou para fora de casa, tomando o cuidado de não fazer qualquer barulho que acordasse Jace. A julgar por seu ronco, contudo, ele dormia profundamente, ainda exausto pelas noites de sábado e domingo passadas na montanha. Não haviam encontrado o esquiador desaparecido até as primeiras horas da segunda-feira, portanto ele fora para o trabalho sem dormir.

Definitivamente, Jace não aprovaria o que ela estava fazendo. Aliás, Harry também não. Principalmente se este soubesse que seu carro estava prestes a ser usado em um crime.

Ela não tinha muitas alternativas, contudo.

Decidida, Kat girou a chave no contato e rumou para a Highway 99, trafegando pela estrada no gigantesco Lincoln do tio. O carro tinha o dobro do tamanho de seu malfadado Celica, mas acelerava suave e eficientemente. O banco da frente era maior do que seu sofá, e tão confortável quanto. Harry comprara o veículo citadino do final dos anos noventa, cerca de dois anos antes, gabando-se de que este seria um atrativo para as 'garotas'.

Kat tinha lá suas dúvidas. Nenhuma *gatona* da terceira idade usando andador parecia apreciar a fumaça que saía do escapamento.

Aquele Lincoln faria muito sucesso na geriátrica White Rock... isso se alguém de lá ainda estivesse acordado àquela hora.

Distraída, ela cantou *Beyond the Sea*, com Bobby Darin, que tocava na estação de antigos *hits*, esquecendo-se por um momento da séria missão que tinha pela frente. Uma garoa fina salpicava o para-brisa enquanto ela dirigia para o Sul, seguindo o brilho amarelo e frio das lâmpadas de vapor de sódio da rodovia.

Após alguns minutos, seus pensamentos retornaram para a Liberty. Tantas perguntas passavam por sua mente. Quem era Clara de la Cruz, e o que ela queria? Era simplesmente inacreditável que a mulher tivesse assumido a identidade fictícia de Susan Sullivan e se ocultado por detrás desta por dois anos.

Kat comemorou o feliz acaso de ter-se encontrado com Rashida. Aquela era a oportunidade de que ela precisava, e esta viera no momento exato.

O Lincoln deslizou pela rampa de saída enquanto ela tentava juntar as peças.

Clara era a representante da Opal Holdings, a empresa onde ia parar todo o dinheiro desviado, mas, como Susan Sullivan, ela também trabalhava para a Liberty. Estaria envolvida de alguma forma nos assassinatos?

Uma coisa era certa - de acordo com a trilha do dinheiro, a moça estava definitivamente relacionada ao desaparecimento de Paul Bryant.

Kat estacionou a poucos quarteirões de distância da Beachgrove Drive, ao final de uma rua sem saída. Harry lhe emprestara o carro sem fazer perguntas, o que fora muito generoso da parte dele, considerando-se que o último automóvel que ela havia dirigido estava descansando, agora, no fundo do rio Fraser. Aos olhos de seu tio, não existia nenhuma conspiração; ela era quem se mostrara péssima motorista.

Sentindo-se tal qual uma ninja com aquele agasalho preto, Kat caminhou até a Beachgrove Drive, ouvindo as solas de borracha do tênis Adidas gemendo no asfalto a cada passo, tão silencioso se encontrava o lugar.

Olhou no relógio. Eram quase três horas da manhã. Não era nem um pouco agradável estar sozinha em um bairro estranho, mas qualquer outro horário só aumentaria o risco de ela ser descoberta.

Seu plano era simples: roubar o lixo de Clara e procurar por pistas. Seus geniais genes contábeis não estavam operando sua mágica no momento, então era hora de ser prática. Não podia se dar ao luxo de sentar e esperar para ver o que aconteceria em seguida.

Ela chegou à esquina e olhou os números das residências. O endereço era de uma casa azul tradicional, a quarta a partir daquele ponto. Um vitral redondo com motivos de conchas adornava o que, provavelmente, era o patamar da escadaria interna. Uma ampla varanda colônia, contendo duas poltronas Adirondack, dava as boas-vindas.

Kat teve a certeza de que aquilo tudo era apenas decoração. Clara era a última pessoa na vida que ela imaginava ver sentada na varanda, batendo papo com os transeuntes.

Os fundos da casa davam para o mar, e ela procurou a trilha de acesso à praia, examinando as residências ao longo do caminho à procura de luzes acesas. Não havia nenhuma à vista.

Um minuto depois, emergiu na praia e virou a esquina, contando quatro casas a partir do atalho. Uma luz iluminava a cozinha, porém ela não conseguia ver ninguém daquele ponto. Precisava agir rápido para evitar ser descoberta.

O portão de metal encontrava-se entreaberto, e Kat o abriu devagar, tentando evitar qualquer rangido ou barulho que a revelasse. Atravessou a grama em direção à casa com cuidado, temendo que algum cachorro pudesse anunciar sua presença e frustrar sua missão.

Até ali, tudo bem. Tomara Susan deixasse o lixo nos fundos da casa.

De repente, o quintal foi inundado por uma luz. Ela saltou para o lado e tentou se esconder à sombra de um cedro. Prendeu a respiração, certa de que alguém a havia apanhado, mas vários segundos se passaram, e ninguém saiu da casa para investigar. Ela devia ter acionado algum sensor de movimento.

De repente, Kat viu duas latas de lixo de metal na lateral da residência. Infelizmente, uma família com três guaxinins também viu, e os bichos agora tentavam tirar a tampa de uma delas.

Arriscou-se a chegar mais perto. Estava, agora, a pouco mais de três metros.

O maior guaxinim saltou para a frente e sibilou para ela, exibindo os dentes, mas, correndo o risco de pegar raiva ou não, ela precisava daquele lixo!

Kat deu um passo à frente, rezando para que o animal não a mordesse. Era maior que aquele ladrãozinho, e iria se manter firme. Decidida, sibilou de volta e agitou os braços.

O guaxinim não se moveu. Encarou-a e avançou nela, desafiando-a a se aproximar.

De repente, uma tampa de metal foi ao chão. Os outros dois bichos tinham aberto uma das latas.

Criaturinhas espertas. Não era de admirar que não houvesse guaxinins magros.

— Quem está aí?! - Uma voz feminina soou na escuridão da sacada, logo acima.

Kat permaneceu em silêncio, assim como os guaxinins. A quebra na ação foi quase como um intervalo no teatro. A diferença era que não havia pipoca.

A voz da mulher tornou a soar.

— Querido! Tem alguém lá fora!

Querido?

Clara, em seu disfarce de Susan, nunca havia mencionado viver com outra pessoa. Tanto que ela, Kat, imaginara que, sendo uma verdadeira *workaholic*, a mulher vivia sozinha. Susan parecia não ter namorado, filhos, nem mesmo amigos.

A porta se abriu, e Kat ouviu passos pesados na varanda acima. Precisava agir rápido. Os olhos do guaxinim permaneceram fixos nos dela. Ele e seu clã continuaram a guardar as latas, a despeito de ela estar se avultando sobre eles.

Kat olhou para cima. Um homem espiava da sacada, o rosto oculto pela escuridão.

— Ei! O que está acontecendo aí embaixo?!

Não havia tempo a perder. Ela afugentou os animais e pegou o saco de dentro do latão aberto.

Os bichos se espalharam, mas não antes de o maior deles lhe atacar a perna. Garras afiadas lhe perfuraram as calças do agasalho, e Kat fez uma careta de dor. Era bom aquele lixo valer a injeção antitétano!

Enquanto o desconhecido descia as escadas, ela fez meia-volta e se pôs a correr, metade carregando, metade arrastando o saco de lixo pelo gramado dos fundos. O homem disparou na diagonal, tentando lhe cortar o caminho até o portão.

— Pare!... Que diabo está fazendo?!

Kat se virou. Sob a luz do sensor de movimento, avistou o sujeito alto e corpulento correndo desajeitadamente em sua direção, a menos de seis metros de distância. Não ficaria surpresa se os guaxinins também viessem atrás dela.

— Que diabo está... Ei!... Largue isso!

O coração de Kat quase saía pela boca quando ela chegou ao portão. Ela poderia jurar que o havia deixado aberto, e agora ele estava fechado!

Praguejou baixinho enquanto sacudia a tranca, contudo esta parecia presa.

O homem ofegou mais alto atrás dela., e Kat se virou apenas o suficiente para vê-lo se aproximando, a menos de três metros, agora.

Em pânico, ela socou a tranca, e esta finalmente soltou. Abriu no mesmo instante em que o desconhecido a agarrava pela gola do agasalho. Ela gritou e puxou a blusa, passando pelo portão. Caiu na areia do lado de fora, e tentou correr, embora seus pés afundassem a cada passo. Sentiu um rasgo no saco de lixo. Havia algo afiado cutucando o plástico e batendo em sua coxa direita a cada passada. Sacos de lixo não eram feitos para tanta ação.

Kat correu o mais rápido que pôde pela areia, rezando para que o saco aguentasse ao menos até que ela chegasse ao carro. Dobrou uma esquina, tentando ouvir o homem atrás dela. Não escutava mais passos, nem sua respiração ofegante, porém não se atreveria a desacelerar. Mais quinze metros e ela estaria de volta ao atalho de terra que levava à rua. Continuou correndo o máximo que podia com o saco de lixo, apoiando-o contra a lateral do corpo para minimizar o movimento.

Quando virou outra esquina, avistou o Lincoln finalmente. Seu treino para a maratona ao menos lhe dera velocidade suficiente para escapar do sujeito.

Ofegante, ela jogou o saco no porta-malas e correu para dar a partida. A rua ainda estava vazia; ninguém a havia seguido.

Ainda assim, ela quase não ousou respirar até chegar à rampa de acesso. Frank Sinatra tocava no rádio à medida que acelerou e mergulhou na estrada.

Um cheiro horrível começou a vir da traseira do carro. Cheiro de frutas podres. Kat cogitou abrir as janelas, mas estava muito frio lá fora.

O fedor, entretanto, ficou insuportável. Ela baixou as vidraças, então, e aumentou o aquecedor. Harry ficaria louco se soubesse que seu carro estava sendo usado para transportar detritos. Mais ainda se soubesse que era lixo roubado! Os guaxinins haviam tido sorte em não escolher aquele saco.

Kat voltou a pensar no desconhecido na casa de Clara. Ele lhe parecera estranhamente familiar, mesmo na escuridão. Onde o tinha visto antes?

CAPÍTULO 31

Sentada de pernas cruzadas no meio do círculo de lixo separado cuidadosamente em pilhas, Kat sentiu-se como uma Martha Stewart sem-teto mergulhando na lixeira, com material orgânico na pilha à sua direita; plásticos no lado oposto, à esquerda; e metais na parte de trás. Havia uma profusão de papéis à sua frente, os quais ela agora organizava com cuidado. Levaria horas até que aqueles papéis estivessem secos o bastante para serem desdobrados e manuseados.

O varal de barbante improvisado na frente da recepção lembrava uma exposição de Natal, embora pessoas sem endereço fixo dificilmente recebessem cartões de Natal.

Foi quando Harry entrou e estacou, boquiaberto. Ficou sem fala por alguns segundos, depois se recompôs.

— Que diabo está acontecendo aqui?

— Nada de mais, tio Harry. Só estou fazendo uma reciclagem.

— Desde quando é ambientalista?

— Desde quando você chega às seis da manhã?

— Não mude de assunto, Kat. Que bagunça é essa?

— Eu sempre fui ecológica... Estou me inteirando mais do assunto agora.

Harry apanhou um frasco plástico vazio e o virou para ler o rótulo.

— Espere um minuto... Isto é amaciante de roupas. - Ele olhou para Kat, confuso. — Você não usa este tipo de coisa porque é alérgica. O que está acontecendo, afinal?

— Andei pegando umas coisas por aí. Estou tentando pôr os três 'Rs' em prática.

— Você enlouqueceu? - Harry olhou a bagunça no escritório. — Está tão *quebrada* que agora deu para catar lixo? Vai me falar o que está acontecendo ou não?

— Tio Harry, não é o que parece.

— Não precisa fazer esse tipo de coisa, Kat. Por que não pediu ajuda? Pode vir jantar conosco quando quiser e, se o problema é dinheiro, posso ajudá-la até que as coisas se ajeitem.

— Não está entendendo... Este lixo é de Susan Sullivan. Estou mexendo nele porque preciso encontrar alguma coisa.

Harry lançou-lhe um olhar cético.

— Não me importa de quem é o lixo. Nunca imaginei que minha sobrinha fosse se transformar em uma lixeira! Deus é testemunha de que lhe demos tudo o que podíamos... O que aconteceu com você?!

— Relaxe, tio Harry. As pessoas jogam muita coisa interessante no lixo. E, sim, estou desesperada o bastante para chegar a este extremo. Preciso encontrar alguma sujeira de Susan. Literalmente.

— Isto é ridículo. *Me* dê esse saco agora mesmo... Vou jogar tudo fora! Vamos até o Safeway comprar alguns mantimentos. A que ponto chegou, Kat! Estou surpreso!

— Ei, calma! Eu já disse que esse lixo é de Susan... Só que ela não é Susan Sullivan. Está se fazendo passar por Susan, mas, na verdade, é Clara de la Cruz - ela se apressou em explicar a Harry sobre a dupla identidade da mulher.

— Eu não me importo se é de Susan, Clara ou do papa. Lixo é lixo!

— Não percebe, tio? Susan, Clara, ou quem quer que ela seja, está envolvida na fraude entre a Liberty e a Opal, e eu vou descobrir como.

— Mexendo no lixo dela?... Que coisa mais nojenta!

— É tudo o que tenho. Estou torcendo para que ela tenha jogado fora alguma coisa que me dê uma pista. Algo que nos ajude a pegar quem roubou o dinheiro.

Harry pareceu considerar a hipótese. Por mais repugnante que fosse, se aquilo ajudasse a resolver o caso, ele poderia recuperar o valor de suas ações da Liberty.

— Está certa. Tem outro par de luvas?

— Tome. Adotei um sistema, tio Harry. Material orgânico fica ali. Os papéis têm que ser separados e dependurados para secar. - Kat fez um arco com o braço. — Qualquer coisa que não se encaixe nessas pilhas vai para aquele canto. Depois cuidamos da bagunça.

Kat voltou-se para a parede de vidro quando ouviu a porta do elevador se abrindo.

Era o decorador de interiores. Ele saiu do elevador e, ao vê-los, disfarçou uma careta. Em seguida ligou o celular e começou a digitar feito louco, sem dúvida, remarcando seus compromissos do início da manhã na tentativa de impedir que os clientes vissem os malucos com luvas de látex do outro lado do corredor. Ou talvez estivesse ligando para o gerente predial pela segunda vez naquela semana.

Não que isso importasse, pensou Kat. O pagamento atrasado do aluguel já a deixara com os dias contados no edifício.

E ela sabia que o cenário ali não era nada bonito. Lixo em várias formas de decomposição forrava o piso e toda superfície horizontal da área de recepção.

Ela voltou a se concentrar em tio Harry, que havia encontrado uma camisa de veludo cotelê e agora observava a peça com interesse.

— Olhe só isso! Que desperdício! Uma camisa em perfeito estado jogada no lixo. - Ele olhou a etiqueta no colarinho. — Ei, é das caras! Deviam ter doado para os pobres.

— Eca! Não seja nojento, tio. Ponha isso de volta no saco.

— Uma boa lavagem a deixaria novinha. E é do meu tamanho. - Harry segurou a camisa imunda contra o peito.

— Você acabou de reclamar que eu estava mexendo no lixo. Está ficando maluco?

— Ah, está bem... vou colocar de volta. Mas é mais entulho para o aterro sanitário.

De súbito, Kat teve uma luz.

— Espere, não jogue fora!

— Mas, acabou de mandar eu fazer isso.

Num piscar de olhos, ela se deu conta de quem era aquela camisa. Era do homem que a perseguira na casa de Susan.

Agora ela se lembrava onde o vira antes...

O homem era Paul Bryant.

CAPÍTULO 32

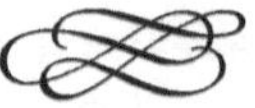

— *ão discuta comigo e veja se me deixa em paz!*

Clara sentiu a garganta apertada quando a raiva cresceu dentro dela. Seu pai nunca lhe dava crédito, por mais lucro que ela lhe desse.

— *Eu nunca devia ter deixado você se tornar CEO da Liberty* - a voz dele ecoou pelo fone. - *É arriscado demais.*

— Por quê? Porque sou mulher? - ela apertou os dedos em torno do telefone sem fio enquanto ouvia a voz do pai a milhares de quilômetros de distância.

— *Porque você é minha filha, só isso! Não queira discutir comigo!*

Comercializar os diamantes de sangue por meio da Liberty permitia que estes fossem vendidos como diamantes legítimos, a preço de mercado. Mas seu golpe mais brilhante tinha sido disfarçar o pagamento das pedras por meio do roubo forjado, fazendo com que a remuneração do império Ortega passasse despercebida e bem longe das leis contra lavagem de dinheiro. Ela havia tido a ideia após ler sobre a incipiente indústria de diamantes no norte do Canadá. A mineração de diamantes no país existia havia menos de dez anos, e um breve histórico impedia comparações que despertassem suspeitas.

E tudo funcionara perfeitamente bem, até Kat começar a fazer perguntas que não devia.

— Pai, a assembleia dos acionistas é daqui a dois dias... A aquisição pode não der certo se eu não estiver por perto.

Clara olhou a si mesma no espelho do corredor. Tinha prendido o cabelo tingido de loiro para trás, em um coque, o que combinava com o corte formal do terninho de lã cinza. Aquele visual servia perfeitamente ao papel de Susan, mas ela mal podia esperar para se livrar daquele tipo de roupa e voltar a usar alguma coisa mais atraente. Algo sexy, que a fizesse se sentir viva outra vez.

Ela caminhou até a janela e puxou a cortina. Era de manhã, bem cedo, e ainda estava escuro. As águas se agitavam com a tempestade que se formava lá fora. Em Buenos Aires devia ser hora do almoço, e na certa o dia estava brilhante e ensolarado. Seu pai provavelmente falava da mesa de canto de seu restaurante favorito, na Recoleta, onde possuía lugar cativo.

Vicente era quem devia ter se tornado CEO da Liberty para ficar de olho em Nick e garantir que ele cumprisse sua promessa. Mas isso fora antes de o pai dela descobrir o dinheiro desviado pelo rapaz e matasse o amor de sua vida. Ela, Clara, tornara-se apenas um plano de contingência, uma vez que o pai não confiava em mais ninguém.

— *Tenho a votação garantida, Clara. Já cuidei de tudo.*

— Mas, e se Nick...

— *Eu cuido de Nick. Trate de fazer as malas e pegar o próximo voo.*

— Como sabe que ele não vai aprontar nada? - Clara sabia que não devia discutir com o pai, mas o voto de Nick era fundamental para que o acordo fosse adiante.

— *Eu cuido dele!*

Clara conhecia aquele tom.

— OK... Mas *me* dê mais alguns dias. - Ela precisava de mais tempo para tirar sua parte das vendas a descoberto e se preparar para o futuro. Um futuro que não incluía o pai.

— *Está bem. Mas quero você de volta a Buenos Aires logo após a assembleia.*

— Como vou explicar minha ausência? - ela indagou enquanto entrava na cozinha.

— *Não sei. Diga a eles que está com câncer. Ou com um desses problemas de mulher, e que precisa de uma cirurgia. Invente alguma coisa!*

Clara suspirou. O pai dela controlava governos, guerras e o comércio mundial de armas, mas era um idiota em se tratando de gente. Se alguém não cooperasse, ele matava.

Mas ela sabia que algumas pessoas eram muito mais úteis quando vivas. A natureza humana sempre poderia ser usada em benefício próprio.

— E o que vai acontecer comigo? Vou voltar para a Liberty quando a aquisição estiver feita?

— *Quando tudo acabar, discutiremos seu futuro.*

O que significava que ela não tinha futuro nenhum. Não no império Ortega, pelo menos.

Clara pôs um fim à ligação, enfurecida. Arremessou o fone para o outro lado da cozinha, atingindo a jarra de café. O vidro se espatifou, mas, mesmo indo ao chão, o fone continuou intacto. Agora havia cacos por toda a bancada e o piso.

Seus olhos pousaram no vaso Lalique da década de 1940, um presente de formatura do pai dela. Ela o havia trazido da Argentina, mas agora aquilo só a fazia se lembrar do controle que ele exercia sobre ela.

Num ímpeto, agarrou o vaso e o atirou contra o micro-ondas, fazendo-o rachar a porta do aparelho e se partir em dezenas de pedaços.

Ela sempre vivera sob o jugo do pai. Sempre em meio a governantas e internatos, sob o olhar atento de quem quer que fosse designado para cuidar dela. A Liberty lhe dera seu primeiro gostinho de liberdade em mais de trinta anos, e ela não queria retroceder.

Da mãe, que caíra da sacada de uma das muitas propriedades de Ortega, possuía muito poucas lembranças. Tinha apenas quatro anos na ocasião, mas havia uma coisa que ela sabia com certeza. A versão oficial dos fatos sempre fora uma mentira.

Seu pai tinha eliminado as duas únicas pessoas que já haviam importado em sua vida.

— Que barulho foi esse? - Paul entrou na cozinha e parou ao notar o vidro estilhaçado no chão.

Clara respirou fundo. Tinha ficado tão furiosa com o pai, que se esquecera de que Paul estava no quarto ao lado.

— Nada... Um acidente.

— Está aborrecida... - Ele a envolveu nos braços e a acariciou no rosto. — O que foi que ele falou?

— Ele quer que eu vá embora antes da assembleia. *Me* trata como se eu fosse uma criança.

— Você disse 'não'?

Ela assentiu, descansando a cabeça no peito largo. Tinha usado os cinco bilhões por algum tempo antes que estes fossem parar na organização Ortega. Antes de transferir o dinheiro, ela o decuplicara, vendendo as ações da Liberty a descoberto. Estava mais rica do que qualquer homem ou mulher da lista da Forbes, mas ninguém jamais saberia disso. Muito menos o pai dela.

— Ótimo - comemorou Bryant. — Ir embora agora só levantaria suspeitas.

Clara suspirou ao olhar o estrago que fizera momentos antes. Poderia limpar aquilo tudo mais tarde. Precisava cuidar logo das coisas na Liberty.

Já estava na hora de sua saída estratégica. Ela estava prestes a desobedecer ao homem mais poderoso de Buenos Aires, e as pessoas não costumavam sobreviver a esse tipo de coisa... nem mesmo sendo filha dele.

Clara se obrigou a pensar que, em vez de começar uma nova vida com Vicente, estaria salvando o que restara da dela. Seu pai iria se arrepender do dia em que tinha mandado matar seu marido.

CAPÍTULO 33

Algo branco no piso de carvalho chamou a atenção de Kat quando ela abriu a porta do escritório. Nada de bom costumava chegar em um envelope entregue à mão, pensou. Talvez sair para o almoço tivesse sido um erro.

Mas, não. Ela precisava comer, e merecia uma recompensa depois de ter vasculhado o lixo de Clara a manhã inteira. Por isso havia se dado ao luxo de almoçar no Athena, o novo restaurante grego a um quarteirão dali. Qualquer que fosse o conteúdo do envelope, ao menos uma hora de seu dia tinha sido boa.

Kat abaixou-se para pegá-lo. Era datilografado, endereçado à Carter & Associados, e sem endereço de remetente. Ela o apalpou para ver se conseguia distinguir o conteúdo, contudo o papel era muito grosso. Quanto mais esperasse para abri-lo, mais tempo ficaria alheia à cobrança mais recente, fatura vencida ou outro aspecto infeliz de seu colapso financeiro.

Por menos tentador que fosse, no entanto, teria que abrir aquilo mais cedo ou mais tarde.

Respirou fundo e abriu o envelope. Era pior do que ela havia imaginado: a Carter & Associados estava sendo oficialmente despejada. Ela deixara de pagar o aluguel pela última vez.

Kat deixou os ombros caírem, derrotada. Arrastou-se até o sofá e se sentou. Como tinha conseguido ir de um salário de seis dígitos e bônus generosos para seis dígitos de dívida, em menos de um ano? Ser rebaixada era uma coisa, mas, montar seu próprio negócio e falir...

Uma redução de despesas e um emprego em uma firma de nível inferior teriam ao menos minimizado suas dívidas. De todas as coisas idiotas que havia feito, montar seu próprio escritório de contabilidade forense estava no topo da lista.

Ter sido dispensada da Liberty tornava ainda mais difícil atrair novos clientes, e não contar com um escritório fazia com que ela parecesse uma amadora. Daria tudo para riscar o último ano de sua vida e voltar ao antigo emprego, por mais enfadonho que esse fosse. Ao menos ela teria um saldo bancário e alguma perspectiva!

Nick estava certo sobre ela - ela era uma contadora medíocre. Precisara ser despejada para se dar conta disso.

Kat deu um pulo ao toque do telefone, algo que não ouvia muito ultimamente. Era Cindy.

— Kat, já estou com os resultados do teste dos diamantes. Adivinhe...

— Não quero nem adivinhar. Diga de uma vez.

— Está bem, sua mal-humorada. Os diamantes não são de Mystic Lake.

Kat se inclinou para a frente no sofá. Aquilo não ajudaria muito nas circunstâncias, mas ao menos justificava seus atos.

— Eu sabia! Não está arrependida de não ter acreditado em mim logo de cara?

— Tem razão, Kat, eu confesso. Estava certa. Mas tem uma coisa de que nem fazia ideia. Os diamantes testados são, na verdade, de três minas diferentes. Dois são da República Democrática do Congo, e o outro é da Costa do Marfim. Ambos os países são redutos de diamantes de sangue.

— Três minas diferentes reforçam a minha teoria. Quem está por trás disso tudo está fazendo a coisa em grande escala, e tem fácil acesso aos diamantes de uma infinidade de minas.

— Faz alguma ideia de quem possa ser? - indagou Cindy. - Nem todo mundo teria condições de fazer isso. O suspeito precisaria contar com ótimas conexões no mercado negro.

— Tenho algumas pistas, mas nada definitivo - desconversou Kat.

Ainda não podia compartilhar sua descoberta sobre Clara, a princesa da máfia. Se o fizesse, Cindy consideraria seu envolvimento com o crime organizado perigoso demais e insistiria para que ela parasse de trabalhar no caso.

Mas havia um ponto onde Cindy poderia ajudá-la. Ela só teria que se certificar de ter tudo armado antes que a amiga obtivesse sua resposta e descobrisse a conexão de Clara.

— Há algo em que pode me ajudar: descobrir onde essas minas estão escoando sua produção. Já que as pedras partiram da Liberty, presumo que estejam sendo vendidas ilegalmente.

— Posso fazer isso. Vou dar alguns telefonemas. Qual é o seu prazo?

— Ontem. Ou o mais rápido que conseguir. - Cindy não sabia que ela fora dispensada da Liberty. Iria contar tudo eventualmente, mas ainda não era a hora.

— Esse prazo não vai ser fácil de cumprir. Há muitos pontos para serem esclarecidos. Muitos dos diamantes da África vêm de pequenos operadores, que eles chamam de escavadores. Esses caras ganham a vida vendendo seus achados a intermediários, que lhes pagam uma miséria. Digo, além da produção diurna da mina propriamente dita.

— Quer dizer, então, que não só a própria mina escoa a produção, mas também terceiros?

— Isso mesmo. Alguns desses escavadores pagam à mina em questão pelo direito de escavá-la à noite. Outros simplesmente transgridem. E os intermediários podem comprar de qualquer um.

Outro problema. Por que nada na Liberty era descomplicado?...

— É para quem esses intermediários estão vendendo, então. É quem nós queremos - ela atestou.

— Eu sei, mas para encontrá-los precisamos começar pela origem. Isso deve nos levar aos compradores, normalmente traficantes de drogas, crime organizado, ou gente atrás de uma maneira de lavar dinheiro.

— A Real Polícia Montada do Canadá não tem uma lista dessas pessoas?

— Não é tão fácil assim, Kat. Se eles nunca foram pegos, não fazemos ideia de quem possam ser. E criminosos gostam de variar seu *modus operandi*. Pensando pelo lado positivo, trata-se de muito dinheiro, o que provavelmente precisou de muito planejamento. E se o esquema está dando certo, dificilmente será abandonado muito cedo.

— Imagino que, com tanto mistério envolvido, esses diamantes não tenham um certificado do Processo de Kimberley. Como podem ser comercializados sem essa certificação?

Sem os documentos certos, diamantes não deveriam mudar de mãos. A ideia era impedir que rebeldes que lucravam com as pedras minassem e derrubassem governos. Ao menos era essa a teoria.

— Existem lugares específicos. Se você conhece as pessoas certas em Dubai, por exemplo... Com um bom desconto, alguém sempre os compra, tendo garantia ou não. Um traficante de drogas com bilhões de dólares para lavar se disporia a aceitá-los sem o certificado de Kimberley. E diamantes são o método preferido de pagamento de alguns grupos terroristas do Oriente Médio. - Cindy fez uma pausa. — Kat, ainda não compreendo como esses diamantes se encaixam na Liberty. Não seria difícil contrabandear regularmente um volume tão grande deles na mina? As estradas do Ártico não ficam fechadas no inverno?

— Sim, mas eles não precisam levar as pedras para a mina. Podem enviá-las para a casa de corte, como os originais. A documentação de envio é falsificada, de modo que eles pareçam ser da mina de Mystic Lake da Liberty quando, na realidade, eles podem ser de qualquer lugar.

— Entendi. Faz sentido. Mas a Liberty tem que comprar esses

diamantes de alguém, certo? O custo dos diamantes não anularia quaisquer lucros adicionais?

— Tem razão. Alguém deve tê-los comprado. Foi isso o que me confundiu à princípio. A produção foi definitivamente forjada, posso apostar. Mas não consegui encontrar nenhum comprovante de pagamento. E estou convencida de que ninguém daria os diamantes à Liberty de graça.

— De quantos diamantes estamos falando, Kat?

— Aí é que a história fica interessante. Isso vem acontecendo há pelo menos dois anos. Tenho certeza de que os cinco bilhões de Bryant eram para pagar por pelo menos uma parte deles.

Cindy assobiou baixinho.

— É diamante que não acaba mais... Quando essa história teve fim?

— Ainda está rolando, Cindy.

— Acha que armaram para Bryant?

— Provavelmente, mas não tenho certeza - desconversou Kat. Não podia contar a Cindy que encontrara Bryant na casa de Clara, na noite anterior.

— Bem, se armaram para ele, isso muda tudo. Bryant pode ser uma pessoa desaparecida em potencial, e não um ladrão. O que a administração da Liberty falou quando você se mostrou preocupada?

Kat não deu resposta.

— Kat... Ainda não contou a eles?!

— Não posso. Não até obter mais provas. É muito arriscado. Nesta altura dos acontecimentos, se eu disser a qualquer pessoa, posso envolvê-la na fraude. E como poderei saber em quem confiar? Preciso de mais informações.

— Vou investigar mais um pouco. Algo me diz que estamos lidando com crime internacional aqui... Tem certeza de que não tem mais nenhuma pista? Se eu tivesse mais dados para continuar, poderia conseguir alguns nomes.

Kat considerou revelar a identidade de Clara, mas desistiu. Verdade que isso aceleraria as coisas, contudo ela ainda não tinha encontrado o dinheiro, e um movimento em falso da polícia colocaria em risco as chances de ela recuperá-lo. Bastava uma alguma conexão pela internet ou um telefonema, e tudo estaria perdido para sempre.

Kat olhou a lista de números no papel manchado de molho marinara, que encontrara no lixo de Susan. Assim que encontrasse o dinheiro, iria cooperar.

CAPÍTULO 34

Os números no papel tirado do lixo de Clara tinham sido organizados em três grupos. No primeiro, lia-se:

$ 23,4 B
  13434589TQ
  41445
  119846768
  784119888718
  642389

Os outros grupos de números eram similares, contudo não continham letras. Seriam números de contas bancárias? O 'B' queria dizer 'bilhões'? Seria uma quantia desconcertante.

Kat fez uma conta rápida. Os três grupos de números somavam cinquenta bilhões. Era possível relacionar o número da conta bancária original aos cinco bilhões que faltavam. Cinquenta bilhões representavam um lucro decuplicado, o que estava em sintonia com os comentários de Rashida. Seria uma lista das transferências planejadas de Clara?

Inacreditável. Roubar cinco bilhões era, no mínimo, ultrajante. Presumindo-se que o 'B' fosse realmente uma forma abreviada de 'bilhões', o total de cinquenta bilhões era maior do que o PIB de metade dos países do mundo. Como Clara conseguira transformar cinco bilhões em cinquenta? A Liberty não tinha esse dinheiro.

Jace havia chegado do trabalho com uma pizza pronta algumas horas antes. Agora já passava das nove, e ela não estava nem perto de decifrar os números.

— Onde foi esta manhã? - ele quis saber. — Acordei às quatro e você já tinha saído.

— Eu não conseguia dormir, então vim para cá. - Não era exatamente uma mentira. Ela havia ido para ali, de qualquer forma.

— De onde veio tudo isso? Parece o lixo de outra pessoa.

— E é. É da lixeira de Susan, da Liberty. Eu ia dar uma checada antes de ela me dispensar.

Seria uma piada chamar tudo aquilo de qualquer coisa além de lixo. Mas dizer que era tudo de um cesto de lixo de escritório soava melhor do que o de uma lata de lixo caseira, cheia de restos de comida. Sem dizer que ela não precisaria explicar nada sobre Bryant e os guaxinins.

— Por que não me acordou ou me deixou um recado? Senti sua falta.

— Eu não queria perturbar o seu sono.

Kat respirou fundo. Estava começando a ficar acostumada com Jace na cama, começando a gostar do calor de seu corpo... mas aquilo trazia muitas outras complicações. Precisava dar um jeito de dormir longe dele.

— Fiquei surpreso por não ter percebido quando saiu. Mas foi a primeira vez, em uma semana, que tive as cobertas só para mim... - Jace segurou a caixa de pizza vazia na mão direita, olhando as pilhas de lixo. — Em que pilha isto vai?

— Não tem graça, Jace. Se eu não tivesse roubado o lixo, jamais teria encontrado este papel. Está comigo ou contra mim?

— Claro que estou com você - ele declarou, depois apontou para uma das pilhas. — Clara, com certeza, come muita comida enlatada.

Kat foi até o notebook da recepção, levando o papel manchado de café.

— Se estas são as transferências bancárias de Clara, este papel é a prova de que ela é uma criminosa. Se eu decifrar os números, posso impedir a aquisição da Porter e talvez até conseguir o dinheiro de volta.

— Mas a assembleia é amanhã cedo, às onze - lembrou Jace. — E todos os bancos estão fechados.

— Eu sei. Se eu conseguisse descobrir qual destas quantias foi para a conta da Opal no Bancroft Richardson...

— Não pode simplesmente telefonar para Rashida pela manhã, bem cedo, e perguntar?

— Não, ela não vai me dizer nada. Já falou que me deu informações confidenciais demais. - Kat, porém, teve uma ideia. — Harry tem uma conta no Bancroft Richardson! Se eu soubesse o número da conta dele, poderia compará-lo aos deste papel e ver se a sintaxe é a mesma! Provavelmente a conta dele teria a mesma combinação de dígitos da de Clara.

O problema era que Tio Harry saíra naquela tarde para uma partida de *curling* em Saskatoon.

— Harry não monitora a própria conta on-line, daqui do escritório? - Jace enrugou a testa, pensativo. — Não anotou o número da conta quando falou com Rashida?

— Não, mas se Harry esconde os extratos de Elsie, pode tê-los arquivado aqui. - Kat vasculhou as gavetas da recepção. Nada.

— Onde ele guardaria essas coisas?

— No arquivo? - Ela abriu a gaveta de cima e olhou na letra 'B', de Bancroft Richardson. Nada. O 'I' de Investimentos também estava vazio.

Kat tirou as pastas do armário em grupos, tentando se lembrar das regras de arquivamento do tio.

— Que tal em 'D' de dinheiro? - arriscou Jace.

— Vale a pena tentar. - Kat fechou a gaveta de cima e abriu a de baixo. Tirou uma pasta intitulada 'M-BR', e meia dúzia de extratos do Bancroft Richardson caíram no chão.

Ela os pegou e digitalizou o número da conta: 15782631RQ.

— Bate com a combinação de números e letras no primeiro grupo de números de Clara! - apontou Jace.

— Então deve ser, mesmo, uma conta do Bancroft Richardson. Agora só precisamos descobrir a senha dela.

— Talvez a senha esteja no mesmo papel.

— Duvido. Ela não seria tão negligente. Mas, se eu conseguir descobrir a sintaxe da senha da conta de Harry, talvez descubra também a que Clara usou. Se eu conseguir invadir a conta da Opal, vou poder comparar a movimentação com o que está escrito no papel de Clara.

Seria a prova de que a mulher planejava transferir os fundos para suas próprias contas.

— Harry não guardaria a senha aqui. Deve tê-la de cabeça.

— Engano seu, Jace. Tio Harry não se lembra de nada, a menos que tenha escrito. Tem que estar aqui, em algum lugar... - Kat mudou para a letra 'P'. — Acho que consegui! - Ela tirou uma pasta com o nome 'PWD'. Dentro dela, havia apenas um pedaço de papel escrito HURRYHARD. Um termo usado no *curling*.

Novidade!, ela pensou, divertida.

— Vamos tentar! - entusiasmou-se Jace.

— Eu não sei... Não me sinto bem invadindo a conta dele.

— Tem razão. Acho que vamos ter que esperar até que ele volte.

Mas a assembleia dos acionistas aconteceria na manhã seguinte. Se ela conseguisse descobrir a senha de Clara!...

— Vou entrar na conta dele - declarou, decidida. — Tio Harry vai entender. Peço desculpas depois.

Ela voltou para a própria mesa e acessou o site do Bancroft

Richardson. Digitou o número da conta, depois a senha HURRYHARD, e esperou.

— Entrei! - Kat decidiu redefinir a senha de Harry para ver quais combinações de letras e números eram permitidas. Criou uma senha nova com alguns números, e uma mensagem de erro surgiu. - Diz, aqui, que a senha tem que ser de 6 a 12 letras. Então é estritamente alfa, sem números. Mas, mesmo apenas com letras, permite inúmeras combinações.

— Que palavra, ou palavras, seriam significativas para Clara? - Jace sentou-se na beirada da mesa da recepção, mastigando o último pedaço de pizza fria.

— Não faço ideia. Mas precisamos descobrir, porque só temos três tentativas, no máximo, ou a conta será bloqueada para *login*. Precisamos ter certeza antes de digitá-la.

Kat tornou a sentar-se no chão, ao lado da pilha de papéis, e começou a examinar seu conteúdo.

Olhou uma conta de telefone celular, algumas anotações, páginas de um calendário e um envelope vazio com uma escrita indecifrável rabiscada no verso.

Jace se aproximou, apanhou um envelope sujo da pilha e o abriu.

— Ei, deixe-me ver isso...

Ele o entregou a ela. Era um cartão de felicitações, endereçado a Clara e Vicente, desejando-lhes *Feliz Aniversário de Casamento*.

— Clara é casada?... - indagou Kat.

Mas Jace já havia ido para o notebook dela pesquisar 'Clara de la Cruz e Vicente' no Google.

— Vicente é o marido dela. Vicente Sastre. Ou ao menos era.... Foi assassinado há dois anos, e ninguém ainda foi acusado do crime.

— Vicente tem sete letras! - Kat entusiasmou-se. — Talvez devêssemos tentar.

— E se estiver errado? Por que não esperamos para ver se aparece mais alguma coisa?

— Não podemos nos dar ao luxo de esperar pela assembleia de amanhã. Além disso, podemos tentar uma ou duas vezes. Se não der certo, não há problema. O programa vai se redefinir em vinte e quatro horas.

Kat sabia, entretanto, que uma vez que o voto dos acionistas fosse favorável a Clara, não havia razão para que ela ficasse por perto.

Decidida, digitou a conta no topo da página, depois VICENTE.

Login incorreto.

— Tente de novo, desta vez em minúsculas.

— Mas, como? Tudo em minúsculas, ou com o 'V' maiúsculo?

Ela só teria mais uma chance. Se errasse da terceira vez, a conta seria bloqueada.

— Hum... A maneira certa é com 'V' maiúsculo. Mas a maioria das pessoas não faria isso. Eu tentaria todas minúsculas.

Kat concordou. Digitou 'vicente' e ficou olhando para a tela.

— Ah... mas que inferno.

Pressionou ENTER e prendeu a respiração. Nada aconteceu.

De repente, uma tela de boas-vindas surgiu diante dela. Tinha conseguido entrar na conta!

E a conta 1343589TQ pertencia à Opal Holdings.

CAPÍTULO 35

— **M**enina, você é boa nisso!... Além de inteligente e sexy.

Kat sorriu de volta para Jace.

— Você ajudou. Vamos ver o que temos aqui. - Kat clicou no histórico da conta e examinou os registros. — Olhe só para isso... - Ela apontou para a primeira linha.

Era um depósito de cinco bilhões de dólares feito duas semanas antes. A quantia devia ter chamado atenção: Rashida e todos os outros no Bancroft Richardson deveriam estar falando sobre o assunto.

— Por que Rashida não desconfiou na hora? Alguém deposita cinco bilhões em dinheiro em uma conta de corretagem do seu banco, obtém um lucro absurdo com ações de uma só empresa e você não checa nada? - Jace foi até a janela.

— Talvez ela não tenha feito isso mesmo. Perguntas poderiam resultar em respostas que ela não queria escutar... Respostas que poderiam comprometer a transação. Afinal, um depósito de cinco bilhões de dólares gera muitas comissões para o Bancroft Richardson. Nesse caso, foi melhor continuar quietinha e lucrar com as taxas de comissão e transação. Além do mais, a conta não era de Rashida.

Pertencia ao desprezível do tal de Moretti, outro corretor. Por outro lado, outros devem ter visto ou sabido do depósito. Os contadores e os banqueiros, por exemplo.

— O depósito foi feito poucos dias depois de Bryant ter desaparecido com os cinco bilhões. Não é muita coincidência?

— Coincidência demais. - Kat fez a tela rolar. A conta fora aberta com os cinco bilhões transferidos eletronicamente do Líbano. Tinha havido uma série de outras transações depois disso, em dinheiro e em vendas a descoberto da Liberty. E todas muito lucrativas. O saldo da conta era de modestos cinquenta bilhões até três dias antes. Em seguida, nova série de transferências reduzira a conta para pouco mais de cinco bilhões. — *Me* dê essa lista.

Jace obedeceu, e Kat comparou as quantias transferidas com os números escritos abaixo da conta do Bancroft Richardson.

— Está vendo? - Ela apontou para uma linha na metade da tela do computador. - Bate com a lista de Clara. É uma transferência para outro banco. Ela montou contas ambulantes para se manter um passo à frente.

— Contas ambulantes? O que é isso?

— Se você quer movimentar dinheiro sem ser apanhado, pode abrir uma série de contas em diferentes bancos ao redor do mundo. Quando o dinheiro chega na primeira, você transfere imediatamente para uma segunda. Quando cai na segunda, você dá um jeito de transferir tudo para uma terceira conta imediatamente, e assim por diante.

— Dessa forma você fica sempre um passo à frente de quem está tentando apanhá-lo...?

— Exatamente - concordou Kat. — Ela está cobrindo as próprias pegadas para que ninguém possa rastrear o dinheiro.

— Entendi. Quando descobrem a jogada, ela já sumiu com a grana há muito tempo.

— Isso mesmo. Os outros números da lista são outras contas bancárias ou de corretagem.

— Então, presumindo que Clara usou a mesma senha, o que a

maioria das pessoas faz, podemos seguir o dinheiro fazendo o *login* nas outras contas dela?

— Com sorte, sim. Há apenas um problema: não há nenhuma descrição nas transferências, apenas números de conta. Isso torna mais difícil descobrir para que bancos seguiu o dinheiro. Existem milhares de possibilidades. Ele pode ter ido para as Cayman, para Guernsey, Malta... sabe-se lá.

Como ela poderia matar aquela charada? Clara estaria usando um banco argentino?

Provavelmente não, concluiu Kat. Ela iria preferir um paraíso fiscal com sólidas leis de sigilo bancário.

Mas isso ainda lhe deixava centenas de bancos para verificar.

Ela olhou para o relógio, surpreendendo-se com a hora. Já eram 3:30 da madrugada. A assembleia dos acionistas aconteceria em menos de seis horas.

CAPÍTULO 36

O Crystal Ballroom, no Waterfront Hotel, era opulento, com pesadas cortinas de brocado emoldurando enormes janelas que continham uma vista panorâmica do porto. Um gigantesco lustre de cristal pendia do centro do teto abobadado, refletindo a luz em todas as direções. Era luxo demais para uma empresa à beira da falência, pensou Kat.

Ela examinou o salão lotado, procurando por rostos familiares. Havia acionistas por toda parte, todos ansiosos por votar a oferta de aquisição da Porter. Alguns já se encontravam sentados. Outros, porém, reuniam-se em pequenos grupos, conversando ao longo das fileiras enquanto esperavam o início da assembleia especial dos acionistas da Liberty.

Kat se esforçara para vestir-se da melhor forma para uma reunião tão importante. Escolhera um *tailleur* Elie Tahari verde-esmeralda, comprado no tempo em que ainda contava com um emprego bem remunerado. O terninho realçava seus olhos e contrastava com os cabelos ruivos, agora presos em um coque.

Era bom se vestir bem outra vez. Ter sido demitida a mergulhara em uma verdadeiro crise de estilo, levando-a a usar jeans rasgados e camisetas velhas. Com maquiagem e batom, sentia-se adulta novamente.

Uma onda de adrenalina a percorreu. Era como se pudesse enfrentar o mundo agora. Aquilo era bom, já que estava prestes a fazer isso mesmo.

Diante do pódio, Nick Racine conversava com uma senhorinha de cabelos grisalhos, vestida com um terno creme, que se encontrava de costas para ela. De repente, Kat viu os olhos de Nick pousarem nos seus. Ele interrompeu a conversa e marchou até a entrada sem desviar o olhar.

— Desculpe, Kat. Esta reunião é aberta apenas para acionistas. Acho melhor deixar o auditório e...

— Eu também sou acionista, Nick. Agora, se me der licença, quero ter certeza de que vou me sentar bem na frente. Tenho a impressão de que vai ser uma reunião interessante...

Kat precisou se esforçar para manter a ironia longe do sorriso. Havia comprado cem ações na semana anterior com o único propósito de participar da reunião. Não que pudesse pagar por elas. Por outro lado, não podia se dar ao luxo de não comprá-las.

Ela passou por Nick e olhou ao redor do auditório. Ele não iria intimidá-la.

Harry estava presente. Tinha voltado de seu torneio de *curling* e agora acenava para ela da segunda fileira, onde estava sentado. Também havia caprichado no visual. Aquele terno devia ter sido moda vinte anos antes, mas as riscas-de-giz o faziam parecer um velho gângster.

— Não é emocionante? Posso ficar sabendo de tudo sobre a minha empresa. E tudo isso... — Harry fez um floreio — ...é meu. Pelo menos meu em parte. Posso até ser o voto decisivo.

O tio não seria coisa alguma, pensou Kat, contudo não teve coragem de contradizê-lo.

Ela tornou a olhar ao redor do salão conforme mais gente foi entrando. A assembleia começaria em cinco minutos, mas a única pessoa que ela, esperava, iria fazer diferença, não se encontrava ali.

Não que houvesse algum problema. Audrey Braithwaite não precisaria comparecer à assembleia. As ações do truste da família Braithwaite provavelmente seriam votadas por seus representantes, ou a mulher poderia votar por meio de uma procuração. Não importava se Audrey iria aparecer ali ou não, decidiu Kat. Ela só esperava que esta votasse contra a aquisição da Porter.

— Kat? Parece distraída.

— Desculpe, tio Harry. Estou tentando encontrar uma pessoa.

— *Ha!...* Não seria engraçado se o tal Bryant aparecesse?

Kat, porém, nem sequer o escutou. Agarrou a bolsa e praticamente correu até a entrada, onde Audrey acabara de chegar. Seus músculos de contração rápida entraram em ação, sem dúvida um benefício das corridas de treinamento.

— Audrey! - Kat tentou acalmar a respiração para não se mostrar ofegante. Quando se aproximou, viu-se envolta em uma nuvem de Chanel n º 5. — Audrey, há algo que precisa saber... A Liberty está lavando diamantes para o crime organizado. Sabe a mina em Mystic Lake? É uma farsa. Tudo para elevar o preço das ações.

— O quê?... Isso é ridículo! Além do mais, eu não deveria estar falando com você. Quando contei a Nick sobre o nosso encontro, ele disse que você foi dispensada. Está inventando coisas para se vingar, e eu não gosto de gente mentirosa!

— Em nenhum momento eu afirmei que continuava na Liberty. E não estou inventando coisa nenhuma. Há muita gente pior do que eu neste auditório agora, pode acreditar! *Me* dê só um minuto... Por favor!

Audrey olhou ao redor, nervosa, sem dúvida à procura de Nick.

— Está bem... Mas seja rápida.

O retorno do microfone cortou o ar quando alguém falou, testando o som.

Kat apressou-se a dar a Audrey um resumo de um minuto sobre a produção forjada, a manipulação do mercado de ações pela Opal, a conexão da máfia argentina, e como isso tudo estava atrelado à oferta de aquisição da Porter.

— Máfia Argentina? Só pode estar brincando. - Audrey a encarou, incrédula. — Não foi à toa que Nick a dispensou. Inventar essas histórias malucas não vai mudar nada, menina.

— Audrey, por favor... Precisa acreditar em mim! Eles estão usando a Liberty para um esquema de lavagem de diamantes. Essa gente é perigosa e provavelmente teve algo a ver com o assassinato do seu irmão.

— Não ponha meu irmão no meio disso! Envolvê-lo nessa história é um golpe baixo! Não sabe o que é respeito? Não vou mais falar com você - declarou a mulher, e começou a se afastar.

— Espere! É tudo verdade, Audrey! - reafirmou Kat. Atreveria-se a contar tudo?... - Há uma pessoa trapaceando dentro da empresa.

Audrey tornou a olhar ao redor em busca de alguém que pudesse salvá-la.

— Audrey, Susan Sullivan não é quem aparenta ser! Ela é filha de um mafioso argentino e entrou na empresa só para espoliar você e sua família!

— Isso é absurdo! Alguém batizou sua bebida? Veja se me deixa em paz! - Audrey fez meia-volta.

Kat a segurou pelo ombro, e a mulher a fitou com um misto de choque e medo.

Conformada, ela soltou Audrey, sentindo-se como uma intocável numa batalha proibida entre castas.

— Audrey, não pode aceitar a oferta. Susan Sullivan é uma impostora. Seu nome verdadeiro é Clara de la Cruz Ortega, e ela é procurada na América do Sul por peculato, tráfico de drogas e lavagem de dinheiro. Ela trabalha para uma das maiores facções do crime organizado do mundo, e você está prestes a entregar a Liberty a eles.

Uma ponta de hesitação tocou os olhos da mulher.

— Quer saber o que aconteceu com Alex? - insistiu Kat. — Aposto que Susan, ou melhor Clara, sabe. Por que não pergunta a ela?

— Não pode estar falando a sério.

— Nunca falei tão a sério na vida. O pai dela é o chefe do crime organizado mais impiedoso da América do Sul. Ele não se detém por nada. Matar seu irmão e Ken Takahashi foi apenas um detalhe no tipo de negócio que ele conduz. Ele está tomando a Liberty de vocês, bem debaixo do seu nariz. Não se importa?

— Eu... tenho que ir. - Audrey se virou e saiu do auditório no instante em que anunciavam o início da reunião.

Kat suspirou, desapontada. Ela não esperava convencer a mulher naquele momento, mas tinha esperança de que a informação pudesse ao menos fazê-la pensar duas vezes antes de vender as ações do truste da família Braithwaite.

Hora do Plano B.

CAPÍTULO 37

— *I*mpostora! - Kat se levantou e gritou a plenos pulmões, abafando o discurso que Susan Sullivan fazia para os acionistas.

Todos se viraram em seus assentos e a encararam, perplexos, enquanto ela se dirigia à multidão.

— Susan Sullivan é uma criminosa! Ela e seu pai mafioso estão tentando roubar a Liberty bem debaixo dos seus narizes!

Houve um burburinho na multidão enquanto todos se esforçavam para enxergar a intrusa. Dois enormes seguranças surgiram nos fundos do auditório e começaram a descer o corredor em sua direção.

Kat correu para o pódio e tirou o microfone do suporte à frente de Susan, que continuou emudecida, de boca aberta, enquanto a fitava, incrédula.

— O nome verdadeiro de Susan é Clara de la Cruz Ortega. O pai dela é líder da máfia argentina. Ortega lida com drogas, armas e minas terrestres. Ele *mata* pessoas... E ele quer a Liberty a todo custo. Por isso Susan, filha dele, foi CEO nos últimos dois anos!

— *Chega!* - Nick Racine subiu ao pódio e arrancou o microfone das mãos dela. - Esta mulher está mentindo! O que temos aqui é apenas uma consultora descontente... Katerina não foi capaz de rastrear Bryant e o dinheiro roubado, e agora vem com essas mentiras absurdas para tentar esconder sua incompetência! - Ele fez um gesto para os dois seguranças, agora parados ao lado do pódio. - Que diabo há com vocês dois?! Tirem-na daqui... AGORA!

Os homens avançaram na direção de Kat. Um deles a agarrou pelo braço esquerdo com firmeza e começou a arrastá-la pelo corredor.

Do pódio, Nick a fulminou com os olhos enquanto, emudecida, Susan se movia nervosamente ao lado dele, evitando o olhar de Kat.

Kat golpeou as costelas do guarda com o cotovelo e se livrou dele, virando-se para encarar Nick.

— Diga a este brutamontes para me deixar em paz! Por que não quer a verdade, Nick? Por acaso faz parte da conspiração?

Nick tornou a fazer um sinal para que o segurança a levasse dali. Ela sentiu um puxão no braço direito e viu Harry, tentando tirá-la do homem, que tornara a prendê-la pelo braço esquerdo. De repente, parecia uma boneca de pano prestes a ser rasgada em um cabo de guerra.

— Solte a minha sobrinha! Ela tem o direito de estar aqui, pois também é acionista! Não podem expulsá-la assim!

— Sua sobrinha está tumultuando a sessão - interveio Nick. — Sua conduta desordeira é motivo suficiente para expulsá-la.

— Há um bom motivo para ela fazer isso. Não estão permitindo que ela fale! É algo que diz respeito a todos nós, acionistas. Sou acionista e quero ouvir o que ela tem a dizer!

Várias pessoas no auditório passaram a demonstrar seu apoio, e a comoção no salão aumentou:

Sshh... Vamos escutar!... Deixem a mulher falar!

Antes que Kat pudesse dizer qualquer coisa, Audrey levantou-se da primeira fila e caminhou na direção de Nick e do microfone.

— Espere um minuto, Nick. Eu também quero ouvir o que ela tem a contar. Permitam, ao menos, que ela exponha seus argumentos.

O rosto de Nick ficou vermelho, contudo ele não disse uma só palavra. Apenas fulminou ambas com o olhar, e voltou ao seu assento.

Os guardas soltaram Kat, e Audrey fez um sinal para que ela retornasse ao pódio.

— Susan Sullivan é uma impostora, e eu tenho provas disso. - Kat ergueu a foto de Clara. — Aqui está ela. Clara de la Cruz Ortega. A esperança dela e do pai, Emilio Ortega Ruiz, é que vocês votem a favor da oferta de aquisição da Porter Holdings. E por quê?... Porque eles controlam a Porter Holdings. Assim que vocês votarem 'sim', eles terão uma ótima empresa mineradora para lavar todos os seus diamantes de sangue.

Kat prendeu a respiração, pois estava blefando. Não tinha uma prova concreta de que a Porter Holdings tinha alguma relação com a Opal, mas conseguir isso era apenas uma questão de tempo.

Um rumor tomou conta do auditório. Um homem magro e de cabelos grisalhos, sentado ao fundo, ergueu-se.

— Isso tudo é verdade, Srta. Sullivan? Por que não diz alguma coisa?

— É mentira! - Susan virou-se para encarar Kat. — Meus advogados irão lhe contatar, Srta. Carter. Continue fazendo essas acusações infundadas, e eu a processarei por calúnia!

Kat pegou a declaração da Opal Holdings que ela havia imprimido do computador.

— Estão vendo isto? A CEO de vocês está vendendo ações da Liberty. Isso é confiar na empresa? E ela lucrou um pouquinho com a venda também... - Kat manteve o suspense de propósito. — As provas estão todas aqui.

— Isso é verdade, Susan? - exigiu Audrey. — Se for, você não tem o direito de continuar nesse cargo. Deve renunciar imediatamente.

— Por que não diz alguma coisa, Clara? - aguilhoou Kat enquanto encarava Susan. — Não tem como se defender?

Susan sentou-se, impassível, sem demonstrar nenhuma emoção. Lançou um olhar a Nick, como se esperasse ser salva por ele.

Kat voltou a atenção para o homem.

— E quanto a Nick Racine?... Foi ele quem a contratou. E ele não é nenhum tolo. Não pensem, nem por um minuto, que Nick não sabia quem ela era na verdade. Clara de la Cruz Ortega... A princesa da máfia em pessoa trabalhando na Liberty.

Um rumor tornou a percorrer o auditório quando todos se viraram para conversar com os que estavam à sua volta.

Kat decidiu esperar as coisas se acalmarem antes de continuar.

Antes que pudesse dizer mais alguma coisa, entretanto, Audrey pegou o microfone.

— Moção para adiamento de dois dias úteis para a votação da aquisição da Porter.

— Moção apoiada! - declarou Harry, erguendo o braço.

— Proponho que a CEO seja suspensa, enquanto aguardamos uma investigação mais aprofundada.

— Moção apoiada! - Harry mal conseguia se conter. O ativismo dos acionistas tornara-se sua meta.

Kat deu um suspiro de alívio. Dois dias úteis não era muito tempo, mas ao menos ela havia adiado a total usurpação da Liberty.

O problema era que agora se encontrava em uma corrida contra o tempo. Chamar Clara para o jogo transformara a mulher em uma potencial fugitiva, que poderia escapar a qualquer momento.

Não havia tempo a perder. Ela podia ter adiado a aquisição da Porter, no entanto acabara de se meter em uma enrascada muito pior. Havia se tornado alvo de Ortega.

CAPÍTULO 38

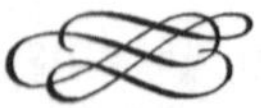

— *P*arece diferente, Sra. de la Cruz.

— É mesmo?... É essa gripe horrorosa. Estou perdendo a voz, desculpe — Kat apressou-se em justificar, limpando a garganta.

— Não devia estar falando. Só vai piorar assim - recomendou a funcionária do Bank of Cayman, prestativa.

Kat tinha apostado que era melhor fazer o telefonema na hora em que o banco estivesse fechando, e tinha dado certo. Em vez do gerente de conta da Opal Holdings, ela havia sido posta em contato com uma funcionária mais jovem, alguém que não reconheceria sua voz ou questionaria sua consulta de rotina a respeito de uma pequena transferência para a conta.

Não existia essa transferência. Era apenas uma desculpa para ligar para o banco e verificar se o dinheiro continuava lá.

— Sim, o seu saldo é o mesmo de ontem. Isso é tudo, Sra. De la Cruz?

— Não há transferências agendadas. Nem débitos, nem créditos, certo?

— Isso mesmo.

— Ótimo. Você me ajudou muito.

— Obrigada, Sra. de la Cruz. E, por favor, cuide bem dessa gripe!

Kat agradeceu e desligou o telefone, desapontada por a ligação não ter sido mais proveitosa. Havia tido a esperança de tomar conhecimento de alguma transferência agendada e poder cancelá-la. Isso lhe daria mais tempo, e a tentativa de transferência proporcionaria uma trilha para auditoria das intenções de Clara.

Estava aliviada com o fato de o dinheiro continuar na conta da Opal Holdings, nas Caymans. Mas aquilo não duraria muito. Logo ele seria transferido.

Ela precisava alertar as autoridades. Mas, quem? Os reguladores de valores mobiliários? A polícia?

Esse era o problema com a sobreposição de jurisdições. No final, ninguém se responsabilizava.

Kat decidiu telefonar para Platt, ponderando que tudo aquilo forneceria uma motivação evidente para os assassinatos, e que poderia convencê-lo a tirá-la de sua lista de suspeitos. Além do mais, tinha esperanças de que houvesse menos burocracia com a polícia do que os reguladores.

Ao menos era isso o que imaginava enquanto esperava na linha.

Platt pareceu nervoso com a chamada.

— Você não quer prendê-la?

— Não é da minha jurisdição. Sou do departamento de homicídios.

— Mas, detetive Platt... está tudo relacionado aos assassinatos. Tenho certeza!

— Ter certeza de alguma coisa não é o mesmo que contar com provas, Katerina.

— Estou lhe oferecendo uma prova. Estamos correndo o risco de perder tanto Clara quanto o dinheiro! Eu sei que ela está por trás dos assassinatos. Por que está negligenciando uma pista tão óbvia?

— Katerina... Não posso dizer quais pistas eu sigo ou deixo de seguir.

— Então, apenas me diga, detetive: vai seguir Clara ou não?

Silêncio.

— Está querendo dizer que ainda sou suspeita?...

O único sinal de que Platt continuava na linha era sua respiração.

Kat sentiu uma onda de raiva espiralando dentro dela. Clara não apenas estava prestes a se livrar do assassinato, como também iria enriquecer no processo.

— Katerina, eu...

— Detetive, como pode ignorar a pessoa que tem os motivos mais contundentes para assassinar Takahashi e Braithwaite?! Clara de la Cruz está operando sob um nome falso, tem laços com o crime organizado! Está diretamente relacionada à maior fraude da história e está para sair do país carregando bilhões em dinheiro roubado. Existe motivação maior do que essa?!

— Está bem. Eu vou checar a informação.

— Vou lhe enviar as minhas anotações.

— Não há necessidade.

— Vai me manter informada?

— Katerina, não posso discutir aspectos da investigação com você.

— Eu quis dizer se vai me avisar se continuo como suspeita...?

— Sim.

Clique.

Platt encerrara a chamada!

Kat ficou furiosa. Era óbvio que ele não iria mantê-la informada.

Platt iria investigar Clara?... Ela também duvidava disso.

Precisava de um plano de contingência. Mas, qual? A comissão de valores mobiliários levaria um ou dois dias, na melhor das hipóteses, para obter uma ordem judicial que bloqueasse os fundos. E isso em um banco canadense. O dinheiro estava fora do Canadá agora. Não havia nenhum recurso legal efetivo além de uma ação judicial que ficaria amarrada por anos. Até lá, Clara já teria desaparecido com o dinheiro.

Kat olhou o relógio de cuco alemão, de gosto duvidoso, acima da mesa da cozinha de Verna. Era uma e vinte de uma tarde ensolarada, coisa rara no inverno de Vancouver. Uma tarde que combinava com seu humor.

Afinal, ela havia triunfado sobre Nick e Clara. Eles poderiam execrá-la e questionar suas habilidades, mas isso não alteraria o fato de que ela os havia pego.

Olhou pela janela da cozinha enquanto pensava em seus próximos passos. Um esquilo pulava de árvore em árvore, arriscando-se perigosamente conforme os ramos iam se curvando sob seu peso. O bichinho balançou de cabeça para baixo em um galho por uma fração de segundo, depois se endireitou e desceu pelo tronco até o chão. Correu, então, pelo quintal e, de repente, estacou.

Kat mal podia acreditar nos próprios olhos. Debruçada sobre a horta, bem em frente ao esquilo, estava uma senhora com uma capa de chuva xadrez vermelha. Ela se ergueu devagar, segurando algumas folhas na mão direita enluvada.

Kat pulou da cadeira e correu para a varanda dos fundos, só de meias.

— Verna?...

A mulher não respondeu.

Kat desceu correndo os degraus até o gramado, ignorando a grama molhada que lhe encharcou os pés e os fez chapinhar enquanto ela caminhava em direção à desconhecida.

— Verna Beechy?

A mulher se virou e sorriu para ela. Tinha os botões da capa nas casas erradas e usava sandálias abertas em vez de sapatos.

— Eu mesma. Quem é você?

— Meu nome é Kat.

— Quem?

— Kat. A...*ahn*... zeladora. Como poderia definir a si própria depois de sair da casa de Verna?

— Leu meus bilhetes?

— Sim. Há algo que eu gostaria de perguntar quanto a isso.

Era como se Verna não a ouvisse.

— Vai ficar aqui enquanto eu estiver fora?

— Claro... Quando acha que vai voltar?

— Ah, eu não sei. Eles estenderam a excursão. Preciso voltar para o ônibus ou vão embora sem mim. Vamos para a Itália esta semana.

— Não quero atrapalhar a senhora, mas, esqueceu de pagar seus impostos? - quis saber Kat.

— Claro que não. Paguei impostos até demais estes anos todos, então decidi que não vou pagar mais nada. Além do mais, estou de férias. Por que eu deveria pagar impostos se não vou ficar aqui?

Verna estava claramente confusa.

— Você vai cuidar de tudo, não vai? - indagou a mulher.

— Claro que vou. Onde a senhora vai se juntar à excursão?

— No Golden Arches, ao final da rua.

Golden Arches? Verna estaria morando no Golden Oaks?... A casa de repouso ficava a menos de dois quarteirões de distância. Isso poderia explicar por que ela havia abandonado sua propriedade daquela maneira.

Mas não teria família nem amigos? Como a haviam deixado perder a casa em um leilão?

— Posso acompanhá-la até lá? - ofereceu-se Kat. — Só vou dar uma corrida para apanhar meus sapatos.

— Sim, claro. Mas, vá logo.

Kat subiu as escadas e correu para o hall de entrada. Amarrou os cadarços do Adidas e pegou uma jaqueta.

Quando tornou a correr para fora, Verna tinha ido embora.

CAPÍTULO 39

Estava escuro quando Kat começou a correr. Cinco da manhã era cedo, mas ela precisava de uma corrida para espairecer.

Para onde alguém como Clara poderia transferir o dinheiro? Rastrear as transferências da conta da Opal no Bancroft Richardson era um tédio. Ela havia checado e descartado centenas de bancos em todo o mundo, na noite anterior, e ainda tinha dúzias deles para verificar. Se Clara transferisse o dinheiro mais uma vez, este desapareceria para sempre.

Ela correu pela trilha em meio à escuridão, tomando o cuidado de desviar dos galhos e pedras soltas. Era como correr na neve: confiava nas passadas sem saber exatamente o que lhe estava reservado. Um passo em falso, e ela poderia torcer um tornozelo ou coisa pior.

Não havia nenhuma iluminação no caminho para o rio, então decidiu usar a lanterna de cabeça até chegar à doca e ao estacionamento, no lado sul do parque ribeirinho. O silêncio só era quebrado por suas passadas e o apito de um trem que soava a cerca de um quilômetro de distância das margens.

À direita da trilha, a lanterna iluminou uma clareira lotada de pilhas de lixo e carrinhos de supermercado. Sob três pedaços de cobertor cobertos de papelão, mendigos acampavam sob as árvores para escapar da chuva.

Ela não estava totalmente sozinha, pensou, acelerando o passo em direção à clareira.

Começava a alvorecer, agora, e a luz cinzenta da manhã emoldurava a Port Mann Bridge acima dela. O Maquabeak Park, que ficava debaixo da ponte, era pouco conhecido pela maior parte das pessoas, exceto velejadores, passeadores de cães e corredores. Era seu lugar favorito para pensar.

O dia não estava decepcionando. Uma brisa leve soprava do rio, e os arbustos cintilavam com o orvalho da manhã, mas a assembleia dos acionistas ainda pesava em sua mente. Seu discurso havia atraído a atenção dos que haviam estado presentes, entretanto, Nick e o truste da família Braithwaite ainda detinham o controle das ações. Ela teria convencido Audrey? Ou a mulher ainda a considerava uma imbecil em busca de atenção?... Era difícil dizer.

De um jeito ou de outro, a votação aconteceria no dia seguinte. A Liberty seria vendida bem debaixo do nariz dos acionistas, e ela parecia ser a única que se importava. Se não conseguisse rastrear o dinheiro até a Porter, ninguém acreditaria nela. E era simplesmente ultrajante pensar que a Liberty seria usada para lavar diamantes do crime organizado.

Desmascarar Clara tinha sido ótimo, mas, se não conseguisse achar o dinheiro, não teria como acusar a mulher formalmente. A suspensão da CEO também não duraria muito. Nick já havia divulgado uma nota de imprensa para colocar panos quentes nas coisas, afirmando que 'Susan Sullivan' fora apenas uma tentativa de Clara de adotar um nome mais anglicizado e se distanciar da má fama do pai. Era bem possível que ela fugisse agora, eliminando qualquer chance de que fosse denunciada ou condenada pela fraude.

Clara estava por trás de tudo, pensou Kat. Até dos assassinatos de Braithwaite e Takahashi. Se ela conseguisse descobrir quais bancos tinham os números de conta que ela encontrara naquele papel que havia tirado do lixo da mulher!... Mas, como iria encontrá-los em meio aos milhares de bancos que existiam no mundo?

Kat atravessou o estacionamento em direção aos trilhos do trem. Estava vazio, exceto por uma van escura, estacionada no outro lado. Na certa devia pertencer a algum passeador de cães que havia madrugado, conjecturou, embora ainda não tivesse passado por ninguém.

O percurso daquele dia a levaria até os limites da Reserva Natural Colony Farm, que beirava o parque. O ruído do tráfego matinal da rodovia mais à frente ficou mais forte conforme ela corria em sua direção, ao lado da ferrovia.

Outro corredor se aproximou. Era corpulento, bem diferente dos corredores de longa distância típicos que ela costumava encontrar naquelas trilhas.

Tentou distinguir as feições do sujeito quando se aproximou mais, contudo estava escuro, e ele trazia o capuz puxado sobre a cabeça.

Aquilo a deixou preocupada. Estava muito quente para se correr com um capuz, e já não chovia mais.

O homem evitou o olhar dela enquanto passava. Levando em conta sua respiração pesada, Kat duvidou de que ele pudesse prosseguir por mais de cem metros sem ter que parar para recuperar o fôlego.

Estavam em um local isolado, a vários quilômetros da estrada. O que um corredor obviamente despreparado estaria fazendo ali a uma hora daquela?...

A van no estacionamento devia ser dele, concluiu.

Kat considerou a hipótese de retornar, mas mudou de ideia. O estacionamento também estava deserto. Se continuasse desconfiando de tudo e de todos, jamais conseguiria entrar em forma. Iria continuar correndo ao longo da ferrovia, viraria na entrada da horta comunitária e voltaria para a Eagle Trail, como havia planejado.

De repente, alguém a agarrou por trás. Um braço envolveu seu pescoço, estrangulando-a, enquanto o outro a segurou pela cintura. Ela engasgou na tentativa de respirar, sentindo um bafo quente na nuca.

Kat lutou desesperadamente. Chutou para trás com força, tentando acertar o sujeito, porém ele a apertou ainda mais, segurando seus braços até ela não poder mais se mover.

Que imbecil ela havia sido! Que ideia idiota correr sozinha no escuro! Quanto tempo levariam para encontrar seu corpo?... Nunca mais faria algo tão estúpido de novo, prometeu a si mesma.

Se conseguisse sair viva dali.

— Não abra a boca, sua vadia, ou morre!

Ele a virou nos braços. Era o homem que passara por ela na trilha.

— Você quer dinheiro? Eu não tenho aqui, mas posso conseg...

— *Calada!* Você é surda ou o quê!?

Kat abriu a boca e tentou gritar, mas só conseguiu emitir um grunhido.

De qualquer modo, ninguém poderia ouvi-la. Nem mesmo os mendigos.

O homem prendeu seu queixo com a mão, comprimindo sua jugular e fazendo-a se debater em busca de ar. Ela o encarou, memorizando suas feições para o caso de conseguir escapar, e ele sorriu para ela, os dentes podres e desbotados parecendo milhos de pipoca queimados em uma fileira desordenada. Seu algoz estava claramente se divertindo.

— Por favor, deixe-me ir! Eu prometo não...

Ele lhe esmurrou a lateral da cabeça, e tudo ficou escuro.

Kat sentiu as pernas cedendo e ameaçou ir ao chão, porém seu captor a segurou pelo pescoço com o 'V' da mão e apertou sua garganta, impedindo-lhe a queda. Ela tornou a engasgar. Cambaleou na tentativa de recuperar o equilíbrio e soltar a pressão do pescoço, mas, quando o fez, ele a prendeu ainda com mais força.

Sua única chance era tentar fugir. Se conseguisse se desvencilhar dele e se afastar alguns metros!... Talvez pudesse sair correndo se tivesse forças para dar uma boa arrancada.

Avaliou o porte do sujeito. Era alto e robusto, um verdadeiro *linebacker* de futebol americano. Devia ter pelo menos uns cento e treze quilos e uns bons dez centímetros a mais do que ela. Precisava surpreendê-lo e deixá-lo sem reação.

O capuz do homem caiu, e ela pôde enxergar melhor seu rosto. Era o mesmo sujeito que tinha invadido seu escritório, o viciado em metanfetamina! A diferença era que agora ele estava decididamente mais bem vestido: com um agasalho Reebok.

Seus olhos verdes e selvagens a encararam, estudando-a, e ela teve a nítida sensação de que ele não tinha qualquer obrigação de mantê-la inteira.

Então a invasão do escritório não fora um acontecimento à toa. Aquilo tudo estava obviamente relacionado à Liberty.

Kat entrou em pânico, qualquer sentimento de satisfação por estar certa ofuscado pelo pavor que agora a consumia. Tinha sido assim com Takahashi e Braithwaite? O que aquele monstro faria a seguir?

O Drogado relaxou o aperto momentaneamente, remexendo o bolso. Tirou dele uma corda de nylon e amarrou os pulsos dela diante do corpo.

— Eu pago quanto você quiser, mas me deixe ir!... - insistiu Kat. - Posso pagar mais do que quem *te* contratou e não conto a ninguém... Eu prometo! Por favor, me deixe...

— O que foi que eu acabei de dizer?!

— ...Para ficar calada?

— Isso mesmo. Agora cale essa boca ou vai se arrepender!

Kat se esquivou para a direita e passou por ele, jogando os braços para escapar do alcance do homem, porém ele a segurou pela blusa. Ela se lançou para a frente, libertando-se mais uma vez, no entanto ele tornou a agarrá-la antes de jogá-la no chão e empurrar seu rosto contra a lama.

A última coisa que Kat sentiu foi um golpe na parte de trás da cabeça. Depois, mais nada.

CAPÍTULO 40

Kat acordou com uma dor de cabeça insuportável. Tinha as costas doendo graças ao chão de ladrilhos e estava com frio. Tentou mover os braços, mas parou quando a corda de nylon machucou seus pulsos.

Agora se lembrava: o Drogado e a trilha no parque.

Fechou os olhos, prometendo a si mesma nunca mais correr sozinha. Estava em um prédio úmido e sem aquecimento, envolta pela escuridão, e tremendo por conta das roupas ainda molhadas.

Ficou em silêncio, tentando ouvir se havia alguma pessoa por perto, porém não escutou nada. Aparentemente estava sozinha.

Após algumas tentativas, moveu os braços amarrados a fim de erguer o corpo e sentar-se. Avaliou a situação. Exceto pela corda em torno dos pulsos, estava solta, portanto poderia se movimentar.

Posicionou os joelhos e se levantou.

Assim que ficou ereta, foi como se o chão se movesse sob seus pés.

Ela ficou parada por um momento, entretanto não aconteceu novamente. Talvez estivesse tonta devido à pancada, pensou, apalpando o 'galo' na lateral da cabeça.

Tão logo se firmou, moveu os braços unidos em um arco, tentando sentir ao redor. Na altura do quadril, trombou com um balcão. Tateou a superfície e encontrou duas pias. Do outro lado, seus braços tocaram uma porta. Parecia um banheiro.

Kat foi tateando a borda da bancada até chegar à parede. Ligou um interruptor de luz, mas nada aconteceu. Com dificuldade, esticou um dedo, querendo pressionar a luz do relógio, e sentiu a corda de nylon ferir o osso do pulso. Após algumas tentativas, o relógio se iluminou, e ela pôde enxergar a porta sob a luz fraca.

Abriu-a, então. Ao espiar o lado de fora, deparou com mesas e cadeiras de um restaurante *fast food*, do tipo que se aparafusavam ao chão. A luz difusa do dia filtrava-se através das janelas cobertas de poeira e sujeira. O lugar parecia abandonado.

Ela avançou para dentro da lanchonete, tomando o cuidado de não fazer nenhum barulho. Quando dobrou uma esquina, seu coração quase parou. A alguns metros dela, havia um homem parado, de costas.

Sentiu-se congelar. Poderia correr de volta para o banheiro, mas ele provavelmente a ouviria.

Decidida, ela arriscou mais alguns centímetros na ponta dos pés, tentando enxergá-lo melhor no escuro. Era um Ronald McDonald em tamanho real, preso ao chão!

Kat desprezou a si mesma por não ter reconhecido a ridícula roupa amarela e vermelha, ainda que na escuridão. Circundou o boneco devagar, examinando o restaurante em busca de algum sinal de vida. Não havia nenhum. Apenas mais mesas e cadeiras empoeiradas.

Seguiu adiante com cuidado, atenta a qualquer movimento.

A julgar pelos preços no cardápio, não serviam Big Macs ali havia muito tempo. Uma placa dizia que ali os sorrisos eram de graça, mas não havia ninguém atrás do balcão para oferecê-los.

Uma vez mais, ela teve a estranha sensação de que o chão se movia sob seus pés; mas foi só por um momento.

Pulou ao escutar um homem tossindo. O Drogado devia estar ali!

Com o coração aos altos, Kat se moveu com cuidado em direção ao som, avançando o mais silenciosamente que pôde com os tênis ainda úmidos da corrida na trilha. Quando espiou além da parede da esquina, viu uma forma escura sentada em uma das cadeiras de uma mesa ao longe.

Era a última pessoa que ela esperava encontrar em um lugar como aquele.

CAPÍTULO 41

— at? É você? - ele perguntou, num tom estranhamente conciliatório, muito mais delicado do que ela costumava ouvir.

Por que ela continuava tendo aqueles encontros bizarros?, perguntou-se Kat. Primeiro o Drogado, e agora Nick Racine.

Conforme se aproximou, viu que ele tinha braços e pernas amarrados ao ferro de apoio da cadeira, às suas costas. Por sorte, ela agora podia andar livremente.

O terno de Nick estava amarrotado, e seu rosto, obscurecido pelas sombras das cinco da tarde.

— Nick! O que está fazendo aqui? Que diabo está acontecendo?

— Eu não sei. Algo a ver com a Susan.

— Você quer dizer Clara.

— Sim, Susan, Clara, que seja. Escute... você estava certa.

— Não banque o inocente comigo. Você também está nessa história. Ainda não descobri como, mas é óbvio que está nas mãos de Clara.

— Kat, pense... Eu estaria aqui, deste jeito, se isso fosse verdade? - Ele remexeu o corpo, desconfortável no assento de plástico duro.

Kat se perguntou se alguma vez na vida Nick havia pisado em um McDonald's.

— Clara nem estaria na Liberty se não fosse por você - lembrou, seca. — Não pensou em fazer uma verificação de antecedentes quando a contratou?

— Vamos deixar essa discussão para mais tarde e nos concentrar em sair daqui. Eles vão vir nos buscar. E em breve. - Nick tornou a assumir sua postura dominadora e arrogante. — Vá até a cozinha e encontre uma faca para cortar estas cord...

— Acho que não. Não até jogar limpo comigo.

Mesmo à luz difusa das janelas imundas, o rosto do homem ficou vermelho de raiva.

Mas ela não iria baixar a guarda. Nick não seria tão colaborativo em uma posição menos comprometedora.

Kat fez meia-volta para ir embora.

— Tudo bem! - ele acedeu. — Faça do seu jeito. Só espero que isso não acabe matando a nós dois.

— Então, vamos lá... Por que está aqui, Nick? Tentou expulsar Clara da Liberty? Estava tentando ficar com os espólios? - Kat vasculhou um armário de condimentos, mas tudo o que conseguiu encontrar foi canudos e alguns pacotinhos de ketchup.

— Questionei a oferta de aquisição da Porter. O lance era muito baixo. Tudo o que eu estava tentando fazer era obter um preço justo para os acionistas. Normalmente, isso significa sair em busca de outros interessados. - Ele não soou muito altruísta, uma vez que era o acionista majoritário. — Clara não gostou. Foi quando descobri quem ela era na verdade.

— Ora, Nick, você sabia muito bem quem ela era quando a contratou. Não sou nenhuma idiota. Alguma coisa deu errado e você tentou dar para trás. Acertei? O que aconteceu? - Kat examinou o balcão à procura de algo afiado o suficiente para cortar as cordas do pulso. Havia alguma coisa naquele lugar que não fosse de plástico?

— Está bem... Eu estava devendo. Dívida de jogo. E havia gente da pesada atrás de mim. O pai de Clara me emprestou o dinheiro e, em troca, queria que um de seus funcionários fizesse um estágio na Liberty para aprender a negociar diamantes.

Kat reprimiu uma risada. Nick estava falando a sério? Um programa de mentoria para criminosos?

Então ele era mais incompetente do que ela havia imaginado a princípio. O pai de Nick havia lhe deixado uma fortuna, de acordo com a verificação de antecedentes feita por Jace. Por que ele precisaria de um empréstimo com o salário e a herança que tinha da Liberty?

— Deixe-me ver se entendi... Você pegou dinheiro emprestado com um agiota e, quando a coisa ficou complicada, pediu ajuda a um mafioso? De quanto estamos falando, Nick?

— De apenas alguns milhões. A condição era que o funcionário de Ortega ficasse até eu pagar a dívida.

Ele se mexeu na cadeira mais uma vez, obviamente incomodado, e Kat se perguntou há quanto tempo Nick estaria ali.

— Deixe-me adivinhar... Você não pagou a dívida.

— Não. Eu planejava fazer isso, mas Ortega me deu um extra, e eu decidi comprar mais algumas ações em margem com o dinheiro restante. O preço das ações tinha chegado ao nível mais baixo, e era a minha chance de fazer dinheiro rápido. Ou assim imaginei. O problema foi que elas caíram ainda mais. Não consegui o suficiente para depositar e atender aos valores de cobertura. Todo o meu dinheiro estava bloqueado.

— Estava fazendo *day trade* com sua própria empresa?... - Aquilo era novidade. - Quem diria... O presidente da Liberty manipulando as ações!

— Ei, não foi *day trade*. Meu plano era apenas segurar a coisa por alguns meses. Era uma chance de recuperar minhas perdas e colocar minha vida de volta nos trilhos. Assim que as ações se recuperassem, eu ia vendê-las e pagar a dívida. O problema foi que o preço delas nunca mais voltou ao normal. Quando recebi o aviso de margem, precisava cobrir ou vender. Como não tinha dinheiro para cobrir, eu vendi. Isso consolidou minhas perdas e me deixou sem dinheiro para pagar o empréstimo.

— Pelo visto, a sua aprendiz lhe passou a perna.

Céus. Havia alguém na Liberty que não estivesse manipulando as ações?, perguntou-se Kat.

— Sim. Acho que, se a sua teoria tem fundamento, Clara estava vendendo ações da Liberty a descoberto.

— Não é teoria, Nick. É fato!

Quando aquele infeliz iria lhe dar algum crédito?, ela pensou com raiva.

— Enfim, eu achava que uma boa história de aquisição poderia valorizar as ações, então dei essa ideia a Ortega. A coisa é que ele pôs tudo em prática... Eu nunca pretendi vender nada. Era só uma maneira de aumentar o preço das ações.

— E isso não é contra a lei? - Nick, um *insider*, praticando *pump and dump*.

— Eles me enganaram. Eles manipularam as ações de modo que eu perdesse dinheiro. E tendo minhas ações como garantia, elas serão perdidas se eu não pagar o empréstimo. - Nick deixou cair os ombros, derrotado.

— Quem são 'eles'? Clara?

— Não. Não diretamente. O pai dela. Ortega disse que a garantia era apenas uma formalidade. Na ocasião, eu não sabia que ele plane-java roubar a empresa com uma oferta de aquisição rasteira.

— Nick, o que estava esperando? Está lidando com criminosos!

Ele seria mesmo tão imbecil? Ou estava só bancando o idiota?, questionou-se Kat. Nick devia saber tudo sobre Clara o tempo todo.

— Não percebe, Kat? A reunião dos acionistas é amanhã. Se eu não estiver lá, não poderei votar. Se eu não indicar um procurador, Clara, como administradora, pode votar minhas ações da maneira que quiser.

— Verdade. Mas foi você quem a contratou. Tem alguma coisa nessa história que não está batendo. O que está escondendo, afinal?

— Vamos deixar essa discussão para outra hora e nos concentrar em sair daqui. Podemos ajudar um ao outro. Só precisamos encontrar alguma coisa para cortar estas cordas.

— Podemos?... Acho que quer dizer que *eu* posso, já que sou a única livre para andar por aí. Não vou fazer coisa nenhuma até que me diga o que está acontecendo. Por que eu deveria ajudar você?

O som de um motor do lado de fora do restaurante abafou a resposta de Nick. Kat girou nos calcanhares e correu de volta na direção do banheiro.

Tinha chegado à bancada da lanchonete quando ouviu um barulho de corrente na porta da frente. Em seguida, a porta se abriu.

CAPÍTULO 42

O Drogado invadiu o restaurante e, desta vez, não estava sozinho. Arrastando-se atrás dele, havia outro bandido, mais baixo e corpulento, as entradas na testa deixadas à vista por um rabo de cavalo. Ambos usavam jaquetas e coletes de couro pretos, e jeans imundos.

Uma fumaça fedida de cigarro flutuou até onde Kat ficou escondida junto ao chão, por trás da bancada.

— Onde ele está, Gus?

— Ah, pelo amor de Deus, Mitch! O que eu acabei de falar? Não diga o meu nome!

— Tudo bem, chefe. Mas acabou de usar o meu também. Estamos quites.

Então, o Drogado era Gus. E, pelo visto, ele tinha subordinados.

— Esqueça. Mas fique com essa boca fechada! - Gus fulminou Mitch com o olhar.

Ambos ignoraram completamente a presença dela e passaram pelo balcão, rumando para o canto onde Nick encontrava-se amarrado. A luz da tarde desvanecia rapidamente, e Mitch acendeu uma lanterna, apontando o facho para seu prisioneiro.

236

A luz iluminou outra coisa, também, percebeu Kat, vendo um lampejo de aço na mão de Gus.

— Ainda preciso dar um jeito nesse cara, certo, chefe?

— Sim. Mas não complique, está bem? Não vá fazer como da última vez. Nada de estardalhaço.

Gus estaria se referindo a Takahashi?... Eles iriam matar Nick?! Para quem aqueles dois trabalhavam, afinal?

As perguntas pipocavam pela mente de Kat enquanto ela se esforçava para ouvir a conversa.

— Por mim, tudo certo.

— Graças a Deus vocês caíram em si! - Nick fingiu alívio. — Desatem as minhas mãos, primeiro. Preciso...

— Eu já disse para calar a boca, seu imbecil!

— *Aai!....*

Kat continuou junto ao piso, porém avançou um pouco para espiar além da bancada. Gus bloqueava sua visão, mas estava diante de Nick com uma arma apontada para ele. O que quer que Mitch estivesse fazendo com o executivo era doloroso, a julgar por seus gritos.

De repente, a porta da entrada bateu. Kat arriscou olhar para trás, sentindo o coração disparar no peito.

Então, relaxou. Era Cindy. Tinha aparecido milagrosamente. Do nada.

— Que alívio! Você não faz ideia d...

Um chute em suas costas a interrompeu. Kat gritou e se enrolou em posição fetal no chão, emudecida pela dor.

— Cale a boca, vadia!

Kat lutou por se manter em silêncio a despeito dos espasmos de dor que lhe percorreram a coluna. Ofegante, sentiu lágrimas escorrerem pelo rosto. Era como se o chute de Cindy houvesse lhe partido as costas!

Gemeu involuntariamente enquanto tentava se afastar.

— Eu disse para calar a boca!

Kat entreabriu os lábios, abismada, quando Cindy se avultou sobre ela. Vestindo couro, da jaqueta até as botas de salto agulha, a moça acendeu um cigarro e tragou profundamente.

— Parece que não escuta!... Quer acabar como Nick?

Cindy não esperou por resposta, entretanto. Bateu o dedo no cigarro, deixando as cinzas caírem sobre o rosto de Kat.

Kat espirrou quando as cinzas entraram em seu nariz.

— Fique quieta, sua cadela. Entendeu?

— Está bem.

Cindy não iria salvá-la. Estava planejando matá-la, isso sim!, concluiu Kat. Cindy era parte da quadrilha. Não passava de uma policial corrupta.

Clara também a teria comprado?

Agora tudo fazia sentido. Aquilo explicava por que eles viviam um passo à frente, como Gus ficara sabendo do local onde ela ia correr naquele dia.

Tudo mesmo. Até o fato de Platt insistir em tratá-la como suspeita do assassinato de Takahashi.

— Vamos, rapazes - resolveu Cindy, largando a bituca.

Kat sentiu o cigarro aceso derreter o tecido de suas calças do agasalho, porém, em seguida, Cindy apagou-lhe o traseiro com a bota.

Mitch empurrou Nick e o cutucou com a arma, fazendo-o prosseguir aos tropeços. O executivo agora tinha as mãos amarradas às costas, e as pernas livres. Gus seguiu logo atrás. Aparentemente, ambos os bandidos estavam sob o comando de Cindy.

— Muito bem... Você aí. - Cindy se voltou para ela. - Trate de obedecer e ficar quietinha. Voltaremos para pegá-la mais tarde - declarou e, seguida por Gus e Mitch, marchou para fora com as botas de salto.

A porta bateu atrás deles, porém Kat ainda pôde ouvir gritos abafados do lado de fora enquanto eles passavam a corrente.

Um minuto depois, escutou dois tiros.

Em seguida, alguém deu partida em um motor.

O veículo permaneceu ligado por cerca de meia hora antes de finalmente se afastar. Ela continuou deitada no chão, onde Cindy a havia deixado, ainda com medo de se mover. Aguçou os ouvidos, tentando escutar mais alguma coisa: um choro, um grito...

Mas só havia silêncio.

O medo que Kat sentira antes deu lugar ao terror pelo inevitável. Eles haviam atirado em Nick. Era só uma questão de tempo antes que voltassem para matá-la.

CAPÍTULO 43

A luz da manhã finalmente perpassou pelas janelas sujas, o bastante para que Kat pudesse enxergar. Ela vasculhou a cozinha mais uma vez, abrindo armários e gavetas, na esperança de que tivesse deixado passar alguma coisa no dia anterior.

Não tinha. Os armários estavam mesmo vazios. Não havia nada com que cortar a corda em seu pulso; nem mesmo uma faca de plástico.

A assembleia dos acionistas seria dali a algumas horas. O adiamento de dois dias não havia mudado coisa alguma. Cindy se encarregara disso, mantendo-a prisioneira ali. A votação seguiria adiante.

A única diferença era que a administração, ou seja, Clara, votaria pelas ações de Nick, já que sua suspensão terminaria se ela, Kat, não conseguisse provas das trapaças da mulher.

Kat sentiu o estômago se apertar. Cindy e seus comparsas decerto voltariam em breve.

Deixou-se recostar na geladeira, desanimada.

Examinou o salão, e seu olhar se deteve no balcão à sua frente. Não tinha notado aquela caixa de plástico filme antes... A borda serrilhada poderia ser afiada o bastante para cortar a corda!

Apoiando a ponta da caixa contra o estômago, de modo a estabilizá-la, ela passou a mover os pulsos para frente e para trás contra a pequena serra. Após um minuto de esforço constante, foi finalmente recompensada por seus esforços. A borda serrilhada provocara um entalhe na corda, enquanto o plástico se transformara em um pó grosso.

O sulco se aprofundou quando ela moveu os braços mais rápido. Na pressa para romper de uma vez as amarras, contudo, errou o movimento, e a serra de metal cortou também sua pulseira, atingindo-lhe a pele.

— *Ai!!* - Kat gritou quando a borda irregular a feriu dolorosamente.

Foi como se ela houvesse se cortado em mil folhas de papel de uma só vez. Deu um pulo com a dor, e seu relógio caiu ao chão. O corte irregular em seu pulso rapidamente tingiu-se de vermelho, vertendo sangue.

Seu choro ecoou pela cozinha deserta, porém a corda de plástico agora estava presa apenas por um fio.

Kat respirou fundo, combatendo a náusea que lhe embolou o estômago. Torceu os pulsos e os separou em um movimento rápido. A corda partiu, e uma sensação de alívio a inundou.

Um rio de sangue escorria por seu braço agora. Teria se ferido gravemente?

Uma onda de pânico a invadiu. Por que não tinha prestado mais atenção à aula de primeiros socorros? Precisava enfaixar aquele pulso de alguma forma, mas, com o quê?

Encontrou uma pilha de guardanapos em um armário. Pegou um punhado e pressionou o pulso para estancar o sangramento. Os papeis logo se tingiram de vermelho, ensopados pelo sangue, enquanto ela assistia a tudo com uma fascinação mórbida.

Agoniada, Kat jogou os guardanapos encharcados no chão e apertou uma segunda pilha contra o ferimento. Desta vez, o sangramento diminuiu.

Ela olhou a cozinha à procura de algo para segurar a bandagem improvisada no lugar. Algo com que pudesse amarrar o pulso.

Quanta ironia!, pensou, desgostosa.

Avistou o rolo vazio de papel filme. Aquilo deveria servir.

Com cuidado, foi desenrolando o papelão até conseguir um pedaço de cerca de sessenta centímetros. Em seguida, envolveu o pulso junto com os guardanapos, prendendo-os no lugar.

Ela correu para fora da cozinha, então, ainda pressionando o braço na tentativa de estancar o sangramento. Cada minuto gasto naquela lanchonete era um risco a mais de Cindy e seus capangas voltarem para matá-la.

Abriu a porta e rumou para a frente do restaurante. Empurrou a porta da entrada, mas Cindy devia ter recolocado a corrente depois de sair, na noite anterior. Precisava encontrar outra saída.

Havia uma janela à direita da porta. Tensa, ela buscou algo com que quebrá-la e avistou um porta-guardanapos de metal em uma das mesas. Jogou o objeto o mais forte que pôde contra a janela, porém este bateu no vidro e foi ao chão. Mas não antes de provocar uma pequena rachadura.

Kat tornou a arremessá-lo. Jogou várias vezes, mirando a trinca no vidro.

Após meia dúzia de tentativas, o vidro finalmente se quebrou. Ela poderia passar por ali, mas precisaria remover as lascas primeiro.

Como podia haver tantos perigos em uma lanchonete feita quase inteiramente de plástico?...

Precisava de alguma escova, mas não conseguia se lembrar de ter visto algo do tipo, tampouco outras ferramentas, em sua excursão pela cozinha.

Foi então que teve uma ideia: tirou um dos tênis e, usando o calçado como luva, arrancou os cacos restantes da moldura da janela.

Embora ela fosse uma pessoa resiliente, foi um choque espiar lá fora. Um vento forte açoitou seu rosto, chicoteando-lhe os cabelos diante dos olhos e tirando seu fôlego.

Kat se agarrou aos caixilhos da janela e inclinou-se tanto quanto lhe foi possível. Em vez de asfalto e cimento, havia água logo abaixo dela, aproximando-se em pequenas ondas de crista espumosa. A lanchonete ficava em uma barcaça que flutuava no que tinha de ser Burrard Inlet a julgar pela proximidade das Montanhas North Shore, à sua esquerda. Aquilo explicava a estranha sensação do chão se movendo sob seus pés.

À direita, ela avistou a terra firme mais próxima - um afloramento rochoso que saía da costa, densamente arborizado e sem nenhum sinal de movimento. Ficava a pelo menos oitocentos metros de distância, distante demais para se alcançar a nado. À sua frente, só havia água, e ela imaginava que estivesse a pelo menos oito quilômetros a leste de Vancouver. Que diabos fazia uma lanchonete flutuante em Burrard Inlet?

A porta à sua esquerda tinha um pequeno deque logo baixo, cercado por uma grade alta, contudo o desembarcadouro não se estendia até a janela. Para escapar dali, ela precisaria sair, agarrar-se à grade e pular para a plataforma.

Kat sentiu-se invadida por uma onda de medo. E se errasse o salto?

Aguçou os ouvidos na tentativa de escutar algum barco enquanto colocava os tênis de volta, mas não havia nada ao seu redor além do som de água batendo. Apesar das janelas nos quatro lados da edificação, estas se encontravam sujas demais para que pudesse enxergar através delas.

Kat considerou a hipótese de quebrar outra janela no lado oposto. Talvez houvesse outro deque, que lhe permitisse ser vista e resgatada.

Uma segunda janela quebrada, no entanto, tornaria a barcaça ainda mais gelada com o vento.

Ela levou apenas um segundo para descartar esse último pensamento. Passar frio era melhor do que esperar para ser assassinada. Cindy e sua gangue voltariam para pegá-la assim que se livrassem do corpo de Nick.

A verdade pousou em seu âmago feito uma rocha. Como sua melhor amiga podia tê-la traído assim?...

Mas não era hora de sentir pena de si mesma.

Decidida, ela caminhou até o outro lado e, usando o porta-guarda-napos novamente, arrebentou a segunda janela. Desta vez, o vidro cedeu em sua primeira tentativa, deixando um pequeno buraco, que ela terminou de martelar com o mesmo objeto.

De repente, Kat ouviu vozes. Curvou-se sobre a janela e avistou canoístas flutuando nas ondas à alguma distância dali.

— *Eeeei!*

Os canoístas continuaram conversando, indiferentes aos seus gritos.

— *Socorro!*

Os dois caiaques foram se afastando até se transformarem em dois pequenos pontos na superfície da água. Logo eles teriam sumido de vista. Ela já nem conseguia ouvi-los.

Kat ainda gritou por mais dez minutos, na esperança de que alguém estivesse por perto, mas foi em vão. Ninguém conseguia enxergá-la dentro da barcaça. Ela precisava sair dali!

O problema era que também não havia nenhum deque abaixo da segunda janela, ou em algum ponto que pudesse avistar. Isso significava que sua única chance seria alcançar a plataforma debaixo da porta.

Voltou para lá e olhou pela janela, lembrando-se de suas antigas aulas de educação física. Nunca tinha sido boa em flexões, exercícios de barra ou escaladas de qualquer tipo. Havia uma boa chance de ela não conseguir e, se acabasse no mar, estaria perdida.

Por outro lado, o que poderia ser pior do que as atuais circunstâncias? Iria morrer de qualquer maneira. No deque, ao menos alguém poderia avistá-la.

O céu escureceu, e o vento soprou mais forte, as rajadas assobiando dentro do restaurante através da janela quebrada. Estaria ainda mais gelado na plataforma, lá fora. Teria uma hora, no máximo, antes de ser acometida de hipotermia. Um só deslize, e ela cairia na água, sem ninguém para salvá-la, ninguém para vê-la se afogar.

Apesar do frio, Kat sentiu as palmas das mãos suadas. Limpou-as nas calças e respirou fundo. Subiu na moldura da janela e se firmou contra o balanço constante da barca.

Esticou um braço para avaliar a distância. O gradeamento ficava cerca de trinta centímetros além de seu alcance. A única maneira de chegar até ali seria pular com o braço esticado na direção da balaustrada. Precisava saltar da janela e agarrar o corrimão para cair sobre a plataforma. Se errasse o pulo, cairia na água.

Eram só trinta centímetros. Com sorte, poderia conseguir.

Mas, teria força suficiente para saltar?...

Kat estremeceu enquanto se preparava. Respirou fundo mais uma vez e saltou do caixilho, buscando o máximo de impulso em direção ao gradeamento. Mirou o corrimão, os dedos esticados para a frente, mas suas mãos só encontraram o vazio. Em vez da balaustrada, apenas ar.

Ela se debateu freneticamente, despencando para a água.

CAPÍTULO 44

Kat sentiu os dedos se fechando em torno do metal frio e úmido, cuja superfície fora corroída pela maresia. Seus braços quase se deslocaram dos ombros ao absorverem o impacto do peso de seu corpo contra a balaustrada.

Uma onda de alívio a invadiu quando ela conseguiu recuperar o fôlego. Tinha errado a barra superior e mais duas abaixo desta, entretanto conseguira se agarrar ao último ferro. Estava dependurada, agora, com os olhos ao nível da plataforma.

Seus tornozelos mergulharam na água quando a barca oscilou para cima e para baixo. Ela precisava se erguer. Tentou levantar a perna direita e apoiar a sola do tênis na lateral da embarcação, lembrando-se de sua única tentativa de escalada dois anos antes. A ideia era usar a força das pernas, não dos braços.

Com um gemido, esticou o braço para alcançar a barra mais alta e fez força com a perna, depois repetiu o movimento do outro lado. Agora estava fora da água e segurando-se com mais firmeza ao corrimão.

Sentindo a confiança retornar, ela escalou a grade até alcançar a barra superior. A distância entre os ferros era suficiente para que apoiasse os pés e erguesse o corpo.

Kat desabou na plataforma, sentindo-se orgulhosa por seu feito. Olhou para a janela e se deu conta de que não tinha como voltar para dentro da barcaça. Não havia onde se segurar do lado de fora. Estava presa ao deque, impossibilitada de retornar ao abrigo da lanchonete. Com os pés molhados, deveria ter meia hora, na melhor das hipóteses, antes de começar a sofrer com hipotermia.

Olhou o horizonte. Estava como antes. Nenhum barco, ninguém na praia.

Ela se encostou na porta, tentando se proteger ao máximo do frio. Seus dentes começaram a bater, e estava com fome também.

O som de um motor interrompeu seus pensamentos. Kat se pôs ereta, o coração disparado. E se fosse Cindy ou seus comparsas?

Mas não era. Ao menos não parecia ser. Era um rebocador, concluiu, já que o barulho do motor era muito mais alto do que o que ela ouvira na noite anterior.

Ela se levantou e gritou ao sentir fumaça de diesel flutuando em sua direção.

— *Socorro!*

O rebocador passou, porém começou a manobrar na direção da costa.

Sem parar de gritar, ela agitou os braços freneticamente.

— *Ei, aqui!... Socorro!!!*

O rebocador diminuiu a velocidade e parou por um momento antes de fazer meia-volta. Kat quase sentiu o coração falhar ao perceber que tinha sido vista. O barco virou e parou ao lado dela. Um homem com o rosto vermelho e uma capa impermeável de alta visibilidade emergiu da casa do leme, olhando-a com desconfiança.

— Que diabo está fazendo aí, moça?

— Eu fui sequestrada... Pode me tirar daqui?

— Sequestrada? - Ele a fitou com ceticismo. - Vou chamar a polícia, então, e eles virão buscar você. - Enfiou a mão no bolso e tirou um celular.

— *Não!* Não pode telefonar para a polícia. Não agora. Desse jeito eles vão saber onde estou.

— E não é isso que quer depois de ter sido sequestrada? - O homem fez uma pausa para soltar uma tosse de fumante. - Tem mais alguém aí?... - Ele pareceu mais suspeito do que solidário.

Kat se deu conta de como ele a devia estar vendo: suja, desgrenhada e vestindo calças justas, cheias de marcas de cigarro.

— Não. Eles mataram um homem e disseram que voltariam para me buscar mais tarde. Podemos ir embora agora?

— Só se eu puder telefonar para os policiais primeiro. Assim eles estarão a caminho caso seus sequestradores voltem. — Ele pronunciou 'sequestradores' com ênfase, como se ainda não acreditasse nela.

— Eles não vão chegar a tempo. Tire-me desta barca agora, por favor!

O homem a encarou, desconfiado.

— Não estou entendendo. Se estivesse falando a verdade, iria querer que eu ligasse para a polícia.

— Eu sei que parece estranho, mas tenho uma boa razão para não chamar as autoridades. Quanto mais ficamos conversando, mais perigosas as coisas ficam! Explico tudo quando eu sair desta barca. A situação não se enquadra no código de honra dos marinheiros ou algo assim?... Você não é obrigado a me resgatar?

Os olhos do homem a percorreram de cima abaixo, aparentemente avaliando o quanto ela poderia ser perigosa. Por fim, ele pareceu decidir que ela era inofensiva.

— Está bem. Vou ajudar. Mas vai ter que pular aqui.

O rebocador estava a cerca de três metros abaixo da balsa. Esse não era o maior problema, porém, concluiu Kat. Havia um espaço de quase um metro entre o barco do homem e sua prisão flutuante.

Não que fosse um salto muito difícil de se dar, no entanto, o ar frio e a falta de comida haviam minado sua energia. Se errasse o pulo, iria afundar na água gelada entre o rebocador e a barca.

— Está pronta? Aqui, pegue isso....

Era uma corda.

— Por que preciso de uma corda?

— Para o caso de errar o pulo. Dessa forma, poderei *te* puxar.

Mas Kat não errou e caiu no convés, os joelhos absorvendo a maior parte do impacto.

Ela sentiu a cartilagem protestar, mas logo depois a dor diminuiu. Então rolou de lado e ficou imóvel, completamente exausta. Estava finalmente fora daquela maldita balsa.

As mãos calejadas do condutor do rebocador seguraram as dela e a fizeram se levantar. Então ele apontou para a casa do leme.

— Eu me chamo Rory. Agora, entre ali... Tem um cobertor lá dentro. Vou para lá em um minuto.

Kat obedeceu e se acomodou no calor da cabine, cobrindo-se com o cobertor de lã cheirando a mofo.

Estremeceu ao olhar para a lanchonete flutuante. Era uma construção de vidro e aço dos anos 1980, flutuando sobre uma plataforma elevada a cerca de quatro metros e meio acima da água. O exterior de aço, outrora branco, agora estava todo enferrujado e manchado.

Rory voltou para dentro e retomou os controles, acelerando o barco.

— Vou levá-la para a marina. Mas antes precisa me explicar que diabo estava fazendo no McBarge.

— McBarge?

O homem franziu a testa, encarando-a.

— Não sabia?

— O quê?...

— Era um McDonald's antigo. Você é daqui, da região?

Kat assentiu.

— Então. Deve se lembrar da Expo '86...?

Lembranças da Feira Mundial de Vancouver voltaram para Kat. Harry e Elsie a levavam até ali sempre que podiam, no verão de 1986. Tinha comido no McDonald's flutuante diversas vezes, mas, nessas ocasiões, ela só se importara com a comida, não com o ambiente. Por isso não havia reconhecido o lugar.

Kat olhou para o casco enferrujado flutuando na água, espantada por ter estado ali todo o tempo.

— Acho que me lembro um pouco. Eu não fazia ideia de que ele tinha ficado aqui todos esses anos.

— Não era para ficar. O McDonald's queria mantê-lo, mas a cidade não permitiu. Toda vez que inventavam um novo local para a barca, esta não conseguia ser aprovada pela lei de zoneamento.

— Por isso eles trouxeram o McBarge para cá?

— Era para ser temporário. Mas meses se transformaram em anos e, quando o McDonald's não conseguiu aprovação, acabou se cansando e abandonou o barco. Ele está flutuando aqui desde então, como um McLanche feliz comido pela metade... Mas você ainda não me deu nenhuma explicação. Por que não ligamos para a polícia?

Kat fez um resumo para Rory do que havia acontecido, começando por sua corrida na manhã anterior. Omitiu os detalhes sobre a Liberty, dizendo apenas que havia testemunhado um crime, e que alguém havia pago uma policial corrupta, que já havia matado a outra vítima de sequestro.

— Agora entendi - Rory pareceu mais empático. — Policiais corruptos são o que há de pior. É a palavra deles contra a sua... Mas tem que haver alguém em quem você possa confiar. Não tem?

Kat negou com um gesto de cabeça. Depois da traição de Cindy, poderia contar com apenas uma pessoa dali em diante: ela mesma.

CAPÍTULO 45

— O que aconteceu com você? Está um lixo! - Os olhos azuis de Platt se estreitaram para Kat enquanto ele marchava pelo carpete gasto do corredor até a última mesa próxima à janela. Os vidros do restaurante da marina davam vista para a água, porém, embaçados pela maresia, projetavam uma luz difusa em seu interior.

O terno azul e os sapatos de pelica de Platt, entretanto, destoavam tanto do Maggie's Surf n'Turf quanto o visual grunge-punk dela, concluiu Kat. Havia quase uma hora, os clientes do restaurante vinham lançando olhares e sussurrando sobre suas calças queimadas de cigarro e o bracelete de papelão que ainda trazia no pulso. Pareciam não ter encontrado muito mais sobre o que falar desde que Rory a deixara ali e pedira a Maggie que colocasse a refeição dela em sua conta.

Kat engoliu um pedaço de omelete e baixou o garfo. Maggie chegou ao mesmo tempo que Platt e colocou uma xícara fumegante de café diante dele antes mesmo de ele tocar o assento.

— Isso é parte do que eu tenho para lhe contar. Houve outro assassinato. - Kat bebeu os últimos restos de café amargo e se levantou. — Onde está seu carro?

— Não tão rápido. Você me prometeu uma dica sobre o caso de Takahashi. Qual é? - Platt esvaziou dois sachês de creme no café, depois tomou um gole sem nem misturá-los.

Kat voltou a se sentar.

— Não posso dizer nada aqui. Alguém pode estar ouvindo.

Aquilo era um eufemismo. A vida no restaurante parecia ter sido momentaneamente suspensa. Assim que ela começara a falar, a conversa tinha cessado, e o som de talheres e pratos desaparecera.

— Conto tudo no carro.

— Está bem. Mas dê-me um minuto, ok? - O humor de Platt estava péssimo. — Foi o meu segundo percurso em horário de pico hoje. Preciso de um tempo antes de pegar trânsito pela terceira vez.

O tráfego em Vancouver piorava a cada dia. O congestionamento pela manhã costumava ir pelo menos até as dez e meia, com apenas uma pequena pausa antes de recomeçar por conta da hora do almoço.

— Está bem, mas cada minuto que desperdiçamos pode significar menos provas.

Platt recostou-se no assento, tomou um gole de café e fez um bochecho com a bebida antes de engoli-la.

Kat tentou disfarçar o próprio nojo. Tudo naquele sujeito a irritava. O problema era que ele era o único policial com quem ela poderia contar no momento. Como Platt não morria de amores por Cindy, era provável que não estivesse envolvido no sequestro.

— É melhor que valha a pena depois do trânsito que peguei para chegar aqui. Não sou taxista.

Quinze minutos depois, Kat contou tudo a Platt enquanto eles seguiam para o centro no carro comum do investigador, mas que acabava se revelando da polícia devido à antena gigante. Ela falou sobre o sequestro, sobre o McBarge e a morte de Nick, deixando de fora o envolvimento de Cindy.

— Se isso tudo é verdade, deveríamos estar indo para o McBarge, não para a direção oposta. - Platt segurava o volante com força, as pontas dos dedos esbranquiçadas pela pressão. — Por que não me falou isso na marina? Eu já podia ter mandado alguém até a barca.

Ele soltou o controle do volante por um instante para digitar desajeitadamente no celular.

— Precisamos chegar à assembleia dos acionistas da Liberty antes da votação!

— Que votação? - quis saber o detetive.

Ou Platt era muito estúpido ou estava tentando irritá-la. Como podia estar investigando o assassinato de Takahashi e não saber sobre a oferta de aquisição?

Ele gritou algo em código policial sobre o McBarge no celular, mandando alguém preservar a cena do crime.

— Os acionistas votam hoje a oferta de aquisição da Porter - ela explicou em seguida. — A Porter Holdings é uma empresa de fachada para o crime organizado.

Kat ficou esperando por alguma reação de Platt, porém a expressão dele permaneceu impassível.

— Eles querem o controle da Liberty porque precisam lavar diamantes do mercado negro - prosseguiu com um suspiro.

— E precisam comprar uma empresa para isso?

— Vai ver quando estivermos na assembleia. Nick é o maior acionista. Se Nick não estiver lá para votar com as ações dele, alguém da administração pode votar por procuração.

Uma luz pareceu se acendeu no cérebro de Platt.

— Ah... Uma motivação. Então alguém mais pode votar a favor da aquisição.

Brilhante. O homem só precisava de alguma orientação.

— Isso mesmo. Dessa forma, a Liberty passaria para a Porter. Quando Nick começou a fazer muitas perguntas sobre a aquisição, foi sequestrado.

Eles estavam a apenas alguns quarteirões do hotel, contudo o trânsito parecia cada vez pior.

— Por que o voto de Nick é tão importante? Por que não sequestraram outros acionistas?

Kat respirou fundo. Platt ainda não tinha feito a conexão com os assassinatos de Braithwaite ou Takahashi? A Liberty era o elo comum entre eles.

— Nick não foi o primeiro. Fico surpresa por não saber disso - ela acrescentou, soltando uma farpa bem disfarçada. — Braithwaite era o outro acionista majoritário que foi assassinado primeiro. Os dois juntos detinham ações suficientes para decidir a votação. E Ken Takahashi também trabalhava para a Liberty. Isso soma três assassinatos relacionados à empresa. Alex Braithwaite, Ken Takahashi e agora Nick Racine.

— Pode haver uma conexão - admitiu Platt a contragosto. - Mas, por que alguém daria fim a esses caras?

Kat precisou reprimir a vontade de socar o homem. Platt não tinha prestado atenção à informação que ela havia dado quando questionada a respeito de Takahashi?

Ela respirou fundo e tornou a explicar.

— Seja quem for que esteja querendo a Liberty, precisava tirá-los do caminho. Alex Braithwaite e Nick Racine eram os dois acionistas majoritários. Braithwaite era contra a aquisição. Nick estava sendo forçado a votar a favor por conta de empréstimos que fez para cobrir suas dívidas de jogo. Takahashi, como geólogo-chefe, precisou ser eliminado por questionar a origem dos diamantes.

— Que outras informações têm sobre Takahashi?

— Acabei de falar... *Nick* é a nova informação.

Katerina, por que não podia me contar isso na marina ou pelo telefone? Você me fez atravessar a cidade dizendo que me apresentaria novas provas sobre o caso de Takahashi.

Eles pararam em um cruzamento a meio quarteirão do hotel. O sinal estava verde, porém ficaram presos por um táxi que tentara avançar no farol vermelho.

Platt fulminou um menino com *dreadlocks* que se aproximou com um rodinho, desafiando-o a sofrer as consequências se tocasse no para-brisa. Não ficaria nem um pouco feliz em ter que voltar para o McBarge no horário de pico depois da assembleia dos acionistas.

— Detetive, se eu tivesse dito alguma coisa, você não teria vindo.

De qualquer forma, é sobre Takahashi. Vai entender na reunião de acionistas.

Kat contou sobre Clara, seu disfarce de Susan e sobre Ortega. E também que todos aqueles que cruzavam o caminho deles era assassinado.

Platt ficou em silêncio por um instante. O trânsito andou e eles tornaram a se pôr em movimento.

— E onde você se encaixa nessa história? Não trabalha para a Liberty.

— Trabalhava, até uma semana atrás. Eles me contrataram para investigar a fraude de Bryant. Quando comecei a investigar, descobri os diamantes de sangue. Então Takahashi foi assassinado.

— Por que sequestraram você? Por que simplesmente não a mataram também?

— Tentaram me matar quando comecei a desconfiar do que não devia. Então me dispensaram. O problema é que não costumo aceitar 'não' como resposta. Quando denunciei Clara, eles me raptaram. Querem me manter longe da assembleia dos acionistas para que a votação siga adiante.

— Por que não mataram você e Nick ao mesmo tempo?

— Não sei. Deve haver uma razão - ponderou Kat. O homem era exasperante. — Pergunte a Cindy Wong.

CAPÍTULO 46

Kat correu pelo saguão, passou pela recepcionista atônita e quase trombou com uma senhora que atravessou seu caminho. Em seguida, desviou para a esquerda, evitando por pouco uma mesinha lateral com um vaso de aparência cara.

— Perdão! - gritou, voltando-se para olhar a idosa, que agitou o guarda-chuva em sua direção.

— Devagar, mocinha! - retorquiu a mulher, apontando-lhe o guarda-chuva com raiva. - Trate de ter respeito e olhar por onde anda!

A voz da velha senhora foi desvanecendo enquanto Kat subia as escadas para o Salão Cristal. Platt a seguiu de uma certa distância, mais educadamente.

Os candelabros cintilavam, refletindo nas paredes espelhadas, e ela levou algum tempo até se dar conta de que a maioria dos assentos estava vazia.

Teria chegado cedo demais?

Olhou as horas, entretanto seu pulso continuava enfaixado pelo papelão do plástico filme. Seu relógio ficara no McBarge, onde ela o havia esquecido após ter cortado sem querer a pulseira.

Não precisou procurar muito por Audrey. Antes mesmo de a mulher aparecer, ela se viu envolvida por uma nuvem de Chanel n º 5.

— Meu Deus do Céu! Olhe só para você... - Audrey a fitou dos pés à cabeça. - Suas outras roupas estão na lavanderia?

— Posso explicar, Audrey. Fui sequestrada e resgatada apenas há uma hora. Fui mantida em cativeiro no McBarge e...

— Mc o quê? Deixe-me adivinhar... Desta vez a culpada é a máfia do McDonalds?

Kat não podia culpar Audrey por seu ceticismo: ela mesma não teria acreditado naquela história.

— Audrey, não sou nenhuma louca, mas agora não importa. A que horas vai começar a assembleia dos acionistas? - Ela se virou, intrigada. Onde estava todo mundo? Havia menos de uma dúzia de pessoas espalhadas pelo auditório.

— Começar? Acabou vinte minutos atrás!

Kat sentiu o coração afundar dentro do peito. A reunião tinha sido marcada para as dez da manhã. Ela não havia percebido o quanto já era tarde.

— Mas, quem votou pelas ações de Nick?

— Eu mesma.

— Votou 'não', espero...?

— Votamos 'sim'.

Ela se sentiu como se tivesse levado um murro no estômago. Como Audrey podia ter entregado a Liberty daquela maneira, sem nem mesmo lutar?

Permaneceu emudecida, atordoada demais para dizer alguma coisa.

O detetive Platt finalmente apareceu, com o rosto vermelho e coberto de suor. Embora esbelto, Platt não parecia estar em muito boa forma, Kat notou com uma ponta de satisfação. Ele respirou fundo e soprou forte pela boca, tentando desacelerar a respiração.

— Audrey Braithwaite, este é o detetive...

— Já nos conhecemos - Audrey a interrompeu, seca, depois virou-se para encarar Platt. — Não que eu lhe tenha visto muito ulti-mamente.

Platt também devia estar investigando o assassinato de Alex Braithwaite, mas, pelo visto, Audrey não fazia parte de seu fã-clube. Ignorando a mão estendida, a mulher jogou o xale de *cashmere* em volta do pescoço e passou pelo investigador, marchando em direção às portas duplas do fundo do salão.

Kat foi atrás de Audrey, determinada a chamar sua atenção.

— Audrey, Nick foi assassinado! - revelou, falando a única coisa que poderia impedir a mulher de ir embora.

— Não! - Audrey estacou no corredor por um instante, o rosto branco como cera, antes de desabar em uma das cadeiras. A poltrona a engoliu, fazendo-a parecer menor do que nunca. — Primeiro Alex, e agora Nick?... Isso explica por que ele não veio para a assembleia. - A mulher se agarrou aos braços da cadeira, preparando-se para as más notícias. — O que aconteceu?

Kat fez um breve resumo de seu sequestro, culminando com o momento em que Nick fora levado para fora e baleado.

— Acha que Susan também está por trás disso, não é? - indagou a mulher.

Kat não soube dizer se Audrey acreditara nela ou não.

Não que isso importasse no momento. A votação garantira que a Liberty passasse para as mãos de Ortega. Quase todos que haviam atravessado o caminho dele tinham sido silenciados.

— Talvez não diretamente. Mas livrar-se do acionista majoritário certamente não lhe custaria nada, principalmente quando ele não estava mais colaborando.

Kat contou a Audrey sobre o problema que Nick tinha com o jogo e da tentativa de chantagem de Ortega.

— O que vou fazer? - Audrey levantou-se da poltrona, os olhos percorrendo o corredor, ansiosos. - Será que sou a próxima?

— Creio que não precisa se preocupar com isso.

Mas a mulher nem sequer a estava ouvindo. Apertou o botão do elevador e voltou-se para Platt, o olhar se estreitando ao fitá-lo.

— Você não tem sido de muita ajuda. Está, mesmo, trabalhando no caso do meu irmão?

— Estamos trabalhando duro nesse caso, Sra. Braithwaite. Mas quando certas pessoas retêm informações, atrasam a investigação - ele completou, encarando Kat. - Se não nos contam tudo, não temos como ag...

— Eu lhe contei tudo, mas você me ignorou, detetive! - Kat o interrompeu, furiosa. - Eu falei que o assassinato de Alex Braithwaite tinha relação com o de Takahashi, e agora você me vem com essa... Poderia ter evitado o assassinato de Nick e o meu sequestro! Por que não me escutou? Ficou acomodado por tempo demais!

A porta do elevador se abriu, e Audrey entrou.

— Cada dia que passa sem fazer nada é mais um dia para que o assassino de Alex fuja, detetive Platt - ela disse, revoltada.

A porta se fechou antes que Kat pudesse ir atrás de Audrey.

Mais um dia de impunidade.

CAPÍTULO 47

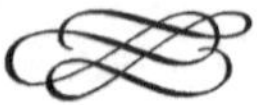

— _A_udrey... espere! - Kat desceu as escadas até o saguão, seguindo o rastro de Chanel. Levou apenas um momento para alcançar a mulher, que se equilibrava nos saltos alguns metros à frente. Era tarde demais para mudar qualquer coisa, mas ela precisava saber. — Por que votou 'sim'?

— Qual é o problema com você? Mudou de ideia outra vez? - Audrey fez uma pausa para colocar um par de luvas e cobrir as unhas bem-feitas.

— Do que está falando? Acabou de entregar a Liberty a um bando de malfeitores!

— Não, não fizemos nada disso. Votamos a favor de impedir a aquisição. O conselho elaborou uma nova resolução para votarmos contra a compra da empresa. Votei com as ações do truste e com as de Nick por procuração. Não era isso o que você queria?

O tempo pareceu parar por um instante, então Kat caiu em si.

— Sim!... Ah, Audrey, obrigada! - Kat puxou a mulher e a abraçou. A Liberty estava livre das mãos de Ortega. Problema resolvido. — Então eu _te_ convenci?

Audrey se livrou do abraço, alisando o casaco de pele. Aparentemente, não era do tipo que gostava de contato físico.

— Quando contou que o nome verdadeiro de Susan era Clara, fiz uma investigação. Encontrei, efetivamente, um artigo de jornal sobre os Ortega. Susan, quero dizer, Clara, aparecia na foto com o pai. A reportagem não era lá muito lisonjeira... Eles não passam de meliantes. Simples assim. Em seguida, consultei as referências que constavam do currículo de Susan Sullivan. Nenhuma delas jamais tinha ouvido falar dela. Eu já havia me convencido da verdade, mas, quando ela não apareceu para a reunião de hoje...

— O quê? Ela não veio?

Os pensamentos de Kat entraram em parafuso. Por que Clara se ausentara em um momento tão importante? O dinheiro estava bloqueado: ela jamais fugiria sem ele. O que mais estaria acontecendo?, indagou-se, tensa.

Precisava do notebook do escritório para ter certeza de que o dinheiro continuava no lugar.

— Está precisando de um banho, moça... Telefone para mim mais tarde. Temos muito o que conversar. - Sem mais delongas, Audrey deslizou para o banco traseiro do Cadillac preto que a aguardava no meio-fio.

CAPÍTULO 48

— **B**ryant? - Ortega prendeu a respiração, mas se recuperou rapidamente. O sujeito deveria estar morto! - Que Bryant? - indagou, fingindo ignorância. Colocou a mão sobre o bocal do telefone e fez um sinal para dispensar sua secretária nova - uma beldade venezuelana cujos talentos não incluíam somente atender aos telefones ou digitar no computador. Mas, já estava começando a ficar cansado dela, e de suas cirurgias plásticas cada vez mais caras.

— Sabe muito bem quem está falando, Sr. Ortega - retrucou a voz do outro lado da linha. — Agora preste atenção, pois tenho algo que lhe interessa.

— Não estou interessado. Estou atrasado para uma reunião.

Como, diabos, aquele infeliz continuava vivo?, perguntou-se Ortega. Clara não tinha feito seu trabalho e o eliminado?

— Esqueça a reunião. O que temos a falar é muito mais importante.

Ortega se esforçou para escutar os ruídos ao fundo. Bryant devia estar telefonando de um lugar público. Havia anúncios sendo transmitidos, como em um aeroporto ou, talvez, uma estação de trem.

Precisava descobrir o paradeiro do homem. Isso se aquele filho de uma mãe, insolente, era ele mesmo.

— O que eu iria querer conversar com você?

Bryant não possuía nenhuma utilidade para ele além de ser o *laranja* para o dinheiro roubado.

— Consigo pensar em cinco bilhões de razões pelas quais você deveria conversar comigo.

Ortega fez uma pausa antes de responder. Bryant estava apenas jogando verde. Claro que sabia sobre o dinheiro. Afinal de contas, tinha sido enquadrado por conta dele.

Mas onde o infeliz tinha conseguido aquele número de telefone?

— É mesmo?... Diga uma. - A foto de Clara olhava para ele da mesa, sorrindo. Num impulso, ele a baixou. Ela não era mais sua filha.

— Estou com o dinheiro.

Impossível. A conta da Opal Holdings no Bancroft Richardson continuava bloqueada pelas autoridades reguladoras. Aquilo, em si, não o preocupava. Qualquer um poderia ser comprado com o preço certo.

— Que dinheiro? - Ele manteve a firmeza na voz, determinado a não deixar transparecer sua fúria, mas sentiu a cabeça latejar e o rosto ficar vermelho.

— Os cinco bilhões, imbecil. Pode parar com o teatrinho. Você sabe muito bem do que eu estou falando.

Ortega entrou no site do Bancroft Richardson e prendeu a respiração. O dinheiro havia desaparecido, o que validava o argumento de Bryant. Tinha sido sacado no dia anterior em três operações. E em sua totalidade!

Alguma coisa estava errada.

Ele manteve o tom de voz e a calma, a despeito da onda de pânico que lhe comprimiu o estômago.

— Diga logo o que quer.

— Cinquenta porcento. Metade dos cinco bilhões.

— Metade?! - Ortega ficou estarrecido. Gente como ele não era roubada. Bryant não sabia com quem estava lidando? - Não há a menor chance!

— Não responda assim, tão rápido. É melhor pensar a respeito... Recuse a minha oferta e acaba sem nada.

— Por que eu acabaria sem nada? O dinheiro é meu! Além do mais, a conta está bloqueada. - Tinha que haver um erro, algum tipo de confusão entre contas.

Mas, quais eram as chances de acontecer um erro entre contas de bilhões de dólares?

— A conta não está bloqueada, Sr. Ortega. Na verdade, o dinheiro está circulando muito bem.

Ortega detectou a ironia por detrás das palavras de Bryant.

— Por que eu deveria acreditar em você?

— Não precisa acreditar. Verifique por si mesmo. Vou continuar na linha.

Ortega apertou o botão *mute*.

— Luis! Venha cá!

As portas de madeira entalhadas para o escritório externo se abriram, e Luis apareceu. O rapaz passou a mão pela testa muito branca e ajeitou o cabelo ralo.

— Rastreie esta chamada. Descubra de onde estão telefonando.

Ele iria conseguir aquele dinheiro de volta de qualquer maneira. Bryant também poderia levá-lo a Clara.

Luis assentiu e saiu porta afora, pronto para ligar para quem quer que eles tivessem comprado na companhia telefônica.

Ortega soltou o botão *mute*.

— Como posso ter certeza de que é você mesmo?

— Número um: eu sei sobre o dinheiro. Número dois: sei tudo sobre você. Ninguém mais faria essa conexão. Ainda não. Só isso já deve valer alguma coisa.

— Está me ameaçando, Sr. Bryant?

— Não ameaço ninguém, Sr. Ortega. Apenas acho justo dividirmos esse dinheiro.

— Eu não divido o que é meu.

— É tudo uma questão de interpretação. A última vez que chequei, esse dinheiro pertencia às Minas de Diamantes Liberty.

— Estou disposto a lhe dar alguma coisa, mas não cinquenta por cento. Isso está fora de cogitação.

— Não é um bom ouvinte, Sr. Ortega. Eu já disse o que quero. Cinquenta porcento. Não negociáveis.

Ortega fez uma pausa. Aprendera, havia muito tempo, a nunca tirar conclusões precipitadas. Por que Bryant faria uma proposta daquela se já estivesse com o dinheiro? Não faria isso. Isso significava que aquele maldito precisava de mais alguma coisa para obtê-lo.

Do que Bryant estava precisando? De Clara? De dinheiro para algum suborno? Alguma senha?

— Preciso de mais tempo.

— Não há tempo como o presente, Sr. Ortega.

— Sr. Bryant, ainda não me provou nada. E daí que o dinheiro não está mais na conta? Isso não prova que está com ele ou sabe onde ele está.

— Imaginei que iria dizer tal coisa. Por isso mesmo, em um gesto de boa fé, enviei um depósito antecipado. - Bryant riu. - Pode conferir na sua conta fiduciária no Líbano. Está vendo os milhões de dólares?

— Que milhões de dólares? - Ortega digitou furiosamente, tentando entrar na conta em questão com as mãos tremendo enquanto ele aguardava o login.

Lá estava. Um depósito de um milhão de dólares, datado do dia anterior.

— Viu? Foi um presentinho meu. Pode chamar de prova de confiança.

— Como fez isso?!

Ortega ficou furioso. Onde Bryant conseguira o número daquela conta? Somente Clara e o contador deles sabiam. Qual dos dois o havia traído? Quantas contas suas tinham sido violadas? Que outras informações sobre sua organização haviam sido descobertas?

Ele tirou o lenço de linho do bolso e enxugou as gotas de suor que lhe banhavam a testa.

— Isso importa?

Ortega não respondeu. Precisava de tempo para pensar.

— Sabe, Sr. Ortega... a maior parte das pessoas demonstra mais gratidão quando alguém lhes dá um milhão de dólares. Poderia dizer pelo menos 'obrigado'.

— Seu desgraçado! - Ortega explodiu. — Esse dinheiro é meu, não seu! Você o roubou!

— De novo, uma questão de interpretação. Oficialmente, fui eu quem o roubou. Mas ambos sabemos que foi você.

Ortega pensou detectar uma ponta de ironia na voz de Bryant. Obviamente, o infeliz estava aproveitando cada minuto da conversa, escolhendo as palavras para torturá-lo pelo maior tempo possível.

— Sr. Ortega, conhece aquele ditado: 'Ladrão que rouba ladrão tem cem anos de perdão'?... Ele nos cai feito uma luva, não acha?

Ortega não respondeu, sentindo o estômago revirar na tentativa de não explodir.

Nesse momento, adicionou mais um nome à sua lista. Com ou sem o dinheiro, Bryant não duraria uma semana.

CAPÍTULO 49

— **F**ique longe de mim! - Kat gritou enquanto corria para o escritório, com Cindy em seu encalço. - Vou chamar a polícia!

Ela pegou o celular da escrivaninha e digitou 911, mas o braço vestido de couro de Cindy agarrou o dela e o prendeu contra a mesa. Kat sentiu as juntas se chocarem contra a madeira ao tentar digitar e se amaldiçoou por sua estupidez. Claro que Cindy já estaria sabendo de sua fuga àquela altura. Por que ela não havia pegado o notebook e desaparecido em vez de esperar que a ex-amiga viesse para acabar com ela?

— *Ai!* Está me machucando! - Ser mais alta era inútil contra os conhecimentos de artes marciais da policial.

— Pare de lutar comigo e solto você, Kat! Qual é o problema, afinal? - Cindy continuou a segurá-la contra a mesa tal qual uma campeã de braço de ferro.

— *Aqui é do 911. Polícia, bombeiro ou ambulância?*

Kat ouviu a voz da telefonista ao longe, enquanto se esforçava para libertar o próprio braço. Ao menos continuava com o celular na mão, esforçando-se para não soltá-lo.

— *Polícia! Socorro!* - gritou na direção do bocal.

Cindy puxou seus dedos na tentativa de arrancar o aparelho dela com a mão livre, contudo ela segurou o celular com mais firmeza. A voz da telefonista soou fraca, difícil de ouvir, com seu braço estendido a quase um metro de distância.

— *Está ligando de um celular? De qual endereço está fal...*

— *Ai!* - Kat soltou um grito de dor quando Cindy pressionou com força um ponto em sua palma. Seus dedos soltaram o telefone involuntariamente, e a policial o arrancou dela, pondo fim à chamada.

— Pare com esse drama, Kat! Será possível que não pode relaxar um minuto e me deixar explicar?!

Kat esfregou a palma da mão. A dor horrível que acabara de sentir se fora por completo, como se nunca tivesse acontecido. Como Cindy podia infligir tanta dor sem nenhum impacto?

Ela tornou a se concentrar no presente. Estava livre, contudo continuava sozinha na sala, na companhia de uma assassina.

— Vai me matar agora?

— Claro que não! Você é que vive se metendo em encrencas e me envolvendo nelas! Corre em um parque deserto de madrugada, adultera a cena de um crime, ameaça a filha de um mafioso!... Fui eu que *te* salvei, moça! Gus queria matar você!

— Você me salvou? *Me* chutando e me abandonando no McBarge? - Kat cruzou os braços e encarou a outra moça. — Eu podia ter morrido lá!

— Pois você me parece muito bem. Só precisa de um banho... Está cheirando a algas marinhas. - Cindy franziu o nariz. — Se eu não tivesse ido ao McBarge, eles a teriam matado ali mesmo. Convenci Gus de que você valia mais viva do que morta. Levar você e Nick para lá foi ideia minha. Eu queria *te* manter fora de perigo e ganhar tempo até que pudéssemos pôr as mãos neles.

— Você não conseguiu proteger Nick. Você o matou.

— Relaxe. Ele está a salvo.

— Mas escutei os tiros!

— Foi só encenação. Nick fingiu-se de morto até voltarmos para a praia.

Era plausível, concluiu Kat. Talvez Cindy estivesse dizendo a verdade.

— E quanto a Gus e Mitch? - perguntou, observando a moça em busca de qualquer sinal de falsidade. Não estava disposta a topar com nenhum daqueles dois novamente.

Sentou-se na beirada da cadeira, sentindo o batimento cardíaco recuar para dois dígitos.

— Estão presos. Trancafiados até amanhã, pelo menos. - Cindy deixou a porta de entrada e se acomodou na poltrona estofada diante da escrivaninha, o traje de motoqueira ainda muito chique e sem qualquer sinal de luta. — Kat, sou uma policial. Precisava fazer com que a coisa ficasse realista, ou iria estragar meu disfarce. Do contrário, estaríamos em perigo.

— Aqueles chutes foram realistas demais! Nunca mais vou conseguir sarar das costas - apostou Kat, sentindo um espasmo de dor subir pela espinha só de tocar no assunto.

— Preferi *te* machucar do que deixar você morrer.

— Quanta abnegação!... - Ela evitou o olhar da amiga. - Tinha, mesmo, que colocar toda a força no chute?

— Kat, eles tinham ordens para matar você! A coisa precisava ser autêntica. Eu os convenci a esperar um pouco. Os Black Scorpions poderiam *te* usar como moeda de troca com Ortega.

Talvez fosse verdade.

— Supondo que eu acredite nessa história... e agora? - Kat se recostou no espaldar da poltrona, sentindo-se repentinamente exausta. Relaxou os ombros e soltou um longo suspiro.

— Você me diz o que sabe e eu farei o mesmo. É o que eu tenho tentado fazer nos últimos dez minutos.

— Está bem. Mas nada desse negócio de me torturar com artes marciais! - Kat olhou a palma da mão. Não havia nenhuma marca no ponto que Cindy pressionara.

— Combinado. Você tinha razão sobre Clara. Ortega a infiltrou na empresa só para vigiar Nick. E suas suspeitas sobre a lavagem de diamantes também se confirmaram.

— Eu sabia... E quando Ortega descobriu o quanto a Liberty podia ser lucrativa, decidiu tomar a empresa. - Ela contou a Cindy sobre a aquisição da Porter e a ausência de Clara na assembleia dos acionistas daquela manhã. — Acha que ela fugiu?

— Não acho que ela iria fugir sem o dinheiro. Ele está bloqueado, não está?

Kat percebeu, horrorizada, que continuava *logada* no site do Bancroft Richardson. Tudo o que Cindy tinha a fazer era se aproximar e ver que ela havia invadido a conta da Opal Holdings. Desde que ela, Kat, descobrira a senha, vinha entrando na conta para se certificar de que o dinheiro continuava no lugar.

Da última vez, contudo, o dinheiro tinha desaparecido. Alguém havia feito uma transferência... de cinco bilhões de dólares. Essa era uma das três quantias que constavam na lista manchada de café de Clara. E exatamente a mesma quantia roubada da Liberty.

— Kat, por que está me olhando assim?

— Assim como?

— Como se tivesse feito alguma coisa de que não quer que eu fique sabendo... Conheço essa cara.

— Não sei do que está falando. - Kat clicou o mouse para fazer o *logoff*, porém a página continuou congelada, com a conta da Opal Holdings visível na tela do computador.

Respirou fundo. Cindy, a policial, ficaria muito aborrecida por ela ter infringido a lei. E se Cindy fosse uma assassina, poderia matá-la.

De um modo ou de outro, não poderia deixar a moça ver aquilo.

— Por que ela fugiria sem o dinheiro? Deve ter imaginado que a votação para a aquisição não daria em nada - prosseguiu Cindy. Sem fazer ideia do pânico de Kat, ela continuou conjecturando. — Talvez o próprio Ortega a tenha tirado do jogo. As coisas andaram esquentando entre os Black Scorpions ultimamente. Ortega deixou de fazer um pagamento de propósito, e o os caras não gostaram nada disso.

Os Black Scorpions dominavam o tráfico de drogas local. Também lidavam com comércio de armas no mercado negro e eram suspeitos de vários fuzilamentos no submundo, ainda não resolvidos.

— Como sabe de tudo isso? - indagou Kat enquanto pressionava todas as teclas sem sucesso. A tela permanecia travada. Tensa, ela tentou não deixar transparecer o próprio nervosismo. Cindy teria se vendido?... — Está trabalhando para Ortega também?

— Bem, não oficialmente.

— Que diabo isso significa? - Kat sentiu o coração disparar mais uma vez ao ver a moça recolocando o celular sobre a mesa. Mesmo que pudesse alcançá-lo, não seria páreo para Cindy.

E a tela continuava congelada.

— Kat, estou infiltrada nos Black Scorpions há mais de dois anos. Sou encarregada da logística, inclusive de cuidar para que a entrada e saída dos produtos seja feita sem detecção. Foi assim que conheci Ortega. Ele fornece armas para comercializarmos a nossa her... quero dizer, a heroína *deles*.

— E ele as controla? - Kat virou o notebook de cabeça para baixo. Tirou a tampa da bateria e a arrancou do aparelho. Precisava apagar aquela maldita tela.

— Não... É só parceiro nos negócios. Mas Ortega é um sujeito esperto. Está sempre tentando encontrar um modo de otimizar os lucros. Por isso está me pagando por fora. Eu forneço a ele um pouco mais de produto, e ele me repassa um pouco de dinheiro para eu gastar do meu jeito. Além de um bônus quando tudo dá certo... Por que está desmontando o notebook?

— Esta droga fica travando a cada pouco. Como assim, 'quando tudo dá certo'?... Você sequestra pessoas ou as mata?

— Relaxe. É tudo parte do meu trabalho secreto. Precisamos parar as coisas antes que elas vão longe demais. Eu me infiltrei nos Black Scorpions para que pudéssemos brecar o tráfico de heroína. Quando descobrimos que Ortega estava envolvido, a operação assumiu uma nova dimensão por conta das conexões dele com terroristas internacionais e com o crime organizado. Além de equipar os Black Scorpions, Ortega fornece armas para a maior parte das principais organizações terroristas do mundo. Estamos trabalhando com a polícia na Argentina e no Líbano para derrubar o império que ele construiu.

— Os Black Scorpions não estavam envolvidos naquelas chacinas de gangues? Não eram eles que estavam tentando aniquilar outras quadrilhas em uma disputa por território?

Ao menos Cindy não poderia mais ver o que ela tinha na tela, Kat pensou, aliviada. Colocou a bateria de volta e reiniciou o notebook, perguntando-se, enquanto esperava, se haveria algum dinheiro sobrando.

— Isso mesmo. E eles praticamente tomaram conta do comércio de heroína por aqui. Ortega se envolveu com eles há cerca de dois anos.

— Não podia ter me contado isso tudo antes?

— Não. Mesmo que eu soubesse da história toda - e eu não sabia -, isso teria comprometido meu disfarce. Ainda não entendi como a Liberty se encaixa nisso tudo.

— *Hum...* Dois anos atrás? Clara apareceu na Liberty mais ou menos na mesma época em que sua gangue começou a se relacionar com Ortega. - Kat sentiu a cabeça ferver. - Foi quando Nick começou a receber ameaças de morte anônimas. Nessa época, ele vendeu todas as opções de ações - o que causou pânico entre os acionistas -, e nunca disse o motivo. Foi uma confusão.

— Ele deve ter precisado de dinheiro para alguma coisa. Disse algo sobre Nick ser viciado em jogo?

— Havia rumores de que ele havia se endividado nos cassinos.

Tinha sido mais do que apenas rumores, Kat pensou. Todo mundo sabia que Nick havia se encrencado.

— Ele deve ter usado o dinheiro das opções de ações para pagar as dívidas de jogo, e não foi o suficiente. Será que ele pagou um agiota fazendo empréstimo com outro?

— Não é bem assim - discordou Kat. — Ortega deve ter absorvido a dívida dele. O problema é que sujeitos como Ortega não são bons samaritanos... Sem dizer que esse bandido é poderoso demais para atuar como um simples agiota. Se veio em socorro de Nick, foi porque tinha algum interesse. Nick deve ter lhe dado alguma coisa em troca.

— Como o quê? Você disse que ele estava quebrado.

— Mesmo sem dinheiro, ele ainda tem algo valioso... Ele controla a Liberty. Isso vale muita coisa.

— E em que isso ajudaria Ortega?

— Acesso, Cindy. Do nada, Ortega ganhou acesso à empresa, principalmente com Clara atuando como CEO. A Liberty é uma mineradora de diamantes. Ortega lava diamantes. As pedras que você mandou testar eram do Congo e de Serra Leoa, lembra-se?

Kat olhou a tela do computador. Precisava voltar para a conta da Opal Holdings no Bancroft Richardson. Quem havia feito as duas primeiras transferências já podia ter transferido o restante do dinheiro.

Mas, com Cindy ali, ela não poderia se arriscar.

— Kat, você é brilhante. Quer dizer que os cinco bilhões também devem estar relacionados aos diamantes?

Ela não respondeu. Apenas examinou a lista de transferências manchada de café, feita por Clara. Levaria apenas mais alguns minutos para que o restante do dinheiro fosse transferido.

— Kat?

— Hum?... - Kat continuou olhando a lista, transfixada. As duas transferências que faltavam eram, respectivamente, de vinte e três milhões e quatrocentos mil dólares, e de vinte e um milhões e seiscentos mil dólares. Quando aquele dinheiro sumisse, estaria perdido para sempre.

— Kat, está prestando atenção?

Kat decidiu arriscar. Entrou de novo na conta, ouvindo Cindy apenas em parte enquanto esta continuava a discorrer sobre a lavagem de diamantes. Desta vez, comparou os números da lista com os da tela. A primeira operação espelhava os detalhes da conta que ela havia pego no lixo de Clara, mas com uma diferença. Desta vez, o nome do banco estava registrado, um detalhe que faltava na lista secreta de Clara. Os cinco bilhões tinham sido transferidos para o

Bank of Cayman naquela manhã, mais ou menos na mesma hora da assembleia de acionistas da Liberty.

Kat respirou fundo. Precisava se livrar de Cindy. As duas transferências seguintes tinham sido feitas para as Ilhas do Canal e Liechtenstein. Feitas as contas, as operações totalizavam quarenta e nove bilhões e novecentos milhões de dólares, quase todo o dinheiro que havia na conta do Bancroft Richardson.

CAPÍTULO 50

— omo isso pôde acontecer?... Diga que é mentira, por favor.

Da conversa, Kat só conseguia ouvir o lado de Cindy, que estava visivelmente perturbada com o que o interlocutor lhe dizia.

Mas não se importou. Quanto mais a outra moça falasse ao celular, mais tempo ela teria para agir.

O dinheiro podia ter desaparecido da conta da Opal Holdings no Bancroft Richardson, mas ao menos ela tinha uma ideia de onde este poderia estar. Determinada, ela copiou, dos detalhes da transação exibidos na tela, o número da conta do Bank of Cayman, e o comparou ao do papel manchado de café que havia pego no episódio do guaxinim, na casa de Clara. As contas batiam. Agora, tudo o que precisava fazer era invadir a conta da Opal Holdings no Bank of Cayman. Como se isso fosse fácil.

A voz de Cindy se perdeu no fundo do corredor.

Ótimo. Estava a salvo de interrupções por ao menos uns trinta segundos.

Ainda prestando atenção à policial, Kat digitou o número da conta com cuidado e observou a tela. Não poderia desperdiçar nenhuma tentativa de *login* com digitação errada, uma vez que não tinha como fazer muitas suposições de senha.

A voz de Cindy se aproximou novamente.

— Está bem. Ligue quando souber... O quê? - A moça tornou a se afastar pelo corredor.

Precisava ser rápida, concluiu Kat. Cindy não poderia descobrir que ela estava invadindo contas bancárias de outras pessoas.

Agora precisava da senha. Clara teria usado o nome 'vicente' outra vez?... Provavelmente. A maior parte das pessoas usava a mesma senha em todos os lugares, alterando-a apenas quando necessário, e normalmente adicionando um número ou uma letra maiúscula, dependendo da exigência do sistema ou do site. Incrível como pessoas inteligentes se mostravam vulneráveis a *hackers*, o que, tecnicamente falando, ela era naquele momento.

Kat digitou 'vicente', atenta ao campo da senha agora preenchido com sete asteriscos.

A voz e os passos de Cindy foram ficaram mais altos à medida que esta voltava para o escritório. As mãos de Kat se detiveram no teclado quando ela ouviu a moça discutindo com seu interlocutor ainda não identificado.

— Como assim 'eles foram embora'?... Quem deu ordem para libertá-los?!

Cindy estava bem do lado de fora da porta.

Kat manteve o dedo suspenso no ar, pronto para dar 'Enter' ou abortar a operação, dependendo do que a policial fizesse a seguir.

— Ah, sim. Quero falar com ele. - Cindy fez meia-volta e caminhou pelo corredor em direção à recepção, a voz se tornando abafada mais uma vez.

Kat pressionou 'Enter' e mordeu o lábio.

A tela do Bank of Cayman foi atualizada, e ela conseguiu entrar na conta da Opal Holdings, cujas informações voltaram a ficar visíveis no monitor.

— Não. Não vou esperar!... Faça o que tiver de fazer agora mesmo. - A voz de Cindy soou mais alta e mais exasperada desta vez.

Kat fez uma pausa ao ouvir o barulho de saltos se aproximar rapidamente quando a policial retornou ao escritório e parou do lado de fora da porta. Aliviada, voltou a atenção para a tela. A operação mais recente era um depósito de cinco bilhões: o oposto da retirada que ela vira momentos antes no site do Bancroft Richardson.

Com um suspiro de alívio, ela se recostou na poltrona. Agora tudo o que tinha a fazer era impedir que o dinheiro seguisse adiante.

E a maneira mais fácil de fazer isso era mudando a senha.

— Não quero saber se tem que interromper alguma reunião. O assunto é sério!

Ao longe, Kat ouviu Cindy repreender quem estava do outro lado por não ter telefonado para ela antes.

Que senha poderia usar?...

Decidida, digitou 'hurryhard' no teclado e pressionou 'Enter'.

Sua senha foi alterada.

Ela clicou no mouse para voltar à página de transferências e estacou, chocada. O saldo estava próximo de zero. Enquanto estivera mudando a senha, os cinco bilhões tinham sido transferidos de novo, desta vez para o Banco de Liechtenstein. Alguém estava acessando a conta ao mesmo tempo que ela!

Clara.

— Não está entendendo... Gus e Mitch são a chave para tudo isso. Se eles continuarem à solta, não sei o que pode acontecer. Sem eles, não temos caso nenhum!

O quê?, perguntou-se Kat, lembrando o dia em que Gus invadira o escritório, depois, do ataque que sofrera na trilha.

De repente, sentiu-se extremamente vulnerável. O que impediria aquele sujeito de voltar ali de novo? Ele também quisera acabar com ela no McBarge e sabia onde encontrá-la!

— Quero que você os pegue agora! - Cindy entrou no escritório e sentou-se na poltrona gigantesca. — Não telefone para mim até que eles estejam bem presos!

— Gus e Mitch escaparam?

— Não exatamente. - Cindy descansou a cabeça entre as mãos e esfregou os olhos. — Eles foram soltos por engano. Erro de burocracia.

— Ah, que maravilha... Será que eles vão vir atrás de mim outra vez? - Com a cabeça fervilhando, Kat buscou o Banco de Liechtenstein no Google e navegou pelo site.

— Talvez. Eles prometeram isso a Ortega.

Kat digitou o número da conta e da senha, e pressionou 'Enter'.

Login inválido. Por favor, tente novamente.

Ela praguejou baixinho, amaldiçoando a própria pressa. Tinha desperdiçado um login precioso.

— O que eles prometeram?

Cindy hesitou.

— Que eles matariam você.

— Mas você não os convenceu de que eu valia mais viva do que morta?!

— Sim. Mas não se diz 'não' para alguém como Ortega.

— Cindy! Está me protegendo ou não?

— Relaxe. Vou cuidar para que não corra nenhum risco. Mas não saia sozinha, nem faça nenhuma besteira!

Kat releu a tela com mais calma:

O sistema diferencia maiúsculas de minúsculas.

'Vicente'. A primeira letra devia ser maiúscula.

Ela tornou a digitar a senha com 'V' maiúsculo e pressionou 'Enter'.

Deu certo. O Banco de Liechtenstein tinha recebido os cinco bilhões.

Imediatamente, ela mudou a senha. Voltou à página com detalhes da transferência e atualizou a tela. Desta vez, o saldo permaneceu inalterado.

Isso lhe daria algum tempo. Agora só precisava fazer a mesma coisa com os outros bancos da lista de Clara!

— Não tem mais nenhum compromisso hoje? - indagou, tentando soar natural. Não estava sendo fácil se concentrar na tarefa de bloquear as outras transferências com Cindy ali, bem na frente dela.

— Não. Não por enquanto. - Cindy descansou as botas sobre a escrivaninha. — Tem café?

— Acabou tudo. Não tem que prender Gus e Mitch?

— Tenho. Mas não posso *te* deixar sozinha aqui.

— Claro que pode. Vou ficar bem - ela garantiu. Cada segundo que passava papeando com a policial, Clara poderia usar para movimentar o restante do dinheiro.

Ela precisava se livrar de Cindy!

— Não sei, não, Kat. Não pode ligar para Jace?

— Claro! - Jace havia saído para outra operação de Busca e Salvamento, desta vez para resgatar um estudante de intercâmbio japonês que havia se perdido na neve.

Mas sua amiga não precisava saber disso.

Kat fingiu discar o número de Jace e encenou uma conversa.

— Pronto, tudo certo. Ele vai estar aqui em quinze minutos. Pode ir agora.

— É melhor eu esperar. - Cindy se recostou na poltrona e olhou pela janela. - Apesar de eu não gostar nada de deixar as coisas na mão de Platt... Foi a papelada dele que libertou aqueles bandidos.

— Vá, Cindy. Por favor!

— Por que está tentando se livrar de mim?

— Quem disse? Só não quero Gus atrás de mim de novo.

— Não é melhor eu ficar aqui com você?

— Cindy... Jace virá para cá em alguns minutos, e você tem muito o que fazer. Não quero responder a mais nenhuma pergunta, muito menos ouvir suas conversas sobre a fuga de Gus e Mitch. Já basta eu ter passado o que eu pensei ser as minhas últimas horas na Terra com Nick em uma barca deserta, e depois quase ter o braço arrancado por você!... Será que dá para você ir embora?

Cindy ergueu as palmas das mãos em um protesto.

— Tudo bem, Kat. Entendi. Foi demais para um dia só. Por que não disse antes? - retrucou a moça, sem esperar por resposta. - Ligue para mim quando sair daqui - ela pediu enquanto se levantava. — E quando chegar em casa.

— Combinado.

Kat ouviu as botas da policial martelando o corredor.

— Vou trancar a porta! Não se esqueça de me telefonar!

A tranca clicou quando Cindy fechou a porta atrás dela.

Finalmente!, pensou Kat com um suspiro. Agora poderia se concentrar em apanhar Clara.

Se Clara não conseguisse acessar alguma conta, a primeira coisa que faria seria ligar para o banco. Gente com aquele tanto de dinheiro normalmente ficava em contato direto com os gerentes.

Ela olhou as horas no computador. Uma e cinco. O horário comercial já havia terminado nas Ilhas Cayman e em outras partes do Caribe, mas já era a manhã seguinte em Liechtenstein. Mudar as senhas havia lhe dado algum tempo, no entanto, na melhor das hipóteses, aquilo seria apenas um paliativo.

O dinheiro pertencia ao Bancroft Richardson, todavia, transferi-lo de volta para a mesma conta somente daria a Clara uma nova chance de roubá-lo.

Havia apenas uma alternativa, decidiu Kat, digitando a senha. Se algo acontecesse com ela, Harry saberia o que fazer.

CAPÍTULO 51

*H*arry dirigiu pelo caminho sinuoso até o casarão em estilo Tudor e estacionou diante deste. Kat ficara sabendo, em um encontro anterior, que Audrey nunca havia se casado, e imaginara a mulher morando em uma cobertura no centro, não em uma região como aquela, nos arredores de Vancouver. Com uma casa daquele tamanho, Audrey devia precisar de muitos empregados, concluiu Kat, perguntando-se se eles estariam trabalhando àquela hora da manhã.

Saiu do Lincoln e atravessou o caminho circular até a porta da frente, parando para olhar a propriedade. À sua esquerda, havia um curral e estábulos dando para um enorme pasto. Não avistou nenhum cavalo, porém ainda estava escuro o suficiente para que precisassem manter acesos os faróis.

Um perfume doce de jasmim-de-inverno exalava da cerca baixa que margeava a entrada. Ela bateu a aldraba de bronze na porta e olhou para Harry, que já se remexia no banco do motorista do Lincoln, inquieto. Por quanto tempo ela poderia mantê-lo no carro e longe de encrencas?

Ele percebeu seu olhar.

— Tem certeza de que não quer que eu desça? - falou, na esperança de uma concessão de última hora.

Kat fez que 'não' com um aceno. Não precisava de Harry complicando as coisas com Audrey ainda mais.

Harry havia se oferecido para levá-la até ali, já que o Celica continuava no fundo do rio Fraser, e ela não podia se dar ao luxo de substituí-lo. Depois de ela ter infestado o carro com o fedor do lixo de Clara, o tio não confiava mais nela a ponto de lhe entregar as chaves do Lincoln.

Kat suspirou, sentindo-se como uma criança sendo deixada para um encontro com os amiguinhos. Aguardando na porta, ignorou Harry, que continuava tentando lhe chamar a atenção.

Após um minuto, Audrey a surpreendeu abrindo ela mesma a pesada porta de carvalho. Devia ter acabado de sair do banho, pois tinha o cabelo enrolado em uma toalha da mesma cor do roupão de cetim azul royal. Estava descalça e segurando um copo de suco de laranja, cuja polpa era visível através do vidro. Aquela sua versão despojada fazia, definitivamente, um enorme contraste com as peles e pérolas da assembleia dos acionistas, pensou Kat.

Audrey não a convidou para entrar, o que não era nada bom, uma vez que Harry poderia ouvir toda a conversa de dentro do carro. A despeito do casaco, Kat estremeceu com o frio da manhã, só então reparando no modo como sua respiração condensava no ar.

— Precisava, mesmo, aparecer aqui às seis e meia da manhã? Disse que estava com o dinheiro, e isso é tudo que importa. O que mais há para falar? - A mão de Audrey oscilou, derramando um pouco de suco pela borda.

Kat recuou para evitar os respingos.

— Estou com o dinheiro... em termos. Não sei o que fazer com ele.

— Devolva-o, ora! O que mais poderia fazer?

— Eu gostaria que fosse assim, tão simples.

Kat olhou para Harry, que continuava alheio ao fato de seu patrimônio líquido ter aumentado em quase cinquenta bilhões de dólares. O impulso de transferir o dinheiro das contas de Clara para a de seu tio podia ter resolvido um enorme problema, mas acabara criando outro.

Audrey arregalou os olhos antes semiabertos.

— Audrey, não posso simplesmente devolver o dinheiro para a conta da Opal Holdings no Bancroft Richardson. Clara conseguiu roubá-lo bem debaixo dos narizes dos reguladores, mesmo com a conta bloqueada. Se ela encontrou uma maneira de fazer isso uma vez, vai fazer de novo. Por isso eu tive que transferir o dinheiro para outro lugar - Kat explicou em voz baixa, de modo que Harry não pudesse ouvir.

Por que Audrey não a convidava para entrar?

— Como assim, 'para outro lugar'? - Audrey engoliu metade do suco de laranja e fechou os olhos por um instante, soltando um suspiro de satisfação.

Aquilo devia ser suco de laranja batizado, Kat concluiu.

— Tive que pensar rápido. Então coloquei tudo na conta do Harry.

— Harry? - A mulher repetiu em voz alta, estreitando o olhar.

Kat fez uma careta e fechou os olhos.

— Sim, sou eu! - À simples menção de seu nome, o tio dela praticamente pulou do Lincoln e veio para a porta mais rápido do que um corredor de cem metros dopado com esteroides. — Prazer em conhecê-la, senhora...?

— Braithwaite. Audrey Braithwaite. - Audrey pendeu a cabeça para trás a fim de esvaziar o copo. O que quer que estivesse bebendo tivera o efeito de uma dose reforçada de cafeína. Ela se voltou para Kat. — Não me contou que ia trazer um convidado.

— Não estava nos meus planos. Desculpe. — Kat fulminou o tio com o olhar. Ele sabia muito bem quem Audrey era. Estava apenas se fazendo de sonso para se envolver na conversa, exatamente o que tinha prometido não fazer!

Harry evitou seu olhar.

— Então é você o dono do dinheiro... - Audrey sorriu ao olhar para o tio dela, e Kat sentiu o estômago se apertar. A mulher estaria zombando de Harry, ou apenas satisfeita por saber para onde o dinheiro havia ido?

Talvez aquilo fosse efeito da bebida batizada.

De qualquer forma, era melhor terem aquela conversa em outro lugar.

— Hã? Ah, sim, imagino que sim - respondeu o tio dela, confuso. — Eu sempre fui um bom poupador. Economize centavos e os dólares virão! - Harry abriu um sorriso largo, satisfeito por ter sido ser elogiado sem nem saber o motivo.

— Tio Harry, não precisava fazer um telefonema?

— Ah, claro. Quase me esqueci. Prazer em conhecê-la, Audrey. Se precisar de alg...

— Tio Harry...

— Está bem, está bem. - Harry suspirou e fez meia-volta.

Kat observou-o voltar para o Lincoln. Assim que o viu se acomodar no carro, longe do alcance de sua voz, ela se virou para Audrey.

— Ele não sabe de nada? - exigiu a mulher.

— Ainda não. Audrey, eu precisava transferir esse dinheiro para algum lugar e tirá-lo do alcance de Clara.

— Então pôs todo o dinheiro na conta de Harry, que, por acaso, é seu tio. Não é estranho?

— Não é o que parece. Eu tive só uma fração de segundo para agir antes que o dinheiro se perdesse para sempre, então fui obrigada a fazer isso. Como Harry também tem conta no Bancroft Richardson, achei que devia ao menos devolver o dinheiro para a mesma instituição da qual ele tinha sido roubado.

— Já mentiu para mim antes, Kat. Por que eu deveria acreditar em você? Disse que trabalhava para a Liberty e já havia sido dispensada.

— Em nenhum momento eu afirmei que trabalhava para a Liberty. Tudo o que eu disse foi que a Liberty havia me contratado para...

— Conversa fiada. Você me levou a confiar em você, sabendo que, do contrário, eu nunca teria revelado nada. Admita. - Audrey olhou para o copo e depois para os fundos da casa, como se precisando de mais uma dose.

— Audrey, por que está tão incomodada com isso? Eu consegui recuperar o dinheiro. Podia muito bem ter pego tudo para mim e deixado o país, assim como Clara. Não estaria aqui, agora. Isso não prova que sou honesta?

O que mais ela precisava fazer para ganhar a confiança da mulher?, perguntou-se Kat.

— ...Imagino que sim.

Ela sentiu uma onda de raiva.

— É verdade que a Liberty me dispensou. Também é verdade que os capangas de Clara tentaram me matar, deram perda total no meu carro, mataram meu gato e, apesar de tudo isso, continuei trabalhando no caso! E não recebi um centavo até agora. Estou prestes a ser despejada, porque nem tenho como pagar o aluguel. Talvez eu devesse ter, mesmo, ficado com o dinheiro.

— Tem razão. - Audrey admitiu, relutante. — Sinto muito. Você é, provavelmente, a única pessoa honesta que conheço no momento.

— Pode ter certeza disso! Impedi Clara de fugir com o dinheiro e provei que os assassinatos de seu irmão e Ken Takahashi estavam ligados à lavagem de diamantes na Liberty. E agora salvei a Liberty da falência... ou quase. Só preciso devolver o dinheiro para a empresa.

— Não pode simplesmente transferi-lo de volta para a conta da companhia?

— Não é tão simples assim. Para começar, vão me perguntar como consegui o dinheiro. Na certa, irão imaginar que eu estava envolvida no roubo.

— E como, exatamente, você o conseguiu?

Kat resumiu como Clara usara os cinco bilhões como capital inicial para vender as ações da Liberty, e depois lucrara outros quarenta e cinco bilhões. Contou como havia encontrado a lista no lixo da moça e como adivinhara a senha para *raquear* as contas.

— Você é mesmo proativa, não? - Audrey baixou a voz. — Isso não é ilegal?

— O fim justifica os meios na minha profissão. O dinheiro precisava voltar para os legítimos donos. Seguir a lei ao pé da letra implicaria atrasos, o que permitiria que Clara escapasse com o dinheiro.

— O que quer que eu faça?

— Fale com as autoridades em minha defesa. Seja minha intercessora. Os advogados e os reguladores de valores mobiliários costumam ver as coisas apenas preto no branco. Preciso que fiquem sabendo de toda a história antes de eu aparecer. É a única maneira de eles me ouvirem.

— Mas, como vou fazer isso? Não é minha *expertise*.

— Vou explicar o que pode fazer. Vai me ajudar?

— Não pode simplesmente transferir o dinheiro?

— Não sem uma boa explicação. Eles precisam compreender a trilha que esse dinheiro fez e como desembaraçá-lo. Caso contrário, ele ficará retido por anos. A Liberty pode ir à falência se tiver que esperar, e podem pensar que eu estava envolvida.

— Por que não telefonou para alguém e contou onde o dinheiro estava? Deixasse a polícia lidar com isso.

— Eu precisava agir rápido, Audrey. Era tarde da noite, e eu tinha que deter Clara antes que o dinheiro ficasse perdido para sempre. Até a polícia obter uma ordem judicial, ele já teria sumido.

O sol havia nascido, e agora já se deixava ver na linha do horizonte. Os funcionários do Bancroft Richardson provavelmente estariam inicializando seus computadores naquele momento, prestes a descobrir todas as transferências que haviam sido feitas durante a noite.

— Estamos falando de cinquenta bilhões de dólares! E você quer me envolver nessa confusão? — Audrey olhou o copo vazio. — Chame a polícia de uma vez. Não vou ouvir mais nada.

— Audrey, você tem que me ajudar! Quer que Clara e o pai saiam impunes disso tudo? Temos que pôr um fim a essa história! O dinheiro leva aos dois e, com isso, poderei provar que eles estavam envolvidos nos assassinatos!

— No assassinato de Alex? - Audrey falou com voz trêmula, ainda abalada com a perda do irmão.

— Sim, Audrey! - insistiu Kat. — Por que acha que ele foi assassinado? Alex não estava disposto a entregar a Liberty sem lutar. Com Takahashi foi a mesma coisa. Ele morreu tentando denunciar a lavagem de diamantes. Posso contar com você ou não?

Audrey a encarou, os olhos lacrimejando, o lábio inferior trêmulo.

— O que precisa que eu faça?

Kat soltou um suspiro e disse.

CAPÍTULO 52

— Já chega! - Ortega bateu com o punho grosso na pesada mesa de madeira, forte o bastante para derrubar o pires e a xícara de chá Wedgwood vazios no chão. De novo Luis vinha com aquelas desculpas esfarrapadas por não ter conseguido descobrir o paradeiro de Clara e do dinheiro!

Pois aquela seria a última de sua longa série de desculpas. Ele já estava farto de ouvi-las. Tinha, mesmo, que fazer tudo sozinho?!

— Chefe, eu investiguei como o senhor mandou. O dinheiro... - Luis mudou de um pé para o outro, pouco à vontade. Parecia prestes a se molhar inteiro.

— Por que, diabos, não me contou que o saldo tinha mudado?

De repente, Ortega se deu conta de que também não havia notado o dinheiro extra. Um dia antes, quando entrara na conta enquanto conversava com Bryant, só tinha prestado atenção às últimas três transferências. Não aos mais de quarenta e nove bilhões transferidos anteriormente.

Mas era óbvio que não iria admitir isso para Luis.

— Mas, chefe, o senhor mandou eu verificar se todo o dinheiro havia sido sacado. Fiz exatamente como ordenou. Todo o dinheiro na conta tinha sido transferido. O senhor não me disse quanto... - Luis esperou, temendo a resposta.

Ortega jogou os braços para o ar.

— Idiota! Você sabia que eram cinco bilhões. Não se perguntou por que, de repente, eles tinham virado cinquenta bilhões?!

— Eu-eu pensei que o senhor soubesse. Isso não é bom?... Mais dinheiro?...

— Não, seu imbecil! Isso significa que alguém não está seguindo o plano!

Mais especificamente, Clara. O que ela pensava estar fazendo?

- Alguma coisa está errada. E quando algo está errado, você precisa me dizer!

Ortega discou o número de Clara mais uma vez. A terceira em uma hora.

Nada de resposta.

Luis continuou parado diante dele, mortificado.

— O que deu em você? Por que não está ligando para o banco? - explodiu Ortega. — Trate de achar esse dinheiro antes que ele suma de uma vez!

— Imediatamente, chefe. - Luis pareceu aliviado ao fazer meia-volta e praticamente voar para fora do escritório.

Talvez Clara estivesse em uma praia qualquer, divertindo-se com seu saldo recém-inflado e rindo diante da tela do celular ao observar suas tentativas desesperadas de contatá-la, Ortega concluiu.

Todo tipo de pensamento passou pela mente dele. E se o dinheiro já tivesse acabado?

Não, não fazia sentido. Clara não era nenhuma viciada em jogo. Não faria isso. Muito menos com o dinheiro de outras pessoas.

Mesmo assim, era melhor recuperar logo aquela fortuna.

Ele abriu a conta da Opal Holdings na tela do computador. Todas as outras transferências tinham sido feitas para o mesmo banco, nas Ilhas Cayman.

Ortega deu um suspiro de alívio.

— *Luis!*

— Estou ligando para eles!...

— Luis, venha cá agora!!

O rapaz reapareceu. Estava sem fôlego, o cabelo espesso caindo por cima da testa suada.

— Já encontrei. Foi tudo para a conta das Ilhas Cayman.

O semblante de Luis se iluminou, e ele já não parecia prestes a ter uma síncope.

— Volte para a sua mesa e ponha a gerente da conta na linha. - Desta vez, ele faria as coisas sozinho, decidiu Ortega. Iria transferir tudo para uma conta que ninguém conhecesse. Isso daria um susto em Clara e lhe serviria como lição.

Luis voltou em menos de um minuto.

— ...Patrão?

— O que foi, agora? Eu já disse para colocar a gerente na linha!

— Eu fiz isso. Mas a Sra. Covington disse que não há dinheiro na conta. — Luis mirou o tapete em frente à mesa de Ortega, evitando contato visual.

— Como assim, 'não há dinheiro'?! Fiz uma transferência esta manhã!

— Sim, mas o dinheiro foi transferido outra vez. - Luis deixou-se sentar.

— Impossível!!!

Seria verdade? Primeiro aquele telefonema de Bryant, e agora Clara estava desaparecida... Os dois estariam juntos de alguma forma? Bryant devia ter tirado o dinheiro de algum lugar, embora ele não estivesse vendo nenhuma transferência de um milhão de dólares.

Ainda tinha a gravação do telefonema do executivo do dia anterior, lembrou-se Ortega. Por precaução, costumava gravar todas as chamadas. Isso poderia ser necessário, fosse para angariar provas ou por motivo de chantagem.

Ele apertou o *play* e escutou, sentindo a raiva espiralar dentro dele ao perceber o tom insolente de Bryant. Torceu as mãos, a mente fervilhando. Clara tinha sumido. O dinheiro tinha sumido. E Bryant disse que estava com o dinheiro... Estaria com Clara também?

Supondo que aquela voz fosse mesmo de Bryant, por que Clara não o eliminara, como ele havia mandado?...

Clara devia ter ido à assembleia dos acionistas e partido imediatamente após. Aquele era o combinado. Será que ela havia comparecido à reunião?

De súbito, Ortega percebeu que não estava sozinho.

— Luis! Por que continua aqui com essa cara de idiota?! Ligue para o banco outra vez... *Agora!* - vociferou, determinando-se a substituir o funcionário por alguém que não precisasse de instruções passo a passo.

— Agora mesmo, chefe! - Luis disparou em direção à porta.

— Ah... Luis! — Ortega manteve a voz calma e equilibrada.

— Sim, patrão?

— Trate de recuperar esse dinheiro e encontrar Clara. *Hoje.* Não amanhã. Caso contrário ... — A voz dele baixou para um sussurro à medida que fazia um movimento de faca no pescoço.

A frase pairou no ar, inacabada. Ele dispensou Luis com um gesto, mas não antes de o assistente entender seu significado.

Luis desapareceu do escritório, fechando a porta atrás de si, e Ortega voltou a atenção para a gravação.

Claro. Como não havia notado antes?

Reproduziu a gravação, escutando atentamente os ruídos. Agora tinha conseguido entender. O anúncio público ao fundo fora feito em Espanhol. No mínimo, significava que Bryant não havia telefonado de um lugar público no Canadá.

Onde estaria, então?

Ele rebobinou a fita e tornou a escutar, desta vez com o volume aumentado.

— *...partindo para Rosário...*

Ele só conhecia uma Rosário. Na Argentina. Isso significava que o executivo estava ali. Podia até ter ligado do aeroporto de Buenos Aires.

Agora tinha certeza de que Bryant estava mancomunado com Clara. De que outro modo o infeliz poderia ter descoberto seu número de telefone e os detalhes da conta?

CAPÍTULO 53

Clara pousou o dedo indicador no gatilho, feliz pelo final que engendrara na mente tantas vezes. Saboreou o momento, sentindo-se vingada por Vicente, pela mãe e pelas inúmeras outras crueldades que o pai lhe infligira ao longo dos anos.

A primeira lembrança que tinha de sua brutalidade era de quando ele havia atirado em Bingo, deixando sua carcaça para apodrecer no pasto que ela podia ver da janela do quarto. Ela ficou ali semanas a fio, parecendo menor a cada manhã, conforme os predadores a visitavam durante a noite.

Errar o salto fora culpa dela ou do cavalo?... Não sabia dizer.

E o pai nem se dera o trabalho de explicar isso a uma criança de oito anos, ainda mais uma menina. Lembrava-se dele arrastando-a para longe de sua primeira prova de saltos, um presente de aniversário, e entregando-a a um de seus homens, que viviam à espreita nas sombras.

Mas não antes de fazê-la assistir à morte do cavalo, alegando que aquilo era uma lição de autoconfiança, para que ela nunca se apegasse muito a nada nem a ninguém além de si mesma.

Ela havia entendido o recado.

Mesmo assim, tentara agradá-lo, na esperança de poder amainar, de algum modo, a decepção do pai por ela ter nascido mulher.

A única coisa boa naquilo tudo fora que, por intermédio dele, ela conhecera Vicente. Na época, seu marido trabalhava como um dos vigias na propriedade dos Ortega. Todos os guardas tinham se mostrado interessados nela, mas apenas porque ela era filha do patrão. Vicente fora o único a enxergá-la como pessoa.

Eles haviam se casado quando ela completara dezoito anos. Para ela, Vicente representara uma saída, o fim do domínio do pai sobre seu destino.

Em vez disso, o controle do pai aumentara, uma vez que ele dominava Vicente tanto quanto ela mesma.

Então ele tinha matado seu marido por este ter rompido com o acordo no tráfico de diamantes. Era assim que seu pai via as coisas: preto no branco, vida ou morte.

Agora seria ela a fazer essa escolha.

Clara destravou a arma enquanto olhava os homens na pista, lá embaixo. Estava escondida em meio às árvores, acima de um pequeno penhasco com vista para a pista, na extremidade do campo de aviação. Tinha chegado até ali por meio do terminal do aeroporto. Sabia que o pai também iria para o mesmo lugar na tentativa de fugir, já que a trilha do dinheiro levava a ele.

Ela não precisou esperar por muito tempo. Logo o sedan preto apontou e estacionou na pista, a menos de sessenta metros de distância.

Clara apertou os lábios ao ver o pai atravessar o concreto em direção ao Cessna, o único avião estacionado no local. A leste ficava o aeroporto principal, de onde ela acabara de chegar. À distância, figuras minúsculas e caminhões puxando reboques com carga manobravam em torno dos aviões de carreira. Aquela pista era mais tranquila, parte do aeroporto original, mas usada atualmente apenas pelos pequenos Cessnas e Pipers dos portenhos mais abastados.

Feliz por ninguém poder vê-la, ela voltou a atenção para o pai e sua comitiva. Pernas curtas brotavam de seu corpo roliço tal qual galhos de um boneco de neve. Apesar da barriga, ele andava uns seis metros à frente dos outros quatro homens. Sempre com pressa. Pressa de conseguir a melhor mesa em um restaurante, o melhor negócio no mercado das armas, ou de comprar o maior número possível dos homens mais poderosos do governo.

Clara observou o pai fugir quase correndo e não sentiu nada além de ódio e repulsa. Desta vez, ele iria embora sem nada, pois ela estava com todo o dinheiro.

Sobrecarregado por uma mala em cada mão, Luis corria atrás dele, os cabelos açoitando o couro cabeludo tal qual uma bandeira ao vento. Sem dúvida, levava o montante com que o pai dela sempre viajava.

Mas aquilo não duraria muito tempo.

Logo atrás vinha Rodriguez. Ela o odiava, pensou. Odiava-o por ele ter traído seu marido, e depois ainda ter se oferecido para ser o substituto de Vicente. Rodriguez passaria por cima de qualquer um, inclusive do pai dela, em sua busca pelo topo.

Como era possível que justamente Ortega não percebesse que todo mundo poderia ser comprado?, ela se perguntou. A verdade era que o pai agia como cego quanto aos efeitos da natureza humana em se tratando de si mesmo.

Dois brutamontes, vestidos com ternos escuros, surgiram na retaguarda. Clara não os reconheceu, mas sabia que se tratavam dos mais novos guarda-costas de Ortega. Os sujeitos pareciam prontos a atirar em qualquer um que se aproximasse demais ou representasse uma ameaça, real ou imaginária.

Entrar na Argentina com um passaporte falso tinha sido fácil. Evitar a escolta de seu pai no aeroporto sem ser descoberta fora mais difícil, mas não muito. Os capangas dele viviam espalhados por toda Buenos Aires, contudo ela sabia como identificá-los.

Naquele momento eles pareciam distraídos, como se tivéssem recebido ordens para alguma outra coisa.

Sua mão permaneceu firme no gatilho enquanto ela acompanhava a marcha impaciente do pai. Paciente, ela esperou que ele alcançasse os primeiros degraus da aeronave e se virasse para os seguranças. Ortega abriu a boca para falar, porém as palavras foram abafadas pelo vento. Sem dúvida ele os estava repreendendo por sua lentidão, insultando-os como de costume. Incrível o que aqueles sujeitos suportavam em troca de um salário alto e uma existência sem lei.

Conforme ela se preparava, o pai parou de repente e olhou além da escolta, como se a tivesse visto.

Mas isso era ridículo, decidiu Clara. Ela estava completamente camuflada atrás da folhagem.

Ela posicionou o dedo indicador em cima do gatilho. Apontou. Queria ver a expressão dele quando tudo acontecesse.

Puxou o gatilho, então.

Ninguém ouviu o tiro abafado por um silenciador, contudo este se perdeu por completo, sem acertar nada que pudesse alertá-los da presença dela.

Clara não se importou. Tinha tempo para fazer mira. O erro podia ter aumentado o risco de ela ser descoberta, mas também lhe trouxera uma nova descarga de adrenalina. Ela sabia que poderia fazer aquilo durar pelo tempo que quisesse. Era um jogo ao qual ela não gostaria de pôr fim... Entretanto, não era de desperdiçar oportunidades.

Decidida, ela recarregou a arma e fez novo disparo.

A segunda bala atingiu seu alvo. Clara viu quando Ortega foi ao chão feito um brinquedo inflável furado. Foi um estranho anticlímax ver a vida se esvaindo dele.

Luis largou as malas e correu na direção do pai dela. Uma mancha escura começou a se espalhar por sua camisa branca, logo abaixo do ombro. Ela viu quando o assessor o ergueu, tentando desesperadamente estancar a perda de sangue, porém a mancha escura na camisa estava se espalhando depressa.

Deveria atirar em Luis também? Ele sabia sobre o dinheiro. Sabia todos os segredos de Ortega.

Não. Luis era inofensivo sem o pai dela. Era melhor deixá-lo murchar aos poucos e morrer, em vez disso.

Clara quase sentiu pena do capanga. Mais uma vida desperdiçada orbitando no mundo de Ortega.

E quanto aos outros homens?

Também seria melhor deixá-los viver para contar a história.

Ela respirou fundo, sentindo o peito leve. O homem mais poderoso da Argentina fora morto por uma simples mulher. O que não diriam?...

Ela, sozinha, multiplicara cinco bilhões por dez. Tinha sido ideia sua vender as ações da Liberty a descoberto, pois ela sabia que o escândalo de Bryant faria com que o preço das ações desabasse. Tinha escondido tudo do pai, certa de que ele desprezaria qualquer ideia que partisse dela. Quando o dinheiro extra fora descoberto na conta da Opal Holdings, Ortega levara o crédito entre seus comparsas. Em nenhum momento ele reconhecera o brilhantismo da filha.

Até mesmo a agressiva aquisição da Liberty fora ideia dela. E ele também nunca lhe dera crédito por isso. O plano era infalível: ele poderia transformar a Liberty em uma enorme fonte de lucro, ou apenas mantê-la como uma maneira segura de lavar seus diamantes de sangue.

Teria sido perfeito se aquele corretor idiota não tivesse duplicado seus negócios, chamando a atenção para a Opal. Seu pai poderia nem ter sabido do dinheiro extra se a conta do Bancroft Richardson não tivesse sido bloqueada.

E, depois de descobrir que a Opal Holdings tinha cinquenta bilhões? O pai pensara em parabenizá-la?... De modo algum. Tudo o que ele havia feito fora repreendê-la por chamar a atenção.

E, em seguida, tentara roubar todo o dinheiro.

Mas ela havia o havia enganado, assim como às autoridades reguladoras e todos os outros. Agora estava a caminho de uma nova vida, em um país onde ninguém a conhecia, onde permaneceria incógnita, em um lugar onde sua riqueza não chamaria nenhuma atenção. Estaria livre para viver com mais dinheiro do que poderia gastar em uma vida.

O impacto da bala fez seu pescoço estalar para frente enquanto seu corpo girava até o chão. Ela tentou se equilibrar, contudo não conseguiu mais sentir as pernas. Uma dor lancinante lhe percorreu o braço, fazendo-a soltar a arma, que escorregou, inútil, pelas pedras, até a beirada da pista.

Ela continuou caída, incapaz de sentir o próprio corpo. Tudo ao redor ficou negro. Não por conta do anoitecer que já principiava, mas na escuridão da cegueira.

Ainda podia ouvir, contudo. Escutou quando o atirador se aproximou, os passos largos denunciados pelo rangido das folhas secas.

Então, ela entendeu. Todo aquele dinheiro não havia mudado nada. Ela continuava prisioneira dos capangas do pai. Eles estavam por toda parte, aqueles parasitas invasivos e oportunistas. Eram pagos para observá-la onde quer que ela estivesse. Até mesmo na Liberty.

Nesse instante, ela soube. O homem podia ter caído sob sua mira, mas não havia tombado.

CAPÍTULO 54

— **P**aul, graças a Deus está aqui... Leve-me para o hospital - Clara falou em um sussurro enquanto lutava para respirar. — Por favor, me ajude!

— Por quê? Estava planejando ficar com todo o dinheiro, não estava?

Clara devia ter transferido o dinheiro para uma conta nova que eles haviam aberto em Guernsey. Em vez disso, ela o tinha preterido e feito a transferência para sua própria conta nas Ilhas Cayman.

Bryant apertou os lábios. Ficara sabendo disso porque havia mantido uma cópia das informações bancárias dela e instalado um programa de rastreamento de senhas no computador. Não era uma pessoa em que se podia confiar.

— Isso não é verdade... Eu ia ligar para você. - Clara ficou em silêncio, então, sentindo que mentir era um esforço muito grande.

— Quando, Clara? Daqui a um ano? Depois que eu fosse condenado e preso por roubar o dinheiro?

Ele não esperava por uma resposta, e não a obteve. A pele pálida de Clara começava a ficar azulada, seus longos cabelos, emaranhados pela poça de sangue que coagulava na terra sob ela. Tinham, mesmo, se passado apenas algumas semanas desde que haviam planejado o roubo juntos?

O problema fora que Clara não lhe dera acesso ao restante do plano: a lavagem de diamantes, a venda a descoberto das ações... e à ideia de matá-lo tão logo ela obtivesse o dinheiro.

Agora ele se sentia estranhamente distante, como se aquela fosse outra pessoa, muito diferente da mulher que ele amara. Não aquela com quem ele planejara fugir, aquela pela qual ele havia sacrificado a própria carreira.

Estava claro para ele agora. Aquilo nunca teria volta. Já o haviam condenado por roubar o dinheiro, fosse verdade ou não. Clara se certificara disso, fazendo-o de bobo da corte, apontando-o como o culpado, independentemente do que ainda pudesse acontecer.

Todo aquele tempo em Bruxelas, esperando e se preocupando... para nada. Um dia se transformara em vários, depois em uma semana. Ela precisava esperar mais alguns dias, dizia Clara, para que pudesse pôr as mãos no dinheiro.

Então as autoridades tinham descoberto a conta da Opal Holdings, e ela fora obrigada a fugir sem o dinheiro. Ao menos fora isso o que ela havia contado.

Os dois homens tinham aparecido no hotel, então. Dois morenos de terno e óculos escuros. Pareciam seguranças de alguém importante. Só que não havia ninguém famoso por ali para proteger.

De repente, os sujeitos lhe pareceram familiares. Eram os mesmos indivíduos com quem ele tinha visto Clara conversando em Vancouver.

Bastara uma ligação, e tudo fora confirmado: Clara havia ido embora. Não para Bruxelas, como eles tinham planejado, mas com destino à Argentina.

Ele decidira ir para o aeroporto, então. Não se arriscaria a voltar ao quarto para pegar as coisas ou se tornar a próxima vítima dela. Havia chegado a Buenos Aires bem a tempo de ver Clara atirando no pai. Ela nunca tivera a intenção de ir ao seu encontro.

Não que isso importasse agora. Ele sabia exatamente onde estava o dinheiro: depositado com segurança no Bank of Cayman. Tinha verificado antes de atirar em Clara. Mais tarde, ainda naquele dia, ele iria transferi-lo para sua nova conta em Guernsey.

Mas, antes, precisava certificar-se de que ela estaria fora do caminho.

Surpreendentemente, não sentia nada. Os dois anos que haviam passado juntos tinham perdido o sentido, sufocados pelo ódio que ele alimentara enquanto a seguia até Buenos Aires.

Observou-a por um momento, vendo sua dificuldade em respirar. Como podia ter acreditado nela?

— Ajude... - Clara sussurrou, mais em um apelo do que numa ordem.

Ele não disse nada. Avultando-se sobre ela, regozijou-se em vê-la sofrer.

O sol do fim de tarde mergulhou no horizonte, não mais aquecendo a terra em que ela continuava caída.

— Pode ficar com o dinheiro, Paul... Vou dizer onde está.

— Eu já sei onde está.

— Paul, *me* ajude!... Posso lhe dar o que você quiser... — Clara gorgolejou na tentativa de falar. Seu rosto, não mais tão bonito, estava voltado para o dele, contudo seus olhos não o enxergavam.

Ele não resistiu.

— Já tenho tudo o que poderia querer. Eu tenho o dinheiro — declarou, enfatizando a última palavra, querendo que doesse nela. — E você teve o que merecia.

Então, acabou. O corpo dela estremeceu uma vez, depois ficou imóvel.

Bryant soltou um suspiro de satisfação e pôs a arma de volta no cinto. Fez meia-volta e retornou para a estrada, realizado.

Ele nunca havia matado antes. Tinha sido um dia produtivo.

CAPÍTULO 55

— Depressa, Kat!

— Estou tentando! - ela gritou de volta enquanto corria pelo aeroporto atrás de Cindy, passando pela escultura Haida Gwai Jade Canoe. As criaturas míticas pareciam remar em conjunto na direção de seu destino, pensou. Ao contrário dela, que havia se desviado do seu.

Ao menos Bryant fora pego em flagrante. As fontes policiais de Cindy haviam confirmado isso uma hora antes, e a história já rendia manchetes na internet. A polícia argentina estivera mantendo Ortega sob vigilância e, quando a bala de Clara havia encontrado seu alvo, as autoridades tinham traçado sua trajetória e deparado com Bryant.

Mas, os policiais teriam, mesmo, se atrasado na missão de impedir que Bryant puxasse o gatilho? Ou isso fora mais fácil do que tentar condenar a filha de um chefe de cartel?, perguntou-se Kat.

Ela nunca saberia.

A mudança de planos de Cindy não podia ter acontecido em um momento pior. A chamada de Platt viera quando elas estavam a poucos minutos da Liberty. Ele insistira para que elas o encontrassem no aeroporto, e Cindy não confiara nele o bastante para ignorar o chamado.

Audrey esperava por ela, Kat, na Liberty, onde haviam planejado confrontar Nick em menos de quinze minutos. Mesmo que elas desistissem de seguir adiante, levariam no mínimo trinta minutos para retornar ao centro da cidade. E agora que as notícias sobre Clara, Ortega e Bryant tinham caído na mídia, raciocinou Kat, decerto Nick devia estar planejando sua própria fuga.

Cindy estava quase na sala da segurança, ainda correndo, quando, olhando para trás, disse algo que Kat não conseguiu ouvir por conta do barulho no aeroporto.

— O quê??...

Mas a policial já não olhava para ela. Vasculhou os bolsos e mostrou algo para os dois seguranças na porta. O mais pesado, que devia ser um daqueles que devoravam vários medalhões de filé, concordou com um gesto de cabeça e fez um sinal para que Cindy passasse.

O homem pareceu ainda maior quando ela, Kat, se aproximou o bastante para ouvir as pernas das calças do brutamontes raspando à medida que ele andava. Ele se avultou sobre ela tal qual um leão marinho e impediu sua passagem.

Ela apontou para Cindy, contudo um braço gorducho lhe bloqueou o caminho.

— Espere aí, moça... Onde está o seu cartão de embarque?

Kat se concentrou no queixo duplo que balançava para cima e para baixo à medida que as palavras arrastadas do segurança foram saindo.

— Como?

— Você ouviu. Seu cartão de embarque. 'Não ultrapasse' significa que *não pode passar.* — Ele enfatizou as últimas palavras, rindo da própria piada. - Onde está?

— Não tenho cartão de embarque. Estou com a polícia... a mulher que você acabou de deixar entrar.

Cindy não podia ter esperado mais alguns segundos?, ela se perguntou, irritada.

O Medalhão de Filé olhou para o amigo e revirou os olhos. Seu parceiro era franzino e ictérico, desses que se reabastecem só com café e nicotina.

— Carteira de polícia? - O Magrelo gesticulou diante dela. Aparentemente, era o mais velho deles.

— Não tenho. Não sou policial. Apenas faço parte da investigação sobre...

— Conheço bem o seu tipo. É dessas que pensa ser mais importante que as outras pessoas, o que não significa que seja. Da próxima vez, planeje-se com antecedência, como os outros. - O homem pegou uma caneca de café e a encarou por cima da borda.

— Mas estou com a policial! Precisam me deixar passar!

Por que Cindy não a havia esperado?!

— Eu já disse que não. Não tem cartão de embarque, não tem identificação... Não tem nada para fazer aqui. - O Magrelo encarou Kat mais uma vez, olhando-a de cima a baixo como se apreciando o poder que tinha sobre ela. — Meu trabalho é deter pessoas como você.

— Não estão entendendo... Sou contadora forense. Tem que me deixar passar, é uma emergência! - Pareceu bobagem, mas ela não sabia mais o que dizer.

— Escutou isso, George? - O Magrelo virou-se para o Medalhão de Filé. — Um problema contábil de vida ou morte!... O que pode ser? Morte por dívida?

— Não... escute. Não estou tentando enganar ninguém, só preciso ficar junto da policial!

— Afaste-se. Deixe os outros passarem.

O Medalhão de Filé sorriu, benevolente, para um casal de idosos. Os dois estavam com seus cartões de embarque. O tipo de gente de que ele gostava.

Os pensamentos de Kat voltaram-se para Audrey. A mulher devia estar na Liberty, agora, perguntando-se onde ela havia ido parar. Confrontar Nick sozinha poderia ser perigoso para ela. A mudança de planos de Cindy colocara o plano delas em risco.

Num impulso, Kat ultrapassou o Medalhão de Filé enquanto ele liberava o casal.

— Ei! Volte aqui!

Mas ela já havia passado pelos guardas e entrado no terminal de embarque. Correu atrás de Cindy, agora a cerca de duzentos metros à sua frente.

— Cindy, espere! Onde estamos indo?!

A policial virou-se sem diminuir o ritmo. Sem dizer nada, acenou para ela. Kat pulou para o lado, evitando trombar com um carrinho de passageiros.

— Ei! Olhe por onde anda! - gritou o motorista gorducho ao desviar dela.

As duas passageiras idosas a fulminaram com o olhar.

— Assim vai causar algum acidente, mocinha!...

— Preste atenção!

Kat viu Cindy virar em um corredor à esquerda no momento em que seu celular começou a vibrar, e diminuiu o ritmo para atendê-lo.

— Alô!

Ninguém respondeu, mas ela pôde ouvir um barulho na linha, como se o telefone estivesse caindo ou sendo chacoalhado.

— Quem está falando? - Kat tentou aguçar os ouvidos em meio à cacofonia de sons no aeroporto.

Então, ouviu duas vozes: um homem e uma mulher discutindo.

— *O que foi isso?!* - perguntava a voz masculina.

Kat chegou ao corredor, por fim, contudo não havia mais sinal de Cindy.

— Alô!! - falou mais alto, na esperança de chamar a atenção.

— *Olhe aí... a voz outra vez* - disse o homem.

— *Não estou ouvindo nada.*

Era Audrey! A julgar pelo som abafado, o celular da mulher devia ter sido acionado sem querer dentro da bolsa e feito a chamada para o celular dela, concluiu Kat. Ou talvez Audrey estivesse telefonando de propósito, temendo confrontar Nick por conta própria!

— *O dinheiro sumiu, Nick, todos os cinco bilhões.*

— *Do que está falando?! O dinheiro está bloqueado no Bancroft Richardson!*

— *Não depois da noite passada. Acabou. Dê só uma olhada... Clara morreu rica.*

— Me *dê isso aqui!*

Kat ouviu um farfalhar de papel.

— *Onde conseguiu isto? Deve haver algum engano!*

Ela podia até visualizar as operações no extrato do Bancroft Richardson. Nick veria os cinquenta bilhões de dólares em transferências, exatamente como ela vira na noite anterior. Fora esse o seu plano com Audrey: assustar Nick até que ele confessasse.

Mas Audrey não devia estar enfrentando Nick sozinha.

— *Não há engano algum, Nick. Eu chequei com o Bancroft Richardson esta manhã. O dinheiro sumiu.*

— *Que diabo aconteceu?!*

— *Diga você! Sabia o que Clara estava planejando. Como pôde deixar isso acontecer?*

Silêncio. Em seguida uma batida forte, seguida por grunhidos e xingamentos.

— *Esmurrar a parede é muita infantilidade, Nick... Valeu a pena?*

— *Valeu a pena o quê? Não peguei dinheiro nenhum!*

— *Está envolvido nisso até o pescoço. Você matou o meu irmão! E para quê? Por uma parte do dinheiro?*

Kat prendeu a respiração. Audrey estava se arriscando demais.

— *Eu não matei Alex. Não tive nada a ver com isso!*

— *Estava com ele... Vocês dois foram vistos juntos na noite em que ele morreu!*

— *Mentira! Eu não o vi o dia todo! Quem disse isso?... Diga!*

— *Pare com isso, Nick! Está me machucando!*

Nesse momento, Kat chegou ao final do corredor e deparou com uma porta sem janelas onde se lia POLÍCIA. Girou a maçaneta e entrou, preocupada em levar Cindy até a Liberty antes que fosse tarde demais para Audrey... além de rápido o bastante para impedir que Nick fugisse.

Estacou, porém, sem saber o que fazer. Era como se tivesse voltado para aquela noite no McBarge.

CAPÍTULO 56

— *N*ós os pegamos! - Cindy recebeu Kat na entrada, sorrindo.

O escritório externo estava vazio, mas a sala bem atrás da policial, não. Por detrás de um vidro com tela soldada, Gus a encarou.

Kat torceu para que o cômodo em que ele se encontrava sentado tivesse uma tranca na porta.

Platt caminhou diante da janela, dizendo algo ao bandido. Quando capturou o olhar dela, saiu do escritório e bateu a porta atrás de si.

— Está a salvo, Katerina. Prendemos Gustav Eriksen e Michael Jamieson pelo assassinato de Ken Takahashi.

— Parabéns por ter descoberto isso... Como chegaram a essa brilhante conclusão?

— Encontramos fios de cabelos deles na casa de Takahashi. A perícia reexaminou a casa e também encontrou impressões digitais. Eles não conseguiram se explic... - Platt parou no meio da frase, subitamente ciente do sarcasmo de Kat.

O investigador lhe devia um pedido de desculpas, ela pensou. Contudo, ele não foi capaz de manifestá-la.

Mas ela não tinha tempo para esse tipo de coisa.

Virou-se para Cindy.

— Cindy, vamos embora. Audrey está sozinha com Nick, e ele pode aprontar alguma.

— Certo, eu... - Cindy se interrompeu. — Platt, tem certeza de que pode lidar com as coisas desta vez?

— Sim... Não vai acontecer de novo.

— Ótimo. Vejo você mais tarde.

As duas rumaram para a porta.

— *Eu não o matei!*

Todos os olhares se voltaram para o celular preso ao cinto de Kat.

— De onde veio essa voz? - indagou Cindy.

Kat levou um dedo aos lábios, pedindo silêncio.

— *De novo essa voz...? O que... Ei! Está vindo da sua bolsa! Me dê isso aqui!*

— *Solte-me!* - choramingou Audrey. - *Como ousa!? Está me machucando!*

Cindy se aproximou de Kat, ouvindo a discussão entre Audrey e Nick.

— Me *dê essa bolsa...agora!*

O barulho ao fundo ficou mais alto, e Kat imaginou o cabo de guerra entre Audrey e Nick.

— Cindy! - Kat sussurrou, aflita. — Vamos!

Platt poderia cuidar de Gus e Mitch.

— *Tire as mãos de mim, Nick! Vai me matar também?!*

— *Não seja ridícula. Não matei Alex, nem qualquer outra pessoa!*

— *Mentira! Talvez não tenha puxado o gatilho, mas também foi responsável! Você o enganou, mentindo sobre uma reunião secreta com Takahashi. Não esperava que ele fosse me contar sobre o encontro, não é?... Alex nunca confiou em você. Agora eu sei por quê.*

Nick não respondeu. Kat, ao menos, não conseguiu ouvir nenhuma resposta.

Gus a fulminou com o olhar. Mostrou o dedo do meio para ela, tentando se levantar da cadeira, mas recuou de repente. Um policial uniformizado marchou pelo corredor, abriu a porta e entrou na sala.

— Não se preocupe com Gus - falou Platt. — Ele foi algemado à mesa. E Mitch já está a caminho da delegacia.

— Precisamos ir - Kat murmurou.

Cindy assentiu, abrindo a porta do escritório. Kat a seguiu, mas não antes de parar para jogar um beijo para Gus, ao que ele respondeu com um grunhido.

Elas estavam na metade do corredor quando ouviram a voz de Audrey mais uma vez.

— *Responda-me, Nick! Você estava lá, admita!*

— *Não tem nenhuma prova disso.*

— *Pois está enganado. Há uma testemunha. Alguém viu você com Alex pouco antes de ele ser assassinado.*

— *Isso é impossível, porque eu não estava lá... Quem?*

— *Kat Carter. Ela os viu saindo da Liberty juntos.*

Kat se retesou. Ela os tinha visto juntos no início do dia, mas nada além disso. Tomara o blefe de Audrey desse certo.

Elas conseguiram sair do terminal do aeroporto, enfim, e correram pelo estacionamento até o carro de Cindy.

— *Ela de novo?... -* Nick bufou, desgostoso. *- Essa é uma que valeria a pena eu dar fim. Carter não passa de uma incompetente e inconveniente!*

Kat não conseguiu ouvir a resposta de Audrey.

— *Ei, o que você está fazendo aqui?...*

Audrey deu um grito.

Havia mais alguém no escritório com Audrey e Nick!

Foi quando a linha caiu.

CAPÍTULO 57

Cindy entrou no estacionamento subterrâneo da Liberty, passando direto pelas lombadas. Kat sentiu o estômago se contrair ao saltar do carro e correr para o elevador. Talvez não devesse ter sugerido que Audrey e Nick estavam na empresa. Aquele fora o plano, porém o celular da mulher podia estar chamando de qualquer outro lugar.

Tensa, ela apertou o botão do elevador repetidas vezes enquanto Cindy não a alcançava.

Finalmente o elevador chegou. Embora estivesse feliz por Gus e Mitch estarem presos outra vez, Kat se perguntou se aquele desvio de trajeto fora mais importante do que a segurança de Audrey.

Apertou o botão do vigésimo segundo andar, mas este não acendeu, então ela tentou de novo.

Foi então que lhe ocorreu: o elevador do estacionamento ficava desligado fora do horário de expediente, e elas não tinham como subir por ali.

— Cindy, o elevador está desligado por causa do fim de semana. Vamos ter que passar pela entrada principal e torcer para que o segurança esteja lá.

As duas deixaram o hall do elevador, correram pelo estacionamento, subiram a rampa e saíram para a rua. Depois do que tinham corrido ali e no aeroporto, ela estava se sentindo como uma maratonista, pensou Kat.

Elas contornaram o prédio e correram em direção às portas de vidro do saguão.

Trancadas.

Kat espiou através do vidro e não viu ninguém. O segurança devia estar fazendo a ronda.

Como ela poderia trazê-lo de volta para ali? Disparando o alarme, talvez?...

Enquanto Cindy ligava o celular, ela examinou os canteiros de concreto à procura de uma pedra solta que pudesse arremessar contra a porta de vidro.

Um minuto depois, um guarda emergiu de um dos conjuntos de elevadores. Devia ter uns sessenta anos, o corpo magro evidente sob a jaqueta amarelo-limão da segurança. Quando Cindy exibiu o distintivo, ele correu para a porta e a abriu.

— Precisamos chegar ao vigésimo segundo andar... rápido!

Os três chegaram à recepção da Liberty menos de um minuto depois. Ouviram mais gritos, só que, desta vez, eram de Nick.

O segurança olhou para Cindy em busca de orientação, porém ela o ignorou. Ele decidiu ficar na recepção, então, e pegou o celular enquanto ela e Kat voavam pelo hall.

— Tire as mãos de mim! - a voz de Nick explodiu no corredor.

— Pegue-o! - gritou Audrey.

Com quem a mulher estaria falando?

Elas dobraram a esquina para o escritório e depararam com dois homens lutando no chão. Audrey estava na porta, muito vulnerável e elegante em um suéter de *cashmere* e calças escuras. Parecia ainda menor sem as peles.

— Graças a Deus vocês chegaram! - Ela fez um sinal para que Kat e Cindy entrassem. — Esse moço surgiu do nada e salvou a minha vida!

Kat levou um instante para reconhecer o rapaz que, de costas para ela, imobilizava Nick com um golpe de luta livre. Era Jace.

— Não foi exatamente do nada... eu esperei do lado de fora, mas, quando vocês não apareceram, achei melhor vir com Audrey e me certificar de que ela ficaria em segurança. - Jace sorriu para elas enquanto mantinha Nick preso ao solo por uma gravata. — Fiquei em outro escritório até Audrey me dar o sinal.

— Mas, como soube de tudo isso?

— Audrey ligou para casa, procurando por você. Quando percebi que estava com Cindy, soube que não conseguiriam chegar a tempo - explicou Jace, observando a reação da policial.

— O que está querendo dizer? - Cindy exigiu.

— Que você só chega no último minuto.

Touché, Kat pensou. Um dia aquelas mudanças de ideia repentinas de Cindy não acabariam bem. Mas estava feliz e aliviada por aquela ter dado certo.

— Eu devia ter imaginado que estava envolvida nisso - vociferou Nick com o rosto vermelho de raiva. — Vai pagar caro por me acusar de assassinato e me tratar como um criminoso qualquer!

— Você *é* um criminoso, Nick - confirmou Kat. — Deixou Ortega roubar cinco bilhões da Liberty. Ele lhe prometeu uma parte?

— Você é uma tremenda idiota! Por isso mesmo Clara lhe contratou... porque era burra demais para descobrir o que ela estava fazendo! Ela queria que pensassem que Bryant havia pego o dinheiro, mas estava apenas usando o imbecil - revelou Nick, enquanto Cindy lhe algemava os braços atrás das costas. Ele sentou-se no chão, os joelhos junto ao peito, então se recostou no sofá de suede com a expressão arrogante de costume no rosto. — Tirem essas algemas de mim!

Obviamente, Nick ainda não estava ciente de como Bryant se vingara de Clara.

— Sem chance, Nick. Clara pode ter acabado com o dinheiro, mas não foi ela quem armou tudo, e sim você. *Você* fez um acordo com o pai dela para lavar os diamantes de sangue. Ortega enviou Clara apenas para lhe vigiar, e isso *te* irritou. Achou, mesmo, que ele não iria querer receber pelos diamantes que trouxe para a Liberty?... O negócio não deu certo como imaginava, não é?

— Não sei do que está falando.

— Não banque o idiota comigo. Ortega descobriu que poderia ganhar muito com seus diamantes de conflito se tivesse uma maneira de legitimá-los. Lavá-los por meio da Liberty era tudo o que ele precisava. Você concordou com a ideia porque era a maneira mais fácil de aumentar os lucros e o preço das ações da empresa. Uma cotação mais alta poderia enriquecê-lo. O único problema foi que Ortega se deu conta de que a Liberty era o esquema perfeito para lavar seus diamantes, mas que você estava no caminho dele. Vender a descoberto pouco antes de o dinheiro sumir o fez lucrar ainda mais. A aquisição da Porter devia ter sido o golpe final de Ortega para que ele usasse a Liberty em benefício próprio, mas eu estraguei tudo quando desmascarei Susan, quero dizer, Clara. Quem é o idiota aqui?

Nick olhou para o chão e não respondeu de imediato, parecendo analisar suas opções.

— Isso tudo é uma loucura - falou por fim. — Por que eu pegaria diamantes de sangue e fingiria que eles tinham sido extraídos da mina da Liberty?

— Porque dessa forma poderia fingir que uma mina desativada era produtiva e usá-la para aumentar os lucros da Liberty - declarou Cindy. — Testamos alguns dos diamantes que você afirmou terem vindo de Mystic Lake. Eles têm a mesma impressão digital dos diamantes das minas da Costa do Marfim e da República Democrática do Congo. Por mais estranho que pareça, eles também batem com os diamantes encontrados na casa de Takahashi por ocasião de seu assassinato.

— Não tive nada a ver com isso. Os capangas de Clara o mataram.

— Também temos registros telefônicos, Nick - interveio Cindy. — Você sugeriu a Ortega que ele se livrasse de Kat.

— Foi ideia dele, não minha. Nunca concordei com isso.

— Então admite que o conhecia - concluiu Kat. — Nunca

imaginou que Ortega fosse baixar o preço das ações roubando o dinheiro e vendendo-as a descoberto, não é? Quando ele deu uma rasteira na empresa, era tarde demais.

— Foi Clara quem roubou os cinco bilhões! - A voz de Nick subiu um tom, revelando seu desespero.

— Como pagamento pelos diamantes - afirmou Kat. — Acha que ela daria ponto sem nó? O dinheiro seria lavado por meio da Opal Holdings e voltaria para Ortega. Mas a coisa ficou muito tentadora para Clara, que tentou roubá-lo do pai.

— Quero um advogado. Não vou mais falar com você.

— Você é que sabe - decidiu Kat.

O segurança chegou na companhia de dois policiais uniformizados. Eles puseram o executivo de pé e o empurraram até a porta.

Quando Nick passou por ela, soltou um sorriso de escárnio, e Kat sentiu o cheiro de hortelã em seu hálito.

— Ainda acho que é uma idiota. Mas nada disso importa, porque não vai conseguir recuperar o dinheiro - ele provocou. - A falência da Liberty é sua culpa.

Kat quis contar tudo a Nick, vangloriar-se pelo modo como recuperara cada centavo do dinheiro, além dos lucros ilícitos de Clara.

Mas ficou de bico calado. Por mais que quisesse provar que ele estava errado, Cindy ainda não sabia que ela havia encontrado o dinheiro.

Que cheiro de hortelã, pensou Kat, perguntando-se se Nick conseguiria manter seu estoque de balinhas na cadeia.

De repente, o bilhete de Verna fez sentido. Aquele cheiro não vinha apenas de uma bala de hortelã, mas da planta hortelã... Nick Racine havia matado Buddy.

CAPÍTULO 58

Cindy e Kat se acomodaram no escritório de Kat. Era difícil acreditar que havia se passado apenas uma semana desde seu primeiro encontro na Liberty. Estava escuro lá fora e uma neve fraca caía; algo fora de época para o final de março.

Kat observou os flocos de neve rodando como se em câmera lenta, relaxada como havia muito não se sentia. Audrey estava a salvo, Nick na cadeia, e ela poderia contar com algum dinheiro no banco outra vez. Audrey insistira em lhe dar um bônus, chamando-o de 'adicional de periculosidade'.

E Cindy voltara a ser a Cindy de verdade novamente.

— Foi você quem fez tudo, Kat. Apesar de ainda não ter ganhado nada com isso, você me ajudou a me infiltrar na organização de Ortega e prender Gus e Mitch pela morte de Takahashi. E, com a confissão de Nick, podemos encerrar o caso do assassinato de Braithwaite.

Kat estava prestes a explicar sobre o dinheiro quando Harry entrou.

— Kat, posso ver meu saldo outra vez? Elsie não acreditou em mim quando eu contei que estava bilionário.

— Agora não, Tio Harry - Kat o dispensou com um gesto.

— Mas o dinheiro vai embora amanhã... Eu queria imprimir uma cópia. Nunca mais vou ver uma quantia dessas na minha conta.

— Harry, do que está falando? - Cindy perguntou.

— Kat não contou? Ela conseguiu recuperar todo o dinheiro que Clara roubou, não é uma maravilha? E passou tudo para mim por questão de segurança.

Cindy virou-se para Kat.

— Diga que isso não é verdade - falou, pulando da poltrona.

— Estou bilionário, Cindy. Na verdade, estou a caminho de me tornar trilionário! Kat invadiu as contas de Clara e transferiu tudo para mim.

— VOCÊ O QUÊ? - O rosto de Cindy ficou vermelho. — Isso é crime!

— Cindy, eu tive que fazer isso, ou o dinheiro ficaria perdido para sempre!

— Talvez não. Clara está morta. E a polícia argentina pegou Bryant.

— É verdade, mas eu não sabia disso na hora. Só sabia que ela havia desaparecido junto com o dinheiro. Quando eu rastreei a conta, Clara já tinha sumido. Eu precisava transferi-lo para algum lugar seguro... É tão ruim assim?

— Não é *o que* você fez, mas *como* fez. - Cindy cruzou os braços, o rosto ainda corado.

— Cindy, mesmo que Bryant, Clara e o pai estivessem fora da jogada, o dinheiro teria ficado bloqueado por meses ou até anos, enquanto toda a disputa jurídica estivesse rolando. Nesse meio tempo, a Liberty iria à falência!

— Verdade. Mas, e quanto à perspectiva, Kat? Vai ser difícil explicar.

— Relaxe. Já cuidei disso.

Audrey havia conversado com as autoridades reguladoras e com o banco. A conta de Harry ficaria temporariamente bloqueada até segunda-feira, quando eles começariam a trabalhar na reversão das operações feitas em nome da Liberty e colocariam o restante em um fundo de restituição para os investidores.

— Como, criatura? Ninguém vai lhe dar chance para explicar! Agiu como uma criminosa. Como vai justificar a saída que encontrou para esse imbróglio?

— Jace?

Jace entrou no escritório com uma cópia do jornal e a jogou na mesa diante de Cindy. Harry sorria para eles da primeira página.

— Edição da manhã. Vai sair daqui a algumas horas. Essa reportagem vai trazer muitos clientes para Kat, e Harry vai se tornar uma celebridade — garantiu o rapaz. - Sem dizer que ainda tenho muito que escrever a respeito: só para começar, sobre a organização criminosa de Ortega, a lavagem de diamantes e a aquisição da Liberty. Vai ser uma série. Sem contar o artigo de teor humano sobre o nosso bilionário aqui...

Kat observou Cindy torcer os lábios, como ela sempre fazia quando estava estressada com alguma coisa.

— Cindy, telefonei para o Bancroft Richardson esta tarde. Eles já transferiram o dinheiro da conta de Harry para uma conta fiduciária. Só preciso que dê um jeito de segurar um pouco as coisas para que Harry não seja acusado de nada. O dinheiro fez um circuito completo. Só resta transferi-lo de volta para a Liberty.

— Por que é tão impulsiva, Kat? Podia ter telefonado para alguém e pedido o bloqueio do dinheiro.

— Às duas da manhã? Mesmo que eu tivesse para quem ligar, jamais teriam acreditado em mim. Eu não podia deixar o dinheiro lá e arriscar que ele sumisse de vez.

— Você se meteu nessa encrenca por conta própria. Por que tenho que salvar sua pele?

— Porque está em débito comigo, Cindy. E quanto àqueles chutes?... E quanto a me largar no McBarge com Nick?... É o mínimo que pode fazer.

— Verdade que me ajudou a desbaratar a organização de Ortega.

Quando eu soube da lavagem de diamantes, convenci o infeliz de que poderia melhorar as coisas e cuidar do tráfico das pedras para ele. Foi quando Gus e Mitch começaram a se gabar dos assassinatos de Takahashi e Braithwaite, e Nick finalmente nos deu provas o bastante para ser incriminado como cúmplice. Clara pode ter puxado o gatilho, mas Nick foi imprescindível na armação do plano. Eu só queria que você fosse um pouco mais ortodoxa na maneira como faz as coisas.

— Isso me fez lembrar... Verna deixou outro bilhete - interveio Jace, passando um envelope para Kat.

Ela deslizou o dedo por baixo da aba do envelope e o abriu.

Querida zeladora,

Decidi continuar com a minha excursão. Praga é muito bonita nesta época!
Por favor, cuide do jardim. Os lilases vão precisar de uma boa poda este ano... Vamos plantar lírios na primavera.

Verna

~

GOSTOU de Teoria dos Jogos? Então, leia o próximo livro da série

Teoria dos Jogos

Boletim informativo de novos lançamentos http://eepurl.com/c0jHW1

Visite o site da autora para mais informações sobre seus últimos lançamentos: http://www.colleencross.com

OUTRAS OBRAS DE COLLEEN CROSS

<u>Boletim informativo de novos lançamentos</u>
  http://eepurl.com/c0jHW1

<u>*Série de Aventuras de Suspense e Mistério com a Investigadora Katerina
Carter*</u>
  Saída Estratégica
  Teoria dos Jogos
  Fórmula Mortal
  Greenwashing : A Farsa Verde
  A Farsa Vermelha : uma curta história

<u>*Série Mistérios das Bruxas de Westwick*</u>
  Que Bruxaria é Essa?
  Bruxas aos Farrapos
  Bruxas e Famosas
  Bruxarias de Natal

Não ficção
  Anatomy of a Ponzi Scheme

www.ingramcontent.com/pod-product-compliance
Lightning Source LLC
Chambersburg PA
CBHW030602170726
48283CB00002B/443